동주
묵자지

동주

野

《완역 결정본》

東周 **列國志**

개자추, 허벅지 살을 떼어 주인을 먹이다

솔

차례

서주西周 분봉分封 제후 형세도

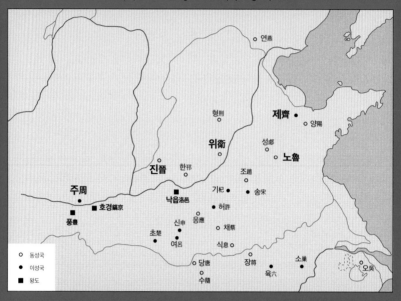

연燕

제齊 · 양陽

형邢

위衛 · 성랑

진晉 · 노魯

한邗

주周 · 조趙

호경鎬京 기杞 · 송宋

풍豊 낙읍洛邑 · 허許

신申 응應

초楚 여목 채蔡

식息

당唐 장蔣 소巢

수隨 육六 · 오吳

○ 동성국
● 이성국
■ 왕도

진晉나라 계보

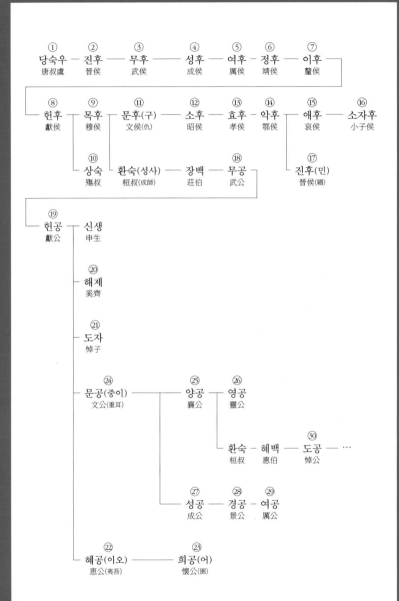

주요 제후국의 관계

기원전 660~640 : 제나라 패업 시기

중원中原

주 ═ 제° ═ 송宋 ═ 노魯 ═ 진陳 ═ 위衛 ═ 정鄭 ═ 허許 ═ 조曹
    └═ 연燕   └⟷ 북적北狄

서방

(우虞 ═ 괵虢) ⟷ 진晉 ═ 진秦

남방(양자강 유역)

서舒 ═ 서徐 ═ 초 ═ 한동제국漢東諸國

(═ 회맹會盟 ═ 우호 ⟷ 적대 ° 패권 국가)

궁중 여인들로부터 노나라의 난은 시작되고

이야기를 노魯나라로 옮긴다.

공자 경보慶父의 자는 중仲이니, 그는 노장공魯莊公의 서형庶兄이었다. 그런데 같은 서모 배에서 나온 동생이 또 있었다. 이름은 아牙며 자를 숙叔이라 하였다. 세상에선 그를 공자 숙아叔牙라고 불렀다. 그러니 공자 숙아는 노장공의 서제庶弟였다. 그럼 노장공에겐 동복 동생이 없었던가? 아니, 있었다. 그 친동생이 공자 우友다. 그는 나면서부터 손금이 벗 우友자로 되어 있었다. 그래서 이름을 우라 하고 자를 계季라 하였다. 사람들은 그를 공자 계우季友*라고 불렀다.

노장공은 형과 동생, 세 사람에게 다 대부大夫 벼슬을 주었다. 그러나 어쩔 수 없는 것은 적자嫡子와 서자庶子라는 관계였다. 그들 중에 가장 어진 사람이 바로 공자 계우였다. 그러므로 노장공은 동복 동생인 계우만을 믿었다. 노장공이 즉위한 지 3년 되던 해였다. 노장공은 낭대郞臺에서 잔치를 베풀고 놀았다.

이때 노장공은 대 위에서 모든 신하와 그 신하들의 안식구를 굽어보다가 아름다운 처녀 하나를 발견했다. 그 처녀는 당씨黨氏의 딸 맹임孟任이었다. 노장공은 맹임의 아름다운 얼굴에 마음이 흔들렸다. 그래서 내시를 시켜 맹임을 불러오게 했다. 그러나 맹임은 내시의 말에 순종하지 않았다.

노장공은 헛걸음만 하고 돌아온 내시에게 다시 말했다.

"한번 더 가서, 진심으로 나를 섬기면 내 마땅히 부인으로 삼겠다고 전하여라."

맹임은 내시로부터 이 전갈을 받고서야,

"천지신명께 이 몸을 부인으로 삼겠다고 맹세하시라 하오."

하고 대답했다. 마침내 노장공은 천지신명께 맹세했다. 맹임은 마침내 칼로 자기 팔을 찔러 피를 흘리면서 천지신명께 노장공을 섬길 것을 맹세했다.

그날 밤, 맹임은 노장공과 함께 낭대에서 동침했다. 이튿날 노장공은 맹임을 수레에 싣고 궁으로 돌아갔다. 그런 지 1년이 지나서 맹임은 아들을 낳았다. 그 아이의 이름을 반般이라 했다.

이에 노장공은 맹임을 부인으로 삼겠다고 어머니 문강文姜에게 청했다. 그러나 문강은 아들의 청을 허락하지 않았다. 문강은 아들인 노장공을 어떻든 자기 친정 제齊나라• 여자와 결혼시킬 작정이었다. 이리하여 마침내 문강은 친정 오라버니며 동시에 정부情夫인 제양공齊襄公의 딸과 자기 아들인 노장공을 약혼시켰던 것이다.

그러나 제양공의 딸 애강哀姜은 그때 나이 겨우 한 살이었다. 그래서 애강이 스무 살이 될 때까지 기다려서 결혼하기로 작정했던 것이다. 노장공은 어머니 문강 때문에 20년을 기다렸다가 정식으로 장가들어 애강을 본부인으로 삼았다. 이건 이미 앞에서 말한 바와 같다.

일이 이렇게 되어 맹임은 노장공의 본부인이 되지 못하고 허구한 세월을 보냈다. 그러나 20여 년 동안 맹임은 본부인이나 다름없이 육궁六宮의 제반사를 다스렸다. 그러다가 급기야 애강이 노장공의 본부인이 되어 노나라에 들어오자, 맹임은 울화병이 나서 병석에 드러눕고 말았다.

병석에 누운 지 오래지 않아 맹임은 숨을 거두고 말았다. 노장공은 맹임의 죽음을 몹시 슬퍼했으나 하는 수 없이 맹임을 첩에 대한 예로 장사지냈다.

애강은 그 뒤 오랜 세월이 지나도록 아이를 낳지 못했다. 그래서 이번엔 애강의 친정 동생 숙강叔姜이 와서 노장공의 잉첩媵妾이 됐다. 오래지 않아 숙강의 몸에서 아들이 태어났다. 그 아이의 이름을 계啓라고 했다.

그런데 이보다 앞서 노장공에겐 또 풍씨風氏란 첩이 있었다. 풍씨는 수구자須句子란 사람의 딸이었다. 풍씨에게도 소생이 있었다. 이름을 신申이라고 했다. 풍씨는 자기 아들 신을 공자 계우에게 맡기어 다음날 군위에 올릴 계획이었다. 그러나 공자 계우는,

"형주兄主의 큰아들은 반입니다. 딴생각을 품지 마오."

하고 풍씨의 소청을 거절했다. 이에 풍씨는 동지를 얻지 못해서 단념하는 수밖에 없었다.

이때 애강이 비록 부인으로 있었지만 노장공은 자기 아버지를 죽인 원수의 딸이란 걸 생각할 때마다 애강을 속으로 사랑하지 않았다. 그저 겉으로 체모만 지켜오던 참이었다. 남편 사랑을 받지 못한 애강은 남자가 그리웠다. 그런데 서庶시숙인 공자 경보慶父

는 몸이 크고 풍골이 매우 사내다웠다. 애강은 공자 경보에게 기회 있을 때마다 추파를 던졌다. 그럴 때마다 경보도 애강에게 유정有情한 눈짓을 보냈다. 내시가 비밀히 그들 사이에 연락을 해주었다. 마침내 애강은 공자 경보와 간통했다. 날이 갈수록 두 사람의 사랑은 깊어갔다.

어느덧 공자 경보는 친동생 공자 숙아까지 포섭해서 애강과 함께 일당을 만들었다.

그들은 다음날에 공자 경보가 임금이 되고 공자 숙아가 재상이 되기로 서로 짰다.

염옹髥翁이 시로써 이 일을 읊은 것이 있다.

정鄭·위衛 두 나라의 음탕은 다 아는 바지만
또 제나라 음탕도 보통이 아니었다.
우습구나, 노나라는 다른 나라와 친하기를 무던히 좋아하더니
문강의 뒤를 이어 또 애강을 얻었도다.
淫風鄭衛只尋常
更有齊風不可當
堪笑魯邦偏締好
文姜之後有哀姜

노장공 31년이었다. 이해 겨울엔 비가 오지 않았다. 그래서 기우제를 올리기로 했다.

기우제를 지내기 하루 전날 일이었다. 이날 대부 양씨梁氏 집 정원에서 음악 연주가 열렸다. 양씨에게 딸 하나가 있었다. 그녀는 자색이 매우 아름다웠다.

그런데 양씨의 딸은 처녀의 몸으로 이미 샛서방이 있었다. 그 남자는 바로 노장공의 맏아들 공자 반이었다. 벌써부터 공자 반은 남몰래 양씨 집에 드나들면서 그 딸과 깊은 관계를 맺어왔고, 후일에 그녀를 정실正室 부인으로 삼겠다고 맹세까지 했다.

　이날 양씨 딸은 내정內庭 담에다 사다리를 놓고 올라가서 몸을 숨기고 외정外庭에서 연주하는 풍악을 구경하고 있었다. 이때, 어인圉人(마구간 말을 맡아보는 벼슬) 낙犖이란 자가 양씨 집 밖에 있다가 마침 담 위에 숨어서 외정 음악 연주를 구경하고 있는 양씨 딸의 아름다운 모습을 보았다. 이에 어인 낙은 그 담 밑에 가서 의젓이 노래로 수작을 걸었다.

　　아름다운 복숭아꽃이여
　　추위에도 굽히지 않고 더욱 꽃다워라.
　　잊으랴 잊을 수 없음이여
　　능히 담을 넘어 들어가지 못하는도다.
　　바라건대 저 두 날개처럼
　　변하여 한 쌍 원앙새가 되고 싶어라.
　　桃之夭夭兮
　　凌冬而益芳
　　中心如結兮
　　不能踰牆
　　願同翼羽兮
　　化爲鴛鴦

　이때 공자 반도 양씨 집에 와서 기우제를 위한 음악 연주를 듣고 있었다. 공자 반은 어디선지 남자의 노랫소리가 들려오기에 수상히 생각하고 밖으로 나가보았다. 이런 줄도 모르고 어인 낙은 노래로 양씨 딸에게 수작을 걸다가 공자 반에게 들켰다. 공자 반이 분기충천하여 좌우 사람들에게 분부한다.

"저놈을 당장 잡아오너라!"

붙들려온 어인 낙은 곤장 300대를 맞았다. 어인 낙의 피는 흘러서 땅바닥을 벌겋게 물들였다. 어인 낙은 그저 목숨만 살려줍소사하고 애걸복걸했다. 공자 반은 놈을 일단 놓아주고 이 일을 아버지인 노장공에게 가서 고했다. 노장공이 걱정한다.

"낙을 곤장으로 쳤다는 건 실수다. 그런 놈은 당장 죽여버려야하는 것이다. 낙은 천하에 짝이 없는 무서운 장사다. 반드시 그놈이 너에 대해서 원한을 품겠구나."

원래 어인 낙은 무서운 장사였다. 지난날의 일이다. 어인 낙은 직문稷門 성루에 올라가서 몸을 날려 밑으로 뛰어내린 일이 있었다. 그는 땅에 발이 닿자마자 외마디 소릴 지르면서 다시 뛰어올랐다. 참으로 그는 날아오르는 듯했다. 어느새 그는 이미 누옥樓屋의 추녀 끝을 잡고 매달려 있었다. 그는 다시 힘을 주어 성루 안으로 몸을 날려 들어갔다. 그는 성루의 기둥을 붙들고 흔들었다. 성루가 곧 무너질 듯 진동했다.

노장공이 낙을 죽이라고 암시한 것은 그 힘을 두려워한 때문이었다. 그러나 공자 반은 아버지의 말을 유의해 듣지 않았다.

"한갓 보잘것없는 마구간 놈입니다. 그까짓 놈을 염려할 것 있습니까?"

그러나 어인 낙은 공자 반에게 원한을 품고 마침내 공자 경보의 문하門下로 입당했다.

그 다음해 가을이었다. 노장공은 병이 났다. 그리고 병세는 점점 악화됐나. 노상공은 서형인 공자 경보를 의심하고 있었다. 그래서 일부러 서동생인 공자 숙아를 불러들여,

"내가 죽은 후 이 나라를 누구에게 맡기면 좋을꼬?"

하고 슬쩍 물어봤다. 아니나 다를까, 공자 숙아는 공자 경보를 극구 칭찬하고, 경보가 나라 주인이 되면 사직이 편안할 것이라고 중언부언했다. 노장공은 그저 참고로 들어두는 체했다. 공자 숙아는 물러나갔다.

노장공은 다시 친동생 공자 계우를 불러들여 앞일을 물었다.

공자 계우가 준절히 말한다.

"형님은 지난날 맹임과 맹세까지 하시고도 그녀를 본부인으로 세우지 않았습니다. 지난날에는 그녀를 부인으로서 대접하지 않았는데 이제 또 그 아들까지 버리시렵니까?"

노장공은 무안해서 대답을 아니 하고 묻기만 한다.

"숙아는 과인에게 경보를 추천하던데, 뜻이 어떠하냐?"

"경보는 잔인할 뿐 덕이 없습니다. 임금의 그릇이 아닙니다. 숙아는 동복인 형과 친한 사입니다. 그 말을 듣지 마십시오."

노장공은 연방 머리를 끄덕였다. 그리고 마침내 말문이 막혔다. 공자 계우는 사세가 매우 급하다는 걸 알았다. 그는 궁실에서 나와 즉시 내시를 불렀다.

"공자 숙아에게 가서 주공의 말씀을 다음과 같이 전하고 오너라. 곧, '숙아는 대부 침계鍼季의 집에 가서 기다려라. 곧 과인이 특별한 분부를 내리리라' 하고 말이다."

내시는 곧 공자 숙아에게 가서 그 말을 전했다. 공자 숙아는 희색이 만면해서 곧 침계의 집으로 갔다. 그는 장차 좋은 소식이 있

을 줄 알았다.

한편 공자 계우는 짐주鴆酒(독주) 한 병을 침계에게 보내고 공자 숙아를 죽이도록 지시했다.

그는 공자 숙아에게 글을 써서 보냈다. 그 글에 하였으되,

상감의 명으로 공자 숙아에게 죽음을 내리노니, 공자는 이 술을 마시라. 그리하면 공자의 자손이 대대로 그 위를 잃지 않을 것이다. 만일 군명에 복종하지 않으면 너의 일가를 도륙하리라.

공자 숙아는 청천벽력 같은 글을 읽고서 짐주를 마시지 않으려고 몸부림쳤다. 침계는 즉시 공자 숙아의 머리를 움켜쥐고 짐주를 귓구멍에 들이부었다. 공자 숙아의 몸이 꿈틀꿈틀 경련을 일으켰다. 그리고 아홉 구멍에서 피를 쏟았다. 이윽고 공자 숙아는 검푸른 몸뚱이로 변해서 죽었다.

사관史官이 시로써 이 일을 읊은 것이 있다.

옛날에 주왕은 관숙管叔을 죽여 나라를 안정하고
계우는 숙아를 독살毒殺하고 노나라를 정하였다.
나라를 위해 형제를 죽이고서 대의를 폈으니
모든 나라는 서로 치고 죽이는 것이 일이었다.
周公誅管安周室
季友鴆牙靖魯邦
爲國滅親眞大義
六朝底事忍相戕

이날 밤에 노장공은 세상을 떠났다.

공자 계우는 공자 반을 받들어 주상主喪으로 삼고, 그 다음해에 개원改元할 것을 백성에게 선포했다. 각국에서 조문이 온 것은 말할 것도 없다.

이해 겨울 10월이었다. 공자 반은 외가인 당씨黨氏의 은혜를 늘 잊지 않았다. 그러던 중 외조인 당신黨臣이 병으로 죽어, 공자 반은 외갓집으로 문상을 갔다. 이날 공자 경보는 어인 낙을 비밀히 불렀다.

"네 지난날 곤장을 맞았던 그 원한을 잊었느냐? 필부도 물 밖에 나온 교룡蛟龍쯤은 가히 제어할 수 있는 것이다. 너는 왜 당씨 집에 가서 지난날의 원한을 갚지 않느냐. 내가 너의 주인이기에 이렇듯 특별히 말해주는 것이다."

마구간을 맡아보는 낙이 대답한다.

"참으로 공자께서 소인을 도와주신다면 어찌 시키시는 대로 아니 하겠습니까."

이에 어인 낙은 가슴에 날카로운 비수를 품고 인시寅時에 당대부 집으로 갔다. 때는 이미 밤 삼경三更이었다. 그는 나는 듯이 담을 넘었다. 그리고 중문中門 옆에 가서 숨었다. 어느덧 동쪽에 먼동이 트기 시작했다.

중문이 열리면서 조그만 내시 하나가 물을 길으러 나왔다. 이 틈을 타서 어인 낙은 바로 사랑채 침실로 뛰어들어갔다. 이때 공자 반은 침상에서 마침 신을 신던 참이었다. 공자 반은 들어오는 어인 낙을 보고 크게 놀랐다.

"네 어찌 감히 이곳에 왔느냐?"

낙이 눈알을 부라린다.

"나는 지난해에 곤장 맞은 그 원한을 갚으러 왔다."

공자 반은 급히 침상 머리에 놓여 있는 칼을 뽑아 낙의 정면을 쳤다. 칼이 지나가자 낙의 이마에선 피가 흐르면서 허연 뇌까지 약간 비어져나왔다. 그러나 낙은 이를 악물고 왼손으로 공자 반의 칼을 후려쳐 잡고 오른손으로 품속의 칼을 뽑아 공자 반의 옆구리를 찔렀다. 칼에 찔린 공자 반은 그 당장에 쓰러져 죽었다.

마침 침실 문을 열고 들어온 내시가 이 무서운 광경을 보고 도로 뛰어나가 온 집안 사람에게 급히 알리었다. 당씨 일가는 가병家兵까지 이끌고서 침실로 쳐들어갔다. 이미 뇌수腦髓에 칼금이 들어간 낙은 능히 싸우지 못하고 비틀거렸다. 뭇사람의 칼을 맞고 낙은 형체도 못 알아볼 정도로 비참히 죽었다.

한편 공자 계우는 공자 반이 죽었다는 보고를 받자 공자 경보의 소행인 줄을 알고, 장차 몸에 화가 미칠까 두려워서 진陳나라로 달아났다. 공자 경보는 이 사건에 대해서 전혀 모르는 척했다. 그리고 모든 죄를 죽은 어인 낙에게 뒤집어씌웠다. 마침내 그는 낙의 가족을 몰살해버렸다. 이렇게 함으로써 공자 경보는 백성의 의혹을 풀었다.

노장공이 죽은 뒤로는 세상에 숨길 것 없이 의젓이 공자 경보의 정부情夫가 되어버린 애강은 공자 경보를 임금으로 세우려 했다. 그러나 공자 경보가 속삭인다.

"아직 신申, 계啓 두 공자가 있소. 그들을 다 죽여버리기 전엔 임금이 될 수 없소."

애강이 묻는다.

"그럼 그동안이나마 신을 임금으로 세워야 한단 말이오?"

"신은 나이가 많아서 만만치 않으니 우선 계를 군위에 세워야겠소."

공자 경보는 공자 반의 죽음을 발상發喪하고, 이를 보고해야 한다는 명목으로 친히 제나라에 가서 공자 반이 당한 변을 고하고 많은 뇌물을 초에게 바쳤다. 그리고 돌아와 공자 계啓를 군위에 앉혔다. 이때 공자 계의 나이가 겨우 여덟 살이었다. 그가 바로 노민공魯閔公이다.

노민공은 숙강의 아들이며, 숙강은 바로 애강의 친정 동생이다. 어린 노민공은 안으론 애강의 싸느란 눈초리가 무서웠다. 밖으론 공자 경보의 억센 눈길이 무서웠다. 그는 외가인 제나라의 힘을 빌리려 했다. 그래서 사람을 제나라로 보내어 그 뜻을 아뢰었다.

마침내 노민공은 제나라 땅 고락姑落이란 곳에서 제환공齊桓公•과 회견하게 됐다. 어린 노민공은 고락에 가서 제환공의 옷깃을 잡고 공자 경보가 항상 딴생각을 품고 있다는 사실을 비밀히 호소하고는 흐느껴 울었다. 제환공은 어린 노민공을 불쌍히 여겼다.

"오늘날 노나라 대부 중에서 누가 가장 현명한고?"

"오직 공자 계우가 현명하지만 지금 그는 진나라에 망명 중입니다."

"그럼 왜 그를 불러들이지 않소?"

"경보가 그를 해치려 하기 때문에 돌아오질 못하고 있습니다."

제환공이 강경히 말한다.

"과인이 명령하면 누가 감히 어기겠는가!"

이에 제환공은 사람을 진나라로 보내어, 공자 계우에게 노나라로 귀국하도록 명했다. 노민공은 제환공에게 감사하고 낭郞이란 곳으로 갔다. 노민공은 낭에서 귀국하는 계우와 만나 함께 수레를 타고 궁으로 돌아갔다. 그리고 즉시 공자 계우를 재상으로 삼았다. 이것이 다 제환공의 명령이었기 때문에 아무도 감히 불평을 못했다. 이때가 주혜왕周惠王 16년(원문에는 6년으로 되어 있으나 원저자의 오류다. ── 편집자 주)이요, 노민공 원년이었다.

이해 겨울에 제환공은 그 뒤 노나라 임금과 신하가 그 위位에서 불안해하지나 않는가 하고 대부 중손추仲孫湫를 보내는 동시, 공자 경보의 동정까지 자세히 알아오도록 했다. 노민공은 제나라에서 온 중손추를 영접하고 눈물만 질금질금 흘릴 뿐 제대로 말도 할 줄 몰랐다. 그 못난 꼴이란 보는 사람이 불쾌할 정도였다.

그 다음에 중손추는 공자 신과 만났다. 공자 신과 함께 노나라 일을 말해본즉 공자 신은 매우 조리 있는 의견을 갖고 있었다. 중손추는 이 사람이야말로 노나라를 다스릴 수 있는 인물이라 생각했다.

그래서 중손추는 공자 계우와 만난 자리에서 유망한 공자 신을 잘 보호하도록 부탁하고, 왜 빨리 경보를 없애버리지 않느냐고 충동했다. 이에 대해서 공자 계우는 다만 오른편 손바닥만 내보였다. 중손추는 곧 그 뜻을 알아차렸다. 곧, 한쪽 손만으론 소리가 안 난다는 뜻이었다. 중손추가 머리를 끄덕이며 웃고 말한다.

"내 마땅히 우리 상감께 가서 말하겠소만, 만일 귀국에서 일단 일이 생기면 우리 제나라는 그냥 앉아서 바라보진 않을 것이오."

다음날이었다. 공자 경보는 많은 뇌물을 가지고 가만히 중손추를 찾아갔다. 중손추는 자기 앞에다 바치는 뇌물을 보고 정중한 목소리로,

"진실로 공자가 사직에 충성을 다하면, 우리 상감께서도 바치는 물건을 다 받으실 것이오. 어찌 추湫만이 이런 귀중한 물건을

받을 수 있으리오."

하고 완고히 거절했다. 경보는 송구해서 돌아갔다.

그 뒤 중손추는 노나라 실정을 샅샅이 살핀 뒤에 본국으로 돌아
갔다. 그는 귀국하는 길로 즉시 제환공에게 보고했다.

"경보를 없애버리지 않는 한 노나라는 안정되기 어려울 것 같
습니다."

"그럼 과인이 병력으로 그를 없애버리면 어떨까?"

"경보의 흉악한 잘못이 아직 드러나지 않았으니 그를 해칠 명
목이 없습니다. 신이 보기에 경보는 남의 밑에 있는 걸 몹시 싫어
하니 반드시 무슨 변을 일으키고야 말 것입니다. 그러한 기회를
기다렸다가 없애버려야 합니다."

"그 말이 장히 좋다."

하고 제환공은 찬동했다.

노민공 2년이었다. 공자 경보는 군위를 뺏고자 초조했다. 다만
노민공이 제환공의 일가며 더구나 공자 계우가 충심으로 보좌하고
있기 때문에 그는 성급하게 일을 일으키지 못하고 있을 뿐이었다.

어느 날이었다. 문지기가 들어와 아뢴다.

"대부 복의卜齮께서 오셨습니다."

공자 경보는 복의를 서실로 영접했다. 복의는 얼굴에 잔뜩 노기
를 띠고 있었다. 공자 경보는 자기를 찾아온 뜻을 물었다. 복의가
대답한다.

"내 땅은 태부太傅(군후의 스승) 신불해愼不害의 전장田莊과 서
로 인접해 있소. 그런데 나는 까닭 없이 신불해에게 전답을 뺏겼
소이다. 억울해서 주공께 호소했더니, 주공은 태부만 편애하사
도리어 나보고 그 땅을 양도해주라는구려. 내 참을 수 없어 공자

께 왔으니 제발 주공께 내 사정을 말 좀 해주오."

이 말을 듣자 공자 경보는 따라온 사람들을 즉시 바깥으로 다 내보내게 하고 복의에게 속삭인다.

"주공은 나이 어리고 철이 없어 내가 가서 말해도 듣지 않을 것 이오. 만일 큰일을 한번 해보실 생각이라면 대부를 위해 그 신불 해를 죽여버리겠소. 뜻이 어떠시오?"

"하지만 계우의 눈에 흙이 들어가기 전엔 어려울 것이오."

"주공은 아직 어린애요. 밤이면 무위문武闈門(궁중의 소문小門) 을 나가서 거리를 돌아다니며 놀지요. 대부는 무위문 밖에 사람을 매복시켰다가 그 어린것이 나오거든 한칼에 찔러버리시오. 그러 고 나서 도적의 소행이라고만 하면 누가 능히 이 일을 알겠소. 다 음은 임금이 없으니 국모國母(곧 애강)의 명에 의해서 임금을 세 우고 계우를 추방하면 되오. 결국 손바닥을 뒤집는 것보다도 쉬운 일이지요."

마침내 복의는 동의했다. 복의는 집으로 돌아가 각방으로 힘센 장사를 구했다. 이리하여 추아秋亞라는 자를 얻었다. 복의는 추아 에게 날카로운 비수 한 자루를 내줬다.

마침내 추아는 무위문 밖에 매복했다. 밤이 됐다. 과연 무위문 에서 어린 노민공이 나왔다. 추아는 노민공이 숨어 있는 자기 앞 까지 오기를 기다렸다가 나는 듯이 뛰어나갔다. 어둠 속에서 칼이 번쩍 빛났다. 노민공은 비수를 맞고 가냘픈 소릴 지르며 죽었다. 그제야 좌우 시종이 어둠 속으로 번개처럼 사라지는 검은 그림자 를 가리키며 외친다.

"저놈 잡아라!"

검은 그림자는 곧 사로잡혔다. 그러나 복의가 거느린 무장한 부하들이 나타나 다시 추아를 뺏어가지고 달아났다.

한편 공자 경보는 사병을 거느리고 가서 태부 신불해를 그의 집에서 죽였다.

공자 계우는 이 변을 듣자, 즉시 공자 신의 집으로 가서 문을 두드렸다. 그는 방으로 들어가 누워 자는 공자 신을 발길로 차서 깨웠다.

"경보가 난을 일으켰소. 속히 피합시다."

공자 계우와 공자 신은 그날 밤으로 길을 떠나 주邾나라로 달아났다.

염옹이 시로써 이 일을 읊은 것이 있다.

> 공자 반이 피살되고 노민공魯閔公도 암살됐으니
> 그 당시 못된 칼을 휘두르게 한 자 그 누구냐.
> 노나라 혼란이 다 궁중 일로 생겼으니
> 하필이면 제나라 여자만 데려왔던가.
> 子般遭弑閔公戕
> 操刀當時誰主張
> 魯亂盡由宮闈起
> 娶妻何必定齊姜

노나라의 모든 백성은 어린 임금이 피살되고 재상인 공자 계우가 타국으로 망명했다는 소문을 듣고 온 나라가 들끓었다. 모든 백성은 다 복의와 경보를 원망했다.

이날, 노나라 시장은 다 문을 닫고 철시했다. 1,000여 명의 군중이 몰려가서 먼저 복의의 집부터 에워쌌다. 순식간에 복의와 그

가족은 분노한 백성들에게 몰살당했다. 성난 백성들은 다시 공자 경보의 집으로 몰려갔다. 사람 수효는 점점 늘었다. 공자 경보는 인심이 자기를 미워하는 걸 알고 도망갈 궁리부터 했다.

'일찍이 거莒나라 힘을 빌려 제후齊侯가 나라를 차지한 일이 있었다. 그렇다. 제와 거 두 나라는 서로 은혜를 입고 있는 사이다. 거나라로 하여금 제나라에 나의 형편을 변명하게 해야겠다. 그렇지. 더구나 지난날 문강은 거나라 의원과 서로 정을 통한 일이 있지 않은가! 나와 보통 사이가 아닌 애강은 바로 문강의 질녀다. 이러나저러나 이건 예사 인연이 아니다. 이런 연줄로 일을 꾸며나가면 모든 일이 순조롭게 잘될 것이다.'

드디어 공자 경보는 백성 옷으로 가장하고 뇌물로 쓸 보배만 헙수룩한 수레에 잔뜩 싣고서 거나라로 달아났다.

궁에서 과부 애강은 공자 경보가 거나라로 달아났다는 소문을 들었다. 정부情夫를 잃은 애강은 불안했다. 아니 허전해서 견딜 수가 없었다. 그래서 애강도 경보의 뒤를 쫓아 거나라로 달아날 준비를 했다. 좌우 사람들이 간한다.

"부인께선 공자 경보 때문에 백성에게 죄를 저질렀은즉, 이제 또 거나라로 가서 모두 한곳에 합치면 누가 이를 용납하리이까. 백성들은 지금 주邾나라에 가 있는 공자 계우를 신망하고 있습니다. 그러니 부인은 차라리 주나라에 가서 계우에게 동정을 비십시오."

이에 애강은 주나라로 갔다. 애강은 주나라에 가서 공자 계우와 만나기를 원했다. 그러나 공자 계우는 애강을 만나주지 않았다. 공자 계우는 이제 본국에 공자 경보와 애강이 다 없다는 걸 알았다. 마침내 공자 계우는 공자 신을 데리고 본국으로 돌아갈 준비를 했다.

그는 동시에 사람을 제나라에 보내어 이번에 일어난 사건을 일일이 고하게 했다.

한편 제환공이 중손추에게 묻는다.

"이제 노나라에 임금이 없으니 이참에 노나라를 정복하는 것이 어떨꼬?"

"노는 원래 예의 있는 나라입니다. 비록 임금을 죽이는 소동이 잇달아 일어났으나, 민심은 옛 어진 주공을 숭배하고 있습니다. 그러니 안 될 말입니다. 더구나 공자 신으로 말하면 나라를 다스리는 법에 밝고 공자 계우 또한 어지러운 시국을 안정시킬 수 있는 인재입니다. 그들은 반드시 백성을 편안하게 할 것입니다. 그러니 동하지 마십시오."

제환공이 머리를 끄덕인다.

"그 말이 일리 있다."

이윽고 제환공은 또 상경上卿 벼슬에 있는 고해高傒를 불렀다.

"남양南陽(제나라 지명) 갑사甲士 3,000명을 거느리고 노나라에 가서 그곳 동정을 보아가며 형편 따라 처리하오. 곧, 공자 신이 과연 사직을 맡을 만한 자격이 있거든 곧 그를 군위에 올려세워 우호를 맺고, 그렇지 못하거든 노나라를 우리 나라에 합병시키도록 일을 꾸미오."

명을 받고 고해가 길을 떠나 노나라에 당도했을 때였다. 주邾나라를 떠난 공자 신과 계우도 마침 노나라에 돌아온 참이었다. 고해는 공자 신의 얼굴이 단정함을 보았다. 서로 이야기를 해보니 조리가 분명했다. 고해는 맘속으로 공자 신을 십분 존경하게 됐다.

마침내 고해는 공자 계우와 함께 의논하고 공자 신을 군위에 올려 모셨다. 공자 신申이 바로 노희공魯僖公이다. 고해는 다시 3,000

갑사로 하여금 노나라 사람을 도와 녹문성鹿門城을 쌓아줬다. 곧, 주·거 두 나라에 대한 국방을 튼튼히 하기 위한 것이었다.

이에 공자 계우는 공자 해사奚斯에게 고해를 따라 제나라에 가서 제환공에게 나라를 바로잡아준 은공을 감사드리게 했다. 동시에 공자 계우는 사람을 거나라로 보냈다. 거나라에 당도한 사자는 극악무도한 경보를 죽여주면 많은 뇌물을 보내겠다는 공자 계우의 뜻을 전했다.

지난날 공자 경보는 거나라로 도망갔을 때 노나라 보물을 싣고 가서 거나라 의원의 손을 거쳐 거주莒主에게 다 바쳤다. 거주는 그 보물을 받았지만 또 노나라 뇌물에 탐이 났다. 그래서 사람을 공자 경보에게 보냈다.

"거나라는 보잘것없는 조그만 나라입니다. 공자 때문에 우리나라와 노나라 사이에 의가 상해서 혹 싸움이라도 일어나지 않을까 두렵구려. 그러니 미안하지만 공자는 다른 나라로 속히 떠나주십시오."

그러나 공자 경보는 떠나려 하지 않았다. 거주는 마침내 경보를 국외로 축출하라는 명령을 내렸다. 이에 경보는 지난날 자기가 제나라 초에게 많은 뇌물을 주고 서로 친했던 일이 생각났다. 추방령을 당한 경보는 거나라를 떠나 주邾나라를 거쳐 제나라로 갔다.

그러나 국경선에서 제나라 관리들은 원래부터 공자 경보의 나쁜 소행을 잘 알고 있었기 때문에 입국을 허락하지 않았다. 하는 수 없이 공자 경보는 문수汶水 근방에 머물렀다. 때마침 공자 해사가 제나라에 가서 제환공에게 은덕을 칭사하고 돌아오는 도중 문수가에 당도했다. 공자 해사는 초라한 공자 경보를 만나 함께 귀국하자고 권했다. 공자 경보가 머리를 숙이고 울상이 되어 말한다.

"누구보다도 계우가 나를 용납하지 않을 것이다. 그대가 이번에 가거든 나를 위해 나 대신 계우에게 말 좀 잘해주게. 우리가 비록 어머니는 서로 다르지만 다 선군의 피를 이어받은 형제간이 아닌가. 원컨대 이 목숨 하나만 살려주면 길이 백성이 되어 죽어서도 그 은혜를 잊지 않겠다고 하더라고, 이 말을 꼭 좀 전해주게나."

공자 해사는 공자 경보와 강변에서 작별하고 떠났다. 공자 해사는 귀국하자 즉시 제나라에 갔다 온 경과를 보고한 다음, 도중에서 공자 경보와 만났던 일과 그의 말을 전했다. 노희공은 이 말을 듣자 측은한 생각이 들어서 공자 경보를 용서해주고 싶었다. 그러나 공자 계우가 반대했다.

"임금을 죽인 사람을 죽이지 않으면 무엇으로 뒤에 오는 사람들을 경계하시렵니까."

그날 계우는 해사를 자기 집으로 불렀다.

"곧 문수에 가서 경보에게 다음과 같이 내 말을 전하고 오너라. 만일 스스로 목숨을 끊으면 오히려 뒤이을 자손을 세워서 대대로 제사를 지내주겠다고 하여라."

분부를 받고 해사는 다시 문수 가로 갔다. 그러나 경보에게 차마 그 말을 전할 수 없었다. 해사는 경보가 있는 집 문 앞에 가서 소리 높이 통곡했다. 경보는 방 안에서 그 울음소리를 듣고 곧 해사가 밖에 왔다는 걸 알았다. 경보가 길이 탄식한다.

"해사가 들어오지 않고 저렇듯 밖에서 슬피 울기만 하니, 나는 죽음을 면하지 못하겠구나."

경보는 마침내 띠[帶]를 끌러 나무에 목을 매고 자살했다. 해사는 죽은 경보를 관에 넣어서 돌아왔다. 노희공은 길이 탄식했다. 그 뒤 노희공은 급한 보고를 받았다.

"거주의 동생 영나嬴拏가 군사를 거느리고 우리 나라 경계에 와서 엉뚱한 소릴 합니다. 곧 공자 경보가 죽었으니 이젠 뇌물을 내놓으라고 억지를 씁니다."

계우가 불쾌한 기색으로 아뢴다.

"거나라가 경보를 잡아 보내지도 않고서 이제 공을 내세우다니 이건 말만으로 해결될 일이 아닙니다. 신이 군사를 거느리고 가서 적을 맞이하겠습니다."

노희공이 허리에 차고 있는 보도寶刀를 끌러 재상 계우에게 내주며 말한다.

"이 칼 이름은 맹로孟勞라. 길이는 비록 한 자[尺]가 못 되나 날카롭기는 천하에 짝이 없다. 숙부는 이 칼을 소중히 간직하오."

계우는 그 칼을 옷 속에 차고 은혜를 사례한 후 군사를 거느리고 출발했다. 노나라 군사가 역酈(노나라 지명) 땅에 이르러 본즉, 거나라 공자 영나는 진을 벌이고 있었다. 계우는 속으로 한 계책을 생각해냈다.

'우리 노나라는 새로 임금을 세워 아직 나랏일이 안정되지 못했으니, 만일 싸워서 이기지 못하면 인심이 동요하리라. 거나라는 욕심만 많고 꾀가 없으니 내 마땅히 계략을 쓰리라.'

이에 계우는 적진 앞에 나아가 영나에게 직접 수작을 걸었다.

"결국 우리 두 사람만 다 사이가 좋지 않을 뿐이라. 저 군사들이야 무슨 죄가 있으리오. 듣건대 공자는 힘이 세고 씨름을 잘한다 하니, 우리 각기 맨손으로 자웅雌雄을 겨루는 것이 어떠하냐?"

공자 영나가 진에서 나오며 선뜻 응낙한다.

"거 매우 좋은 말이다."

이에 두 나라 군사는 물러서서 구경만 하기로 했다. 계우와 영나는 서로 돌며 노리다가 어울려 싸웠다. 그러나 씨름은 좀체 승부가 나질 않았다. 서로 50여 합을 싸웠을 때였다.

계우의 아들 행보行父는 이때 나이가 여덟 살이었다. 평소 계우는 아들을 매우 사랑했다. 그때, 행보는 아버지를 따라 함께 와 있었다. 행보는 곁에서 싸우는 걸 보다가 아버지가 이길 것 같지 않자 잇달아 부르짖었다.

"맹로야, 너 어디에 있니! 맹로야, 너 어디 있니……"

이 소리를 듣고 계우는 그제야 정신이 번쩍 났다. 계우는 일부러 견딜 수 없다는 듯이 뒤로 슬금슬금 물러섰다. 그는 칼이 들어 있는 속옷 사이로 손을 돌렸다. 영나는 점점 계우에게 육박해가다가 성난 황소처럼 달려들었다. 순간 계우는 몸을 피하면서 속옷 허리에 찬 맹로를 뽑아 번개같이 영나를 찔렀다. 칼은 영나의 이마를 지나 어깨까지 들어갔다.

"으악!"

영나는 외마디 소리와 함께 얼굴 반 조각을 잃고 모래 바닥에 쓰러져 죽었다. 그러나 맹로의 몸에는 피 한 방울도 묻어 있지 않았다. 참으로 천하의 보도였다.

거군은 주장主將이 무참히 죽어자빠지자 싸울 겨를도 없이 각기 달아났다. 계우는 군사에게 개가를 부르게 하면서 돌아갔다. 노희공은 친히 교외까지 나가서 군사를 영접하고 계우를 상상上相으로 삼고 비읍費邑 땅을 주어 녹을 더 받게 했다. 그러나 계우는 이를 사양했다.

"신은 경보와 숙아와 함께 세상을 떠나신 환공桓公의 아들입니다. 신은 사직을 위해서 숙아를 짐살鴆殺하고 경보로 하여금 스스로 목을 매어 죽게 했습니다. 이제 그 두 사람은 죽고 자손도 없는

데 신만 홀로 외람되게 영화와 벼슬을 누리고 큰 고을을 받는다면, 장차 지하에 돌아갔을 때 무슨 얼굴로 아버지 환공을 뵈오리까."

"두 사람은 반역하고 스스로 죄를 지었소."

계우가 다시 옷깃을 가다듬고 아뢴다.

"두 사람은 반역하려고 했을 뿐 실지로 반역한 건 없으며 또 정정당당한 처벌을 받은 것도 아닙니다. 마땅히 그 뒤를 이을 자손이나 세워주십시오. 주공께선 형제를 사랑하라는 높은 덕을 베푸십시오."

노희공은 계우의 말에 감동하고 그 말대로 했다. 이리하여 공자 경보의 아들 공손오公孫敖로써 경보의 뒤를 계승하게 하고 성을 맹손씨孟孫氏로 고쳐 성읍成邑의 녹을 받게 하고, 또 공손자公孫兹로써 공자 숙아의 뒤를 계승하게 하고 성을 숙손씨叔孫氏로 고쳐 후읍邱邑의 녹을 받게 했다. 그리고 계우는 비읍의 녹을 받는 동시, 문양汶陽의 전답을 더 받고 성을 계손씨季孫氏로 고쳤다.

그후로 계季·맹孟·숙叔 세 집이 솥발처럼 서서 노나라 정권을 잡았다. 그들 세 집을 세상에서 삼가三家 또는 삼환三桓이라고 불렀다.

어느 날, 노성魯城 남문이 무너졌다. 사람들은 장차 높은 것이 무너질 징조라고 했다. 노나라는 장차 또 어찌 될 것인가? 사관의 시에 다음과 같은 것이 있다.

> 손금이 기이하더니 마침내 공을 세웠으나
> 어찌하여 경보, 숙아의 자손을 벼슬에 올렸는고.
> 혼란한 세상엔 천심天心마저 역적을 돕는지
> 세 집이 다 환공의 자손이었다.

手紋徵異已褒功

孟叔如何亦竝封

亂世天心偏助逆

三家宗裔是桓公

어느 날, 제환공은 애강이 주邾나라에 가 있다는 걸 알고 관중管仲에게 말했다.

"노나라 환공, 민공 두 군후가 다 자기 명대로 살지 못하고 비명에 죽은 것은 우리 나라 딸들인 문강과 애강 때문이오. 만일 우리 친정 편에서 내버려두면 노나라 사람들은 반드시 우리 제나라를 미워할 것이며 따라서 두 나라 사이에 여러 가지 지장이 있을 것이오."

관중이 대답한다.

"여자는 한번 출가하면 남편을 따를 뿐입니다. 시집에서 저지른 죄를 친정에서 처리할 순 없습니다. 주공께서 처벌코자 하신다면 이 일을 비밀히 하십시오."

"그 말이 옳소."

이에 제환공은 초貂를 주나라로 보냈다. 주나라에 당도한 초는 애강을 찾아가서 아뢰었다.

"노나라로 돌아가사이다."

애강은 노나라로 돌아가려고 초를 따라나섰다.

애강이 이夷(제나라 지명) 땅에 이르렀을 때였다. 해가 저물어서 그녀는 관사에 들었다. 저녁 식사가 끝난 뒤였다. 초가 애강에게 정중히 고한다.

"부인께서 두 임금을 죽였다는 것은 제나라, 노나라 사람이면 누구나 다 알고 있습니다. 이제 부인이 노나라에 돌아가시면 무슨 면목으로 역대 임금의 신위를 모신 태묘를 대하시렵니까. 그러니 손수 목숨을 끊으사 지금까지의 허물을 덮어버리는 것만 같지 못하리이다."

애강은 이 말을 듣자 문을 닫고 구슬피 통곡했다. 애강의 울음소리는 한밤중이 지나서야 들리지 않았다. 그리고 이내 방 안은 적연했다. 초는 문을 열고 방 안을 들여다봤다. 방 한가운데에 애강은 스스로 목을 졸라매고 싸느랗게 죽어 있었다.

이튿날 초는 즉시 이의 지방 관장官長을 불러 애강을 염하고 입관하게 했다. 그리고 말을 달려 노나라에 가서 노희공에게 애강의 죽음을 알렸다.

노희공은 친히 가서 비록 친어머니는 아니지만 역시 어머니뻘인 애강의 관을 영접해 본국으로 돌아갔다. 애강을 후히 장사지내고 성례成禮한 뒤 노희공은,

"모자의 정은 가히 끊을 수 없다."

하고 시호諡號를 애衰라고 내렸다. 그래서 그녀를 세칭 애강哀姜이라고 한다.

애강이 죽은 지 8년이 지났다. 노희공은 아버지 장공莊公의 신위 곁에 짝이 없는 걸 죄송하게 생각하고 애강을 태묘에 배향配享케 했다. 이건 죽은 애강으로선 분에 넘치는 영광이라 하겠다.

한편 제환공은 연燕나라를 구조하고, 노나라를 안정시킨 뒤로 더욱 그 위엄을 천하에 떨쳤다. 각국 제후들은 기꺼이 제나라에 복종했다. 이런 뒤로 제환공은 관중을 더욱 신임하고 모든 정사를 맡겼다.

제환공은 오로지 잔치를 베풀고 술을 마시거나 사냥하는 것으로 소일했다. 어느 날 제환공은 큰 못 가 언덕에서 사냥을 했다.

임금과 신하는 일제히 수레와 말을 달리며 어지러이 달아나는 짐승들을 쐈다. 한창 재미나는 판이었다. 그런데 제환공은 문득 수레를 멈추고 넋을 잃은 듯 저편 한곳만 바라볼 뿐 말이 없었다. 제환공의 얼굴엔 무서워하는 기색이 떠올랐다.

초가 그러고 있는 제환공 곁으로 가서 묻는다.

"주공께서는 눈을 부릅뜨고 뭘 그렇게 보십니까?"

제환공이 그제야 돌아본다.

"과인은 지금 막 귀신을 봤다. 그 모양이 심히 괴상해서 무서웠노라. 한참 만에 없어졌으니 상서롭지 못한 징조나 아닌지."

초가 대답한다.

"귀신은 음물陰物인데 어찌 백주에 나타날 리 있습니까?"

"지난날에 우리 선군이 고분姑棼에서 큰 돼지 같은 괴물을 보신 것도 대낮이 아니었던가! 너는 잔말 말고 나를 위해 속히 가서 관중을 모셔오너라."

초가 불만인 듯이 대꾸한다.

"관중이 성인이 아니거늘 귀신의 일까지 알겠습니까?"

"관중은 지난날에 능히 유아兪兒도 아셨거니 어찌 성인이 아니란 말이냐."

"그땐 주공께서 먼저 유아에 관한 모양을 자세히 말씀하셨기 때문에 관중이 주공의 비위를 맞추려고 그럴싸하게 말을 꾸며댄 것입니다. 오늘은 주공께서 다만 귀신만 보았노라 말씀하시고 그 모양일랑 말하지 마십시오. 그러고도 관중의 대답이 주공께서 보신 바와 똑같다면 그는 틀림없는 성인입니다."

"그럼 그러기로 하마."

제환공은 대답하고 즉시 어가를 몰아 궁으로 돌아갔다. 궁으로 돌아가서도 제환공은 불안과 공포에 사로잡혔다. 그날 밤, 마침내 제환공은 병으로 드러누웠다. 꼭 병 증세가 학질瘧疾과 비슷했다.

이튿날 관중과 모든 대부들은 주공을 문병하려고 모여들었다. 제환공이 관중을 가까이 부른다.

"과인이 어제 사냥하다가 귀신을 본 뒤로 불안하고 무서워서 말도 잘 못하겠소. 그러니 중부仲父는 그 귀신 모양을 말해보오."

관중은 능히 대답을 못했다. 초가 곁에서 웃으며 말한다.

"신은 애초부터 중부가 대답 못할 줄 알았습니다."

제환공의 병은 날이 갈수록 더 심해졌다. 관중은 주공의 병을 근심하고 크게 글을 써서 성문에 걸었다.

누구든지 능히 주공께서 보신 그 귀신의 형상을 말하는 자 있으면 내가 받는 녹의 3분의 1을 주겠다.

하는 것이 그 내용이었다.

어느 날, 관중의 집 문 앞에 한 사람이 나타났다. 그는 삿갓을 깊숙이 쓰고 조각조각 누빈 옷을 입고서 관중을 만나보겠다고 청했다. 관중은 그가 범상한 인물이 아님을 알았다. 그래서 읍하고 그를 방 안으로 영접했다.

그 사람이 관중에게 묻는다.

"군후께서 지금 병중이오니까?"

"그러하오."

"그럼 군후께서 혹 귀신을 보시고 병이 난 것이 아닙니까?"

"그러하오."

"군후께선 큰 못 속에서 나타난 귀신을 보시지나 않았답디까?"

"그렇소. 그대는 능히 그 귀신 모양을 샅샅이 말할 수 있습니까?"

"청컨대 군후를 가서 뵈옵고 말씀드리겠습니다."

관중은 그 사람을 데리고 궁으로 갔다. 우선 관중이 먼저 침실로 들어가서 제환공을 뵈었다. 이때 제환공은 요 이불을 두껍게 쌓고 그 위에 앉아 있었다. 양편에서 두 부인이 제환공의 등을 연방 문지르고 있었다. 또 다른 두 부인은 제환공의 발을 주무르고 있었다.

초는 탕약湯藥을 바치고, 제환공이 그걸 다 마실 때까지 서서 기다리는 중이었다.

관중이 아뢴다.

"주공의 병을 능히 말하겠다는 사람이 있기로 신이 데리고 왔습니다. 한번 불러보시렵니까?"

"어서 이리로 데리고 들어오시오."

그러나 제환공은 삿갓을 등에 메고 조각조각 누빈 옷을 입은 자가 들어오는 걸 보자 불쾌했다.

"중부가 귀신 모양을 알아맞힐 사람을 데리고 왔다더니 바로 그대가 그 사람인가?"

그 사람이 태연히 아뢴다.

"주공께선 자신을 병중으로 몰아넣고 계실 따름입니다. 귀신이 어찌 주공을 해치겠습니까?"

제환공이 묻는다.

"그럼 과연 귀신이란 것이 있느냐?"

"있습니다. 물에는 망상罔象(물에 있는 청면홍신青面紅身의 귀신)
이 있고, 언덕에는 신莘(개처럼 생겼는데 뿔이 있는 귀신)이 있고, 산
에는 기夔(인면수신人面獸身의 귀신인데 말을 잘한다)가 있고, 들엔
방황彷徨이란 귀신이 있고, 못엔 위사委蛇란 귀신이 있습니다."

"위사란 어떤 것인지 자세히 그 모양을 말해보오."

"대저 위사는 그 크기가 수레바퀴 통(轂)만하고, 그 길이는 수
레를 뒤집어 서로 맞춘 원문轅門 길이만 하고, 옷은 자색을 입고,
관冠은 붉은 것을 쓰고 있습니다. 이 위사는 수레 달리는 소리를
제일 싫어합니다. 그래서 수레 달리는 소리만 들으면 그 머리를
치켜들고 일어섭니다. 보통 사람은 그 형상이 하도 괴상하고 무서
워서 바로 보지 못합니다. 만일 이 괴물을 똑바로 본 사람은 반드
시 천하의 패권을 잡는다고 합니다."

이 말을 듣자 제환공은 크게 웃고 자기도 모르는 결에 벌떡 일
어섰다.

"내가 본 귀신이 바로 그것이오!"

즉시 제환공은 정신이 상쾌해지고 아픈 증이 어디로 사라졌는
지 가뜬했다. 제환공이 만면에 희색을 띠고 묻는다.

"그대 이름이 무엇이냐?"

"소인의 이름은 황자皇子며, 제나라 서쪽 시골에 사는 농부입
니다."

"그대는 앞으로 벼슬하여 과인을 도와주오."

제환공은 마침내 황자에게 대부 벼슬을 줬다. 그러나 황자는 굳
이 사양한다.

"주공께서 항상 주 왕실에 대한 충성을 잊지 마시고, 사방 오랑
캐를 물리치고, 중국을 편안케 하고, 백성을 사랑하사 이런 소인

으로 하여금 태평 시대의 백성이 되게 하는 동시, 농사짓는 일이나 방해당하시 않게 해주시면 소인으로선 더 바랄 것이 없습니다. 그러므로 소인은 벼슬을 원하지 않습니다."

"고고孤高한 선비로다."

이에 제환공은 황자에게 곡식과 비단을 하사하고, 유사有司에게 명하여 그 시골 집을 수리해주게 하고 동시에 관중에게도 많은 상을 내렸다.

초가 불평한다.

"중부가 능히 말하지 못하고 황자가 알아맞혔는데 어찌 중부에게도 많은 상을 내리시나이까?"

"과인이 듣건대, 한 사람에게 맡기는 것은 혼암한 짓이며, 대중大衆에게 맡기는 걸 밝은 사람이라고 하더라. 만일 관중이 없었다면 과인은 황자의 말을 듣지 못하였으리라."

마침내 초는 제환공의 큰 도량에 감복했다.

주혜왕 17년이었다. 오랑캐 적인狄人이 형邢나라를 침범했다. 오랑캐들은 다시 군사를 옮겨 위나라를 쳤다. 위의공衛懿公은 사람을 제나라로 보내어 급함을 고하고 구원을 청했다.

이 급보를 받고 제나라의 모든 대부들은 위나라를 구원하고자 제환공에게 아뢰었다. 그러나 제환공은 선뜻 응하질 않았다.

"오랑캐 산융을 친 후독後毒이 아직도 가시지 않았다. 내년 봄이나 되거든 열국의 모든 제후와 연합해서 구원하는 것이 좋을 것이다."

그해 겨울이었다. 이번엔 위나라 대부 영속寧速이 직접 제나라에 와서 호소했다.

"오랑캐 적이 이미 위나라를 격파하고 위의공까지 죽였습니다.

그래서 공자 훼燬를 군위에 올리고자 모시러 왔습니다."

"일찍이 위나라를 구제하지 못한 것은 과인의 죄로다!"

그제야 제환공은 크게 탄식했다.

그럼 오랑캐 적은 그새 어떻게 위나라를 격파했던가.

오패五霸 중에 으뜸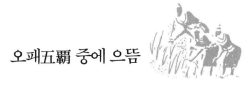

위혜공衛惠公의 아들 위의공衛懿公은 주혜왕周惠王 9년에 군위에 올랐다.

그가 임금 자리에 있은 지도 9년이 지났다. 그는 9년 동안에 자기 좋아하는 짓만 했다. 더구나 천성이 게을러서 나라 정사를 전혀 돌보지 않았다. 그가 좋아하는 것은 날개 있는 짐승이었는데 그중에서도 특히 학鶴을 좋아했다.

부구백浮邱伯의 『상학경相鶴經』이란 책에 하였으되,

학은 양조陽鳥다. 그러나 음陰에서 놀기를 좋아한다. 금기金氣로 인하여 화정火精을 받아 스스로 양생養生하나니, 금金의 수數는 9이며 화火의 수는 7이므로 학은 7년 만에 약간 자라고 16년 만에 크게 자라고 160년 만에 자라는 것이 끝나고, 1,600년 만이라야 그 형체가 완전히 갖추어진다. 몸이 깨끗한 것을 좋아하므로 그 빛깔이 희다. 그 소리가 하늘까지 들리므로 그 머리가 붉고 물을 먹는 고로 그 주둥이가 길며, 육지에 사는 고로 그 발이 길고, 구름 사이로 나는 고로 털은 풍부하지만 살이 많지 않다. 목구멍이 큼으로써 능히 뱉고, 목을 늘여 새것을 받아들임으로써 그 수명이 한량없다. 가는 곳은 반드시 강변의 주洲나 모래톱〔渚〕이며 숲 위에 모이지 않나니, 이야말로 우족羽族의 종장宗長이요, 신선들이 즐겨 타는 바라. 학 중에 가장 좋은 상相은 다음과 같다. 코가 높고 부리가 짧은즉 정신이 맑아 잠이 적고, 다리가 높고 뼈마디가 성근즉 힘이 많고, 눈이 튀어나오고 안정眼睛이 붉은즉 먼 곳을 보고, 봉의 날개에 참새의 털을 갖춘즉 나는 걸 좋아하고, 등이 거북 같고 배가 자라 같으면 능히 새끼를 잘 낳고, 앞이 가볍고 뒤가 무거우면 춤을 잘 추고, 발뼈가 넓고 발뒤꿈치가 가늘면 곧잘 걷느니라.

어떻든 학은 빛깔이 깨끗하고 모양이 맑고 능히 울고 춤을 잘 춘다. 그래서 위의공은 학을 사랑했다. 위의공은 학을 지나치게 좋아해서 무릇 학을 진상하는 자에겐 많은 상을 줬다. 사냥꾼들은 백방으로 싸다니며 학을 잡아선 위의공에게 바쳤다. 그래서 궁중 동산 곳곳마다 무수히 학을 길렀다. 제고제齊高帝의 「영학시詠鶴詩」가 이를 증명한다.

팔방八方의 바람에 훨훨 춤추며
구천九天에서 맑은 노래를 부르는도다.
한번 구름 사이의 뜻이 꺾이자
나랏님 위해서 궁중 새가 되었네.
八風舞遙翩

九野弄清音
一摧雲間志
爲君苑中禽

　더구나 우스운 것은 위의공이 기르는 학은 다 직품職品과 직위職位가 있어서 녹을 받았다. 가장 좋은 학은 대부의 녹을 받고, 그만 못한 놈은 서리胥吏의 녹을 받았다. 위의공이 혹 밖으로 행차할 때면 학들 또한 반班을 나누어 따라갔다. 수레 앞에 태우는 학을 호號하여 학장군鶴將軍이라고 불렀다. 궁에서 학을 사육하는 자들도 많은 봉록을 받았다.

　그래서 백성들로부터 세금을 더 많이 걷어들여 학을 먹여야만 했다. 자연 백성들간엔 굶주리고 추위에 떠는 자가 점점 늘었다. 그러나 위의공은 전혀 아랑곳하지 않았다.

　대부 석기자石祁子는 석작石碏의 후손인 석태중石駘仲의 아들이었다. 석기자는 충직하기로 유명한 사람이었다. 석기자는 영장寧莊의 아들 영속寧速과 함께 나랏일을 맡아봤다. 이 두 사람은 다 어진 신하였다. 석기자와 영속은 누차 위의공에게 나아가서 학을 기르지 말라고 간했다. 그러나 위의공은 그들의 말을 듣지 않았다.

　공자 훼燬는 위혜공의 서형이다. 곧, 공자 석석碩이 자기 형수뻘인 동시에 서모뻘인 선강宣姜과 관계해서 낳은 아들이다. 지난날 공자 훼는 위나라가 부패한 것을 보고 반드시 망할 줄 알았다. 그래서 그는 제나라로 가버렸던 것이다. 제환공은 귀화해온 위나라 공자 훼를 어여삐 보고 자기 큰딸과 결혼시켜 그동안 제나라에 머물러 있게 했던 것이다.

　위나라 백성들은 지난날에 세자 급자急子가 원통하게 죽은 걸 매우 동정했다. 결국 형인 세자 급자를 죽이고 군위에 오른 위혜공이 타국으로 쫓겨갔다가 다시 복위한 이후부터 백성들은 궁중을 저주했다.

"천도가 있다면 반드시 이대로 가진 않을 것이다."

이것이 백성들의 솔직한 심정이었다. 그럼 백성들은 누구를 임금으로 모시고 싶었던가. 원통히 죽은 세자 급자와 공자 수壽는 다 아들이 없었다. 공자 석은 세상을 떠났고 금모黔牟도 자손을 못 뒀다. 다만 지금 군위에 있는 위의공의 서형뻘이요, 위선공衛宣公의 손자뻘인 공자 훼만이 현명하고 덕이 있었다.

그래서 오래 전부터 민심은 자연 공자 훼에게로 쏠렸다. 그런데 마침내 공자 훼가 제나라로 가버리자 백성은 더욱 위의공을 원망했다.

한편 오랑캐 북적北狄은 그 옛날 주태왕周太王 때부터 강성한 족속이었다. 그들은 주태왕을 위압했다. 그래서 주나라가 기岐(지명)로 도읍을 옮기기까지 했다. 그러다가 주무왕周武王이 천하를 통일함에 이르러, 주왕이 남쪽으로 형서족荊舒族을 억누르고 북쪽 융적족戎狄族을 견제함으로써 중국은 오랜만에 평화로워졌다.

마침내 주평왕周平王이 동쪽으로 도읍을 옮긴 이후로 남만南蠻과 북적은 제멋대로 놀아나기 시작했다.

이때 북적의 주장主長은 수만瞍瞞이란 자였다. 수만은 많은 무기를 준비했다. 언제든 중원을 무찌르려고 기회만 노렸다. 제나라가 전번에 산융山戎을 무찔렀을 때 수만은 크게 노했다.

"제군齊軍이 이번에 멀리 산융을 친 것은 또한 나까지 멸시한 것이다. 내 마땅히 중원을 쳐서 이를 제지하리라."

수만은 호기胡騎 2만 군을 거느리고 쳐들어가 일거에 형나라를 짓밟아버렸다. 그들은 제군이 형나라를 구원하러 온다는 소문을 듣고 다시 군사를 옮겨 위나라로 쳐들어갔다.

이때 위나라 위의공은 학을 수레에 싣고 또 궁 밖으로 놀러 나갈 준비를 하고 있었다. 그러던 참에 세작細作이 북적 오랑캐가 침입해온다는 급보를 고했다. 위의공은 크게 놀라 즉시 군사를 모으고 적을 막도록 서둘렀다. 그러나 백성들은 궁벽한 산촌으로 다 달아나고 싸움에 나가려 하지 않았다. 위의공은 사도司徒로 하여금 병역을 피해 달아난 백성들을 닥치는 대로 잡아오게 했다. 며칠 사이에 수백 명이 잡혀왔다

"너희들은 어째서 병역을 기피하고 달아났느냐?"

그들이 이구동성으로 대답한다.

"상감께선 한 가지 것만 쓰시면 족히 북쪽 오랑캐를 막아낼 수 있는데 무엇 때문에 저희들까지 동원하려 하십니까?"

위의공이 묻는다.

"한 가지라니? 그게 뭐냐?"

잡혀온 백성들이 일제히 대답한다.

"그건 학입니다."

위의공은 눈이 휘둥그레져서 다시 묻는다.

"학이 어떻게 북쪽 오랑캐를 막는단 말이냐?"

"학이 능히 싸울 줄을 모른다면 그건 아무짝에도 소용없는 것이 아니오니까. 상감께선 유용한 백성은 돌보지 않고 무용한 학만 기르시기 때문에 백성이 복종하지 않습니다."

위의공이 사정하듯 묻는다.

"과인의 잘못을 이제야 알겠다. 학을 다 날려보내면 백성이 내

명령에 복종할까?"

석기자가 아뢴다.

"상감께서는 속히 그렇게 하십시오. 오히려 시기가 늦지 않았나 두렵습니다."

이에 위의공은 학을 다 날려보내도록 했다. 그러나 모든 학은 워낙 사랑을 받고 귀염을 받아서 하늘 높이 빙빙 돌다간 제자리로 돌아왔다. 학들은 하나같이 좀체 떠나려 하지 않았다. 석기자와 영속 두 대부가 친히 시가市街에 나가서 연설한다.

"우리 상감께선 잘못을 후회하고 계신다."

그제야 백성들은 차차 모이기 시작했다. 이때 오랑캐 북적 군사는 벌써 형택滎澤까지 쳐들어왔다. 잠깐 사이에 급보가 세 번이나 이르렀다. 석기자가 아뢴다.

"북적 군사는 강합니다. 가벼이 당적할 순 없습니다. 신은 이 길로 제나라에 가서 구원을 청하겠습니다."

위의공이 근심한다.

"지난날 제양공齊襄公이 주 천자의 명령을 받고 모든 나라 제후와 함께 망명 중이던 과인의 아버지 위혜공을 임금 자리에 다시 복위시킨 일이 있었건만 그후 우리 나라는 제나라에 사람을 보내어 한 번도 감사하다는 뜻과 친교하는 예를 베푼 일이 없다. 그러니 제나라가 어찌 우리를 도와주리오. 차라리 오랑캐와 한번 싸워 존망을 판가름하는 수밖에 없다."

영속이 아뢴다.

"청컨대 신이 군사를 거느리고 가서 오랑캐를 막겠습니다."

위의공은 무엇인가를 생각하다가 처량히 말한다.

"아니, 내가 친히 가지 않으면 사람들이 싸움에 전력을 다하지 않을까 두렵다."

위의공은 허리에 찬 구슬 패물을 석기자에게 주며 말한다.

"경은 모든 일을 결단하되 이 옥돌처럼 깨끗이 하여라."

그리고 영속에겐 화살을 주며,

"항상 전력을 다해 나라를 수호하여라."

하고 슬픈 목소리로 다짐한다.

"장차 위나라 정사를 그대 두 사람에게 맡기노라. 과인은 이번에 가서 적을 무찌르지 못하면 능히 돌아오지 않으리라."

이 말을 듣고 석기자와 영속은 하염없이 눈물을 흘렸다.

마침내 위의공은 군사와 병거를 크게 일으켜 대부 거공渠孔으로 장수를 삼고, 우백于伯으로 부장副將을 삼고, 황이黃夷로 선봉先鋒을 삼고, 공영제孔嬰齊로 후대後隊를 삼아 일시에 출발했다. 군사들은 행군하면서도 원성이 분분했다.

위의공은 밤에 이상한 노랫소리가 들리기에 가만히 나가서 야영하는 군중軍中을 살펴봤다. 병사들의 노랫소리가 점점 똑똑히 들려온다.

학은 국록을 먹고
백성은 힘써 농사짓네.
학은 대부가 타는 초헌을 타고
백성은 무기를 들었네.
오랑캐의 창 끝이 흉악함이여
그들과 겨루지 못할지라.
싸워야 할 것인지
과연 몇 사람이나 살아남을까.

학은 지금 어디 있는고
그런데 우리는 행군하네.
鶴食祿
民力耕
鶴乘軒
民操兵
狄鋒厲兮
不可攖
欲戰兮
九死而一生
鶴今何在兮
而我瞿瞿爲此行

위의공은 군사들의 노랫소리를 듣자 몹시 괴로웠다. 더구나 대부 거공의 군법이 지나치게 엄격하여 군사들의 불평은 나날이 늘었다.

위군이 형택 땅에 가까이 이르렀을 때다. 오랑캐들은 겨우 1,000여 명밖에 없었다. 그나마 오랑캐들은 각기 달리고 있을 뿐, 전혀 질서가 없었다. 이를 보자 거공이 말한다.

"사람들은 오랑캐 북적을 용맹하다 하지만 내가 보기엔 그렇지도 않구나."

이에 거공은 곧 북을 울리고 위군을 진격시켰다. 오랑캐들은 패한 체 달아나면서 위나라 군사를 자기편 군사가 매복하고 있는 곳으로 끌고 갔다. 신호가 오르자 사방에서 적병狄兵들이 일시에 쏟아져 나왔다. 위군에겐 하늘이 무너지고 땅이 뒤집히는 듯했다.

오랑캐 군사들은 셋으로 나누어 위군을 에워쌌다. 위나라 군사들은 서로 돌아볼 여가도 없었다. 더구나 원래부터 싸움엔 뜻이 없었던 그들이다. 위군은 적세敵勢가 흉악하고 용맹한 걸 보자 병거와 무기를 버리고 일제히 달아났다. 오랑캐 군사들은 위의공만 첩첩으로 에워쌌다.

거공이 아뢴다.

"사태가 몹시 급합니다. 청컨대 큰 기를 버리고 주공께선 옷을 바꿔입고 수레에서 내리십시오. 그래야만 적군 속을 벗어날 수 있습니다."

위의공이 탄식한다.

"모든 장수가 서로 연락을 취하려면 이 기로써 알려줘야 하는데, 만일 그것도 안 된다면 기를 버린들 무슨 소용 있으리오. 나는 차라리 죽음으로써 백성에게 사죄하겠노라."

별로 싸우지도 못하고 위군 전·후대는 다 적에게 패했다. 황이는 전사하고 공영제는 칼로 목을 치고 자결했다. 오랑캐 군사는 더욱 첩첩이 위군을 에워쌌다. 우백은 화살에 맞아 병거에서 떨어져 죽고, 위의공도 거공도 서로 전후해서 살해당했다. 오랑캐들이 어찌나 칼로 치고 찍었는지 위의공과 장수들의 시체는 무슨 짐승 고기를 썰어놓은 것 같았다. 이리하여 위나라 군사는 오랑캐에게 몰살당했다.

염옹이 시로써 이 일을 읊은 것이 있다.

옛 말씀에 날짐승을 경계하라 했으니
학 때문에 나라가 망할 줄이야 누가 알았으리오.
그 당시 형택엔 귀신 불이 가득했으니

능히 학을 타고 신선이 되어 올라갔단 말인가.

曾聞故訓戒禽荒

一鶴誰知便喪邦

焚澤當時遍燐火

可能騎鶴返仙鄉

　위나라 태사太史 화용활華龍滑과 예욕禮欲도 오랑캐에게 붙들
려 죽음을 당하게 될 형편에 놓여 있었다. 화용활과 예욕은 오랑
캐 나라 풍속이 귀신을 섬긴다는 걸 알고 있었다. 결박을 당한 두
사람은 오랑캐 주장 수만에게 말했다.

　"우리는 위나라 태사다. 늘 나라 제사를 맡아보기 때문에 우리
는 지금부터 본국에 돌아가서 너를 위해 이번 일을 귀신에게 아뢰
야 한다. 만일 우리가 귀신에게 아뢰지 않고 그냥 여기서 죽으면
귀신이 결코 너를 돕지 않을 것이다. 동시에 결국 너는 이번 일에
실패하고야 만다."

　수만은 두 사람 말을 곧이들었다. 용하게 수만을 속인 화용활과
예욕은 오랑캐들이 태워주는 수레를 타고 위나라로 돌아갔다.

　한편 위나라 영속寧速은 갑옷을 입고 위성衛城을 순시 중이었
다. 아득히 저편에서 병거 한 대가 달려오는 것이 보였다. 영속은
가까이 오는 수레 안에 두 태사가 타고 있는 걸 보고 크게 놀랐다.

　"주공께서는 어디 계시오?"

　"우리 군사는 전멸했소. 오랑캐 군사가 강성하니 앉아서 죽음
을 기다릴 순 없소이다. 속히 오랑캐의 날카로운 창 끝을 피하도
록 하오."

　영속은 성문을 열게 했다. 그러나 성문 밖에서 예욕은 머리를

흔들었다.

"주공과 함께 나갔다가 주공과 함께 돌아오지 못했으니 신하된 사람의 도리로 어찌하겠소. 나는 지하에 돌아가서 우리 주공을 섬기겠소."

예욕은 칼을 뽑아 자기 목을 찌르고 죽었다. 그러나 화용활은,

"사관史官이 전적典籍을 잃어선 안 된다."

하고 열린 성문 안으로 들어갔다. 영속은 석기자와 함께 상의하고, 위의공의 궁중 권속과 공자 신申을 데리고 밤에 조그만 수레를 타고 성을 나와 동쪽으로 달아났다.

화용활은 사적史籍을 품에 안고 그들을 따라갔다. 성안 백성들은 영속, 석기자 두 대부가 이미 떠났다는 걸 듣고 각기 남부여대男負女戴하고 역시 그 뒤를 따라 도망쳤다. 피란 가는 백성들의 곡성이 천지에 진동했다.

오랑캐 군사는 승승장구하여 즉시 위성으로 쳐들어갔다. 백성 중에 미처 피란을 못 가고 뒤떨어진 자들은 다 살육을 당했다. 오랑캐들은 다시 군사를 나누어 도망가는 위나라 사람들을 뒤쫓았다. 석기자는 궁중 권속을 보호하며 앞서가고 영속은 추격해오는 오랑캐를 막았다. 싸우며 내빼는 동안에 따라오던 백성들은 그 반수 이상이 오랑캐 칼에 맞아 죽었다.

석기자와 영속이 황하黃河에 이르렀을 때였다. 강변에는 송나라 송환공宋桓公이 보낸 군사가 그들을 기다리고 있었다. 송군은 도망온 위나라 공족公族들을 영접했다. 이미 준비해두었던 배들을 강물에 띄우고 그들은 밤을 새우면서 황하를 건넜다. 추격해오던 오랑캐 적군은 그제야 물러갔다.

북적 오랑캐는 위나라 부고에 있는 금과 민간에 남은 곡식을 모

조리 약탈했다. 성곽은 죄 부서지고 시가는 텅 비었다. 적군은 노략질한 물품을 수레에 가득 싣고서 돌아갔다.

한편 위나라 대부 굉연宏演은 이런 일이 있기 전에 위의공의 명을 받고 진陳나라에 갔었다. 그는 귀국하던 도중 본국이 함몰되고 위의공이 형택에서 전사했다는 소문을 들었다. 그래서 굉연은 주공의 시체나마 수습하려고 형택으로 갔다. 형택에 가까워질수록 길가에는 시체가 널려 있었다. 뿐만 아니라 피와 살점이 갈수록 낭자했다.

그는 슬픔에 가슴이 찢어지는 듯했다. 한곳에 이르렀다. 잡초만 우거진 못 가에 큰 기가 쓰러져 있었다. 그는 혼잣말로 중얼거린다.

"군후의 기가 이곳에 있으니 시체도 이 근처에 있겠구나."

그가 몇 걸음 갔을 때였다. 어디선지 신음 소리가 들리었다. 자세히 살피며 소리나는 곳으로 나아갔다. 발이 부러진 어린 내시 하나가 누워 있었다. 굉연이 묻는다.

"너는 주공께서 어느 곳에서 세상을 떠나셨는지 아느냐?"

그 내시가 검붉은 고기 무더기 하나를 가리킨다.

"이것이 바로 주공이십니다. 저는 주공께서 피살당하시는 걸 봤습니다. 저는 다리를 다쳐 달아나지 못하고 이곳을 지키며 누가 혹 오지나 않을까 하고 기다리던 중입니다."

시체는 무수히 칼을 맞고 조각들이 나서 성한 데가 없었다. 단지 간肝 하나만이 완전한 형태로 남아 있었다. 굉연은 그 간에게 재배하고 대성통곡했다. 다시 그는 간 앞에서 진나라에 갔다 온 경과를 보고했다. 생시에 대하는 거나 조금도 다름없는 예를 하는 것이었다.

굉연이 어린 내시에게 말한다.

"주공의 시체를 거두어 장례지낼 사람이 없으니 내가 장차 이 몸으로써 관곽이 되겠다."

다시 굉연이 거느리고 온 구종驅從에게 부탁한다.

"내 죽거든 나를 저 숲 아래 묻어라. 그리고 새 임금이 서시거든 이 일을 알려라."

마침내 굉연은 허리에 차고 있던 칼을 뽑아 자기 배를 가르고 위의공의 간을 자기 뱃속에 집어넣었다. 그리고 굉연은 쓰러지듯 반듯이 드러누워 눈을 감고 죽었다. 구종은 눈물을 흘리며 위의공의 간이 들어 있는 주인 시체를 숲 아래 묻었다. 그리고 부상당한 내시를 수레에 싣고서 하수河水를 건너갔다.

한편 석기자는 먼저 공자 신을 부축해서 배에 태웠다. 영속은 뒤따라온 백성들을 수습해서 배에 태웠다. 위나라 두 대부는 조읍漕邑에 이르러서야 따라온 백성들의 수효를 세어보았다. 남은 자라곤 겨우 720명에 불과했다. 오랑캐들이 어쩌면 이렇게 사람을 많이 죽였을까. 참으로 슬픈 일이었다.

석기자와 영속 두 대부는 서로 상의했다. 나라에 하루라도 임금이 없을 수 없다는 것이었다. 그러나 1,000명도 못 되는 백성만으론 우선 나라로서의 체모가 서질 않았다. 그래서 공읍共邑과 등읍滕邑 두 곳에서 열 명에 세 명씩을 뽑아 백성 4,000여 명을 모았다. 끝까지 살아서 따라온 700여 명과 합쳐 근 5,000의 인구를 마련했다. 그들은 조읍에다 우선 여사廬舍를 세웠다. 그리고 공자 신을 군후로 부축해 모셨다. 그가 바로 위대공衛戴公이다.

송환공과 허환공許桓公도 각기 사람을 보내어 위의공의 죽음을 문상했다. 그러나 새로 선 위대공은 전부터 병이 있었다. 군위에 오른 지 불과 며칠 안 되어 그는 세상을 떠났다. 이리하여 영속은 제나라로 갔다. 공자 훼를 군위에 모시려고 데리러 갔던 것이다. 제환공이 공자 훼에게 말한다.

"공자가 본국에 돌아가서 앞으로 종묘를 지키는데 만일 모든 기구를 갖추지 못한다면 이는 다 과인의 허물이다."

이에 좋은 말 1승乘(네 필을 1승一乘이라 한다)에다 제복祭服 5칭稱과 소·염소·돼지·닭·개 각기 300쌍雙을 싣고, 또 어헌魚軒 (사람이 타는 가마의 일종)에다 그 부인과 좋은 비단 300단端을 실어서 보냈다. 그리고 제환공은 다시 공자 무휴無虧에게 수레 300 승을 거느리고 위나라에 가서 가지고 간 문재門材로 문호門戶를 세워주게 했다.

마침내 공자 훼는 오랫동안 살던 제나라를 떠나 본국으로 돌아갔다. 공자 훼가 새로 도읍으로 정한 조읍에 이르렀을 때를 전후해서 굉연의 구종과 다리를 부상당한 어린 내시도 함께 이르렀다. 그들은 공자 훼에게 굉연이 배를 가르고 선군의 간을 넣고서 죽은 사실을 자세히 아뢰었다.

공자 훼는 즉시 관을 갖추어 형택에 가서 죽은 굉연의 시체를 수렴했다. 그리고 위의공, 위대공에 대한 발상을 함께 했다. 죽은 굉연에겐 벼슬을 올리고, 그 자식을 등용하고 녹을 받게 함으로써 그 아비의 충성을 드날리게 했다.

모든 나라 제후도 제환공의 의기를 본받아 위나라에 많은 부조賻弔를 보냈다. 이때가 주혜왕 18년 겨울 12월이었다. 그 이듬해 봄에 위후 공자 훼는 개원했다. 그가 바로 위문공衛文公이다.

위문공은 궁에다 겨우 수레 30승밖에 두지 않았다. 살아남은 백성들은 가난하고 오랑캐에게 짓밟힌 강토는 거칠 대로 황량했다. 위문공은 베옷을 입고 비단으로 관을 만들어서 썼다. 음식과 국도 채소만으로 먹었다. 아침에 일찍 일어나고 밤늦게까지 정사를 봤다. 그리고 백성을 위로했다. 백성은 위문공의 어진 덕을 칭송했다.

제나라 공자 무휴는 자기가 데리고 온 갑사 3,000명을 조읍에 머무르게 했다. 곧, 다시 오랑캐 북적의 침범이 없도록 방위하게 한 것이었다.

위나라를 여러모로 원조하고 공자 무휴는 제나라로 돌아갔다. 본국으로 돌아간 공자 무휴는 아버지 제환공에게 위문공이 나라를 다시 일으키던 모습과, 아울러 굉연이 자기 배에다 선군의 간을 넣고 죽은 일을 보고했다. 이 말을 듣고서 제환공이 길이 찬탄한다.

"무도한 임금에게도 그렇듯 놀라운 충신이 있었구나! 그렇다면 위나라는 망하지 않을 것이다."

곁에서 관중이 아뢴다.

"지금 위나라에 군대를 머물러두게 한 것은 백성만 괴롭히는 것입니다. 그러니 적당한 곳에다가 성을 쌓아주는 것만 못합니다. 우선은 좀 수고스러운 것 같지만 실은 길이 편안할 수 있는 방도입니다."

"그 말이 장히 좋소."

제환공은 이 일을 발기發起하고 열국의 모든 제후와 함께 역사役事를 시작하기로 했다.

바로 그때였다.

제나라에 형邢나라 사신이 와서 급한 소식을 고했다.

"오랑캐 북적이 이번엔 우리 나라를 침범해왔습니다. 조그만 우리 나라 형세로는 도저히 적을 막을 수 없습니다. 엎드려 바라건대 구원해주십시오."

이 급한 청을 받고 제환공은 관중과 상의했다.

"형나라를 도와야 할 것인지요?"

관중이 대답한다.

"모든 나라 제후가 우리 제나라를 섬기며 존경하는 것은 우리 제나라가 천하의 재앙과 환난을 구제하기 때문입니다. 저번엔 위를 돕지 않았고, 이번에 또 형을 돕지 않는다면 주공의 패업에 위신이 서지 않습니다."

"그럼 형과 위 둘 중에서 어느 쪽을 먼저 도와야 하겠소?"

"급한 형나라부터 도와준 후에 위나라 성을 쌓아주면 이는 백세百世의 공업功業입니다."

"옳은 말씀이오."

제환공은 즉시 송·노·조曹·주邾 각국에 격문을 보냈다. 그 격문 내용은, 곧 형나라 섭북聶北 땅으로 각기 군사를 보내어 우리 제군齊軍과 합세한 후 오랑캐의 침략을 받고 있는 형나라를 구조하자는 것이었다.

제나라 군대가 섭북에 당도했을 때 송·조 두 나라 군대는 이미 와 있었다. 관중이 제환공에게 아뢴다.

"북적의 세력은 점점 뻗어오지만 형나라는 아직도 힘이 좀 남았습니다. 적군의 세력이 클수록 우리도 싸우기에 더욱 힘들 것이며, 아직도 힘이 남아 있는 형나라를 도우면 나중에 우리의 공로도 과소 평가되기 쉽습니다. 앞으로 반드시 형나라는 적군 앞에 무너질 것입니다. 또 적이 처음에 형나라를 이기면 반드시 피로할 것입니다. 그때를 기다려서 죽어가는 형나라를 돕고 지칠 대로 지친 적군을 치면 우리는 힘을 들이지 않고도 많은 공을 세울 수 있습니다."

제환공은 거듭 머리를 끄떡이며 관중의 계책에 감탄했다. 이에 제환공은 노·주 두 나라 군대가 올 때까지 기다려야 한다고 겉으로는 주장하고, 안으로는 세작細作을 보내어 형과 적의 전쟁 상황을 수소문했다.

속히 형·위 두 나라를 구원하지 않고 패군霸君으로 하여금 난을 조장시키고 공만 노리게 한 관중의 계책을 후세 사신이 시로써 비양한 것이 있다.

급할 때는 일초 일각을 다투거늘
군대를 거느리고서 어찌 구경만 했느냐.
원래 패업이란 천자를 위해서 힘쓰는 것인데
이건 이익이 도의보다도 앞섰구나.
救患如同解倒懸
提兵那可復遷延
從來霸事遜王事
功利偏居道義先

삼국이 섭북에 주둔한 지도 두 달이 지났다. 그동안에 적군은 밤낮을 가리지 않고 형나라를 공격했다. 기진맥진한 형나라는 마침내 무너지기 시작했다. 세작은 돌아와 사세가 급함을 제환공에게 고했다.

이윽고 형나라 남녀들이 길 가득히 피란을 왔다. 형나라 백성들은 제나라 병영으로 도망와서 구원을 청했다. 그 피란민들 중에

한 사람이 대성통곡하면서 제영齊營으로 들어오자 쓰러졌다. 그 사람은 형후邢侯 숙안叔顏이었다. 제환공이 형후를 부축해 일으키고 위로한다.

"귀국을 일찍 구원하지 못하고 이 지경이 되게 한 것은 다 과인의 죄이오."

그제야 제환공은 송후宋侯와 조백曹伯을 청해들여 적군 물리칠 일을 상의했다. 그날로 연합군은 일시에 영채를 뽑고 일어섰다.

한편 적주狄主 수만은 맘껏 노략질하고 약탈했기 때문에 더 싸울 필요가 없었다. 그는 제 · 송 · 조 삼국 대군이 온다는 보고를 받자 사방에다 불을 지르고 북쪽을 향해 나는 듯이 달아났다.

삼국 군대가 이르렀을 때엔 불길만 충천했다. 오랑캐는 다 달아나고 한 놈도 없었다. 삼국 군사들은 싸우러 갔다가 불을 끄느라고 진땀만 뺐다.

제환공이 형후에게 묻는다.

"장차 이 성안에서 살 수 있는지요?"

형후 숙안이 대답한다.

"피란 간 대부분의 백성이 지금 이의夷儀 지방에 모여 있다고 합니다. 바라건대 이의로 옮겨가서 백성들과 함께 살고 싶소이다."

제환공은 삼국 군대에게 명하여 이의성을 쌓게 했다. 그리고 형후 숙안을 그곳으로 옮겨가서 살게 했다. 다시 조묘朝廟까지 세워주고 여사廬舍도 지어줬다. 소 · 말 · 곡식 · 비단 등을 다 제나라에서 가져다주었다.

이의성은 모든 일용품이 늘고 생활이 자리잡히기 시작했다. 형나라 군후와 모든 신하는 마치 먼 나라에 갔다가 오랜만에 본국으로 돌아온 사람들처럼 기뻐했다. 모든 백성이 제환공을 칭송하는 소리가 천지를 뒤흔들었다.

일단 사명이 끝났기 때문에 송후宋侯는 본국으로 돌아가려고 제환공을 찾아갔다. 그러나 제환공은 다음과 같이 말했다.

"위나라가 아직 안정되지 못했습니다. 형나라만 성을 쌓아주고 위나라의 성을 쌓아주지 않으면, 위나라 사람들이 나를 원망할 것이오."

송 · 조 두 군후가 대답한다.

"우리는 다만 패군의 지시를 바랍니다."

이에 제환공의 전령을 받고 연합군은 다시 위나라로 갔다. 삼태기와 삽 같은 연장을 다 가지고 갔다. 위문공은 멀리까지 나가서 연합군을 영접했다. 제환공은 영접 나온 위문공이 베옷을 입고 거친 비단으로 만든 관을 쓰고 상복 차림으로 나온 것을 보고 측은한 생각이 들었다.

"과인이 모든 제후의 힘을 빌려 군후를 위해 도읍을 정해줄 생각인데, 알지 못하니라. 어느 곳이 좋겠소?"

"이미 좋은 곳을 잡아두었습니다. 바로 초구楚邱란 곳입니다. 쑥대밭이 되어버린 이 나라에선 도성을 쌓으려 해도 비용을 마련할 도리가 없습니다."

"그 일은 과인에게 맡기오."

제환공은 그날로 삼국 군대에게 명하여 함께 초구로 갔다. 초구에 당도한 연합군은 공사를 일으키고 문재門材를 운반하고 조묘를 세웠다. 그 조묘 이름을 봉위封衛라고 했다. 위문공은 제환공의 여러 가지 은혜에 감격하고 「모과[木瓜]」라는 시를 읊었다.

나에게 모과를 주시니

나는 귀중한 패물로 보답하리라.
나에게 복숭아를 주시니
나는 아름다운 구슬로 보답하리라.
나에게 오얏을 주시니
나는 훌륭한 보배로 보답하리라.
投我以木瓜兮
報之以瓊琚
投我以木桃兮
報之以瓊瑤
投我以木李兮
報之以瓊玖

　그 당시 세상에선 제환공이 망하는 나라 셋을 구했다고 칭송했
다. 곧, 노희공을 군위에 세워 노나라를 안정시켰고, 둘째는 이의
성을 쌓아 형나라를 부축했고, 셋째는 초구에다 도성을 쌓아 위나
라를 도와준 것이었다. 이 3대 공로에 의해서 제환공은 오패五霸
중에서 첫번째 패후로 손꼽히게 되었다.
　잠연潛淵 선생의 「독사시讀史詩」에 이 일을 읊은 것이 있다.

동쪽으로 도읍을 옮긴 뒤로 주 왕실이 위신을 잃었는데
제환공은 제후들을 모아 천자를 도왔도다.
다시 망해가는 삼국을 도와 구해줬으니
당당한 대의는 오패 중에 으뜸이로다.
周室東遷網紀摧
桓公糾合振傾頹

興滅繼絶存三國

大義堂堂五覇魁

한편 초나라 초성왕楚成王• 웅운熊惲이 영윤令尹 자문子文을 등용해서 나라를 다스렸다는 것은 이미 앞에서 말한 바다. 초나라는 그런 후로 밝은 정치를 했다.

초성왕은 은근히 천하 패권을 잡아볼 생각이었다. 형나라와 위나라를 도와준 제환공에 대한 칭송은 초나라까지 퍼졌다. 초성왕은 제환공을 칭송하는 소리를 들을 때마다 불쾌했다.

초성왕이 자문을 보고 탄식한다.

"제후齊侯는 덕을 펴서 이름을 드날리고 인심을 얻었다지. 그런데 과인은 한동漢東 구석에 있으면서 덕은 족히 인심을 이끌지 못하고 위엄은 족히 민중을 누르지 못함이라. 오늘날 세상에 제나라만 있고 우리 초나라는 없는 거나 마찬가지다. 과인은 이를 부끄럽게 생각하노라."

자문이 대답한다.

"제후가 패업을 경영한 것이 근 30년이나 됩니다. 그는 주왕에게 충성하는 걸로 명분을 내세우느니 만큼 세상 모든 제후의 존경을 받고 있습니다. 그러므로 우리는 가히 그를 상대할 수 없습니다. 그러나 남북 사이에 위치한 정나라는 마치 병풍의 안팎 같습니다. 왕께서 만일 중원을 도모하고자 하실진댄 먼저 정나라부터 정복하십시오."

초성왕이 묻는다.

"누가 능히 과인을 위해서 정나라를 정벌하겠느냐?"

대부 투장鬪章이 앞으로 나서며 청한다.

"신이 정을 치겠습니다."

초성왕은 투장에게 병거 200승을 내줬다. 이에 초군은 곧장 정나라로 쳐들어갔다.

한편 정나라는 늘 초나라에 대한 불안 때문에 성을 쌓고 초나라 거동만 주시하고 있었다. 초나라가 군사를 일으켜 쳐들어온다는 세작의 보고를 듣고 정문공은 크게 놀라 즉시 대부 담백聃伯을 순문純門으로 보냈다. 담백은 군사를 거느리고 급히 순문을 지키러 갔다. 동시에 정나라 사자는 이 급한 사태를 제환공에게 고하려고 밤낮없이 달렸다.

제환공은 정나라 사자를 인견하고 즉시 모든 나라 제후에게 격문을 보냈다. 격문을 받은 모든 나라 제후는 제환공의 지시대로 장차 제나라 정檉 땅에 가서 일단 모인 후에 정을 구원할 요량이었다.

한편 초나라 투장은 도중에서 정나라에 모든 준비가 갖추어져 있고 제나라 구원병이 올 것이란 소문을 듣자, 암만 생각해도 불리할 것만 같아서 정나라 경계 가까이까지 갔다가 돌아갔다.

군대가 정나라를 치러 갔다가 아무 성과 없이 돌아온 걸 보고 초성왕은 크게 노했다. 그는 차고 있던 칼을 풀어 투렴鬪廉에게 주며 말한다.

"곧 군중에 가서 투장의 목을 참하여라."

투렴은 바로 투장의 형이었다. 투렴은 군중에 가서 초왕의 말은 하지 않고 동생 투장과 만나 비밀히 상의했다.

"국법을 모면하고 살려면 반드시 공을 세워야 속죄할 것이다."

투장이 형 앞에 무릎을 꿇고 청한다.

"형님, 살아날 길을 지시해주십시오."

투렴이 말한다.

"정나라는 우리 군대가 물러간 줄로 알 것이다. 그러니 우리 군대가 다시 쳐들어오리라곤 생각도 안 할 것이다. 이런 좋은 기회를 잃지 말고 속히 가서 다시 정나라를 치면 너는 가히 공을 세울 수 있다."

이에 투장은 군사를 2대로 나누어 몸소 전대前隊를 거느리고서 앞서가고 투렴은 후대後隊를 거느리고서 그 뒤를 따랐다. 투장은 군사를 함매銜枚시키고 북소리를 내지 않게 하고 소리 없이 정나라 경계로 침입해갔다.

한편 정나라 장수 담백은 경계에서 군마를 점열點閱하고 있었다. 담백은 초군이 쳐들어온다는 보고를 받고 황망히 군사를 거느리고 나가서 적을 맞이해 싸웠다. 담백은 싸우는 동안에 초나라 투렴이 거느린 후대가 자기 뒤를 에워싸고 오는 것을 몰랐다. 담백은 앞뒤로 공격을 받자 더 이상 싸울 재간이 없었다. 급기야 투장이 치는 철간鐵簡을 맞고 쓰러졌다. 투장은 두 손을 벌리고 쓰러진 담백에게 달려들었다. 동시에 투렴도 승세를 놓치지 않고 정군을 무찔렀다. 정나라 군사는 그 반이 꺼꾸러졌다. 담백은 투장에게 사로잡혀 함거에 갇혔다.

투장은 기회를 놓치지 않고 그대로 정나라 깊숙이 쳐들어가려 했다. 그러나 투렴이 말린다.

"이번에 기습 작전을 쓴 것은 다만 너를 살리기 위해서였다. 어찌 늘 요행만 바랄 수 있느냐."

그들 형제는 즉시 초나라로 회군했다. 투장은 본국에 돌아가서 초성왕 앞에 머리를 조아리고 죄를 청했다.

"신이 전번에 회군한 것은 적을 유인하기 위한 계책이었습니다. 싸움이 무서워서 물러선 것은 아니었습니다."

"네 이미 적장을 잡아온 공로로 가히 벌은 면하겠지만 아직 정나라가 항복하지 않았거늘 어째서 군사를 거두어 돌아왔느냐?"

투렴이 동생 대신 아뢴다.

"우리 군사 수효가 많지 못해서 능히 성공하지 못할 것 같기에 돌아왔습니다."

이 말을 듣자 초성왕이 소리를 높여 꾸짖는다.

"네가 군사 수효 적은 걸로 변명을 삼는 걸 보니, 적을 겁내는 것이 분명하구나. 그럼 다시 병거 100승을 더 내주마. 가서 만일 정나라의 항복을 받지 못하거든 다시 과인을 만나볼 생각을 말아라!"

투렴이 아뢴다.

"원컨대 우리 형제를 함께 가게 해주십시오. 만일 정나라가 항복하지 않으면 정백鄭伯이라도 잡아 바치겠습니다."

초성왕은 그 대답을 칭찬하고, 투렴으로 대장을 삼고 투장으로 부장을 삼았다. 그들 형제는 병거 400승을 거느리고 다시 정나라로 쳐들어갔다.

사신이 시로써 이 일을 읊은 것이 있다.

초나라는 왕이라 자칭한 후로 불처럼 일어나
여러 나라를 정복하기에 여가 없도다.
정나라는 무슨 죄가 있어서 세 번이나 공격을 받고
그저 패군이 도와주기만 고대하는가.
荊襄自帝勢炎炎
蠶食多邦志未厭

溱洧何故三受伐
解懸只把霸君瞻

　한편 정문공鄭文公은 담백이 초나라 군사에게 사로잡혀갔다는 보고를 듣고 다시 사람을 제나라에 보내어 구원을 청했다. 이에 제나라 관중이 제환공에게 아뢴다.

　"주공께선 수년 동안에 연나라를 구출하고 노나라 기초를 세워 주고 형나라에 성을 쌓아주고 위나라를 봉封하고 천하 백성에게 은덕을 내리고 모든 나라 제후에게 대의를 폈습니다. 모든 제후의 군사를 쓸 때는 바로 지금입니다. 만일 주공께서 정나라를 구원하시려면 먼저 초나라를 치는 것만 같지 못합니다. 그리고 초나라를 치시려면 무엇보다 먼저 모든 나라 제후를 크게 합쳐야 합니다."

　제환공이 묻는다.

　"모든 제후를 크게 합치면 초나라도 반드시 그만한 준비를 할 것이오. 그러고도 우리가 이길 수 있겠소?"

　관중이 결연히 대답한다.

　"지난날 채蔡나라•가 주공께 죄를 지은 일이 있어서 주공께서 그들을 치려고 하신 지도 이미 오래됐습니다. 그런데 초나라와 채나라는 서로 국토가 접해 있습니다. 그러니 겉으론 채나라를 토벌한다고 명분을 내세우고 실은 초나라를 쳐야 합니다. 이것을 병법에선 아무도 생각 못한 곳을 친다는 것입니다."

　그럼, 지난날에 채나라가 제나라에게 죄를 지었다는 것은 무엇인가. 지난날에 채목공蔡穆公은 그 여동생을 제환공에게 시집보냈다. 그 채희蔡姬가 제환공의 세번째 부인이다.

　어느 날이었다. 제환공은 채희와 함께 배를 타고 연꽃을 따며

즐겼다. 채희는 제환공에게 연못 물을 손으로 튀기었다. 제환공
은 당황해하면서 그러지 말라고 타일렀다. 채희는 제환공이 물을
두려워하는 것이 재미났다. 그래서 일부러 배를 요동시켜 물이 제
환공의 옷에까지 튀게 했다.

제환공은 주의를 시켜도 채희가 듣지 않자 크게 노했다.

"너는 참으로 버릇없는 계집이다. 능히 임금을 섬길 줄 모르는
구나!"

제환공은 그날로 초에게 분부하여 채희를 친정인 채나라로 돌
려보냈다. 출가한 여동생이 쫓겨온 걸 보고서 채목공도 분기가 솟
았다.

"여자를 친정으로 돌려보낸 것은 서로의 관계를 끊자는 것이로
구나."

그후 채목공은 그 여동생 채희를 초나라로 개가시켰다. 이리하
여 채희는 다시 초성왕의 부인이 됐다. 이 소문을 듣고서 제환공
은 채목공을 몹시 원망했다. 채후가 주공에게 지은 죄라고 관중이
말한 것은 바로 이 일이었다.

제환공이 묻는다.

"요즘 강江·황黃 두 나라 주인이 초나라 횡포에 견딜 수 없다
면서 과인에게 와서 충성을 보이는 터이니 과인은 그들과 동맹을
맺을까 하오. 곧 초나라를 칠 때 그들이 우리에게 내응하면 일이
쉽지 않겠소."

관중이 반대한다.

"강·황 두 나라는 우리 제나라에선 멀고 초나라에선 가까운
거리에 있습니다. 그들은 한결같이 초나라에 복종해야만 겨우 존
재할 수 있는 나라들입니다. 이제 그들이 초나라를 배반하고 우리

제나라에 순종한다면 초나라는 반드시 분기충천할 것이며, 노한즉 강·황 두 나라를 칠 것입니다. 그때를 당하여 어떻게 하겠습니까. 그들을 구원하려니 길이 너무 멀고, 내버려두자니 동맹까지 맺은 처지에 의리만 잃게 되고, 결국 우리는 이럴 수도 저럴 수도 없는 곤경에 빠집니다. 우리 중국의 크고 작은 제후만으로도 넉넉히 성공할 수 있는데 하필이면 머나먼 소국小國에까지 힘을 빌릴 필요는 없습니다. 좋은 말로 그들을 돌려보내십시오.”

“머나먼 나라에서 과인의 의리를 사모하고 왔는데 거절하면 나는 장차 천하 인심을 잃을 것이오.”

관중이 마지막으로 충고한다.

“주공께서는 내가 이 일을 방해하는 줄로 아시지만 장차 강·황 두 나라도 위급한 날이 있다는 것을 잊지 마십시오.”

그러나 제환공은 강·황 두 나라 군후와 동맹을 맺었다. 그리고 강·황 군후와 명년 봄 정월에 함께 초나라를 치기로 미리 약속했다.

강·황 두 나라 군후가 아뢴다.

“서舒나라가 초를 도우며 갖은 못된 짓을 다 합니다. 천하 사람이 못된 것을 말할 때 초서楚舒라고까지 합니다. 그러니 서나라를 쳐야 합니다.”

제환공이 대답한다.

“과인은 마땅히 먼저 서나라를 쳐서 초나라 우익羽翼부터 잘라버리겠소.”

마침내 제환공은 서신 한 통을 써서 서徐나라로 보냈다. 서徐와 서舒는 가까운 거리에 있는 나라들이었다. 그럼 제·서徐는 어떤 관계인가.

제환공의 두번째 부인인 서영徐嬴은 서자徐子(서군徐君의 벼슬이 자작이었기 때문에 서자徐子라고 한 것이다)의 딸이었다. 그들은 혼인한 후로 친밀한 사이가 됐다. 그래서 서나라는 늘 제나라 호의에 의존해왔다. 제환공이 서徐에게 서舒나라 일을 지시한 것은 이런 인척 관계가 있기 때문이었다.

제환공의 서신 한 통을 받은 서자는 즉시 군사를 일으켜 서舒나라를 단숨에 쳐서 무찔렀다. 승첩勝捷했다는 보고를 받고 제환공은 서자로 하여금 서성舒城을 지키게 했다. 곧, 앞날의 완급에 대비하려는 것이었다.

그후 강·황 두 나라 군후는 각기 본국을 지키며 제환공의 명령이 올 때만 기다렸다. 한편 제나라에 노나라 공자 계우가 왔다. 노희공의 전갈을 가지고 제환공을 찾아온 것이었다.

"우리 나라는 그간 주邾·거莒 두 나라와 좀 복잡한 일이 있어서 군후께서 형나라와 위나라를 위해 수고하실 때 돕지 못한 것을 사죄합니다. 이제 군후께서 강·황 두 나라와 동맹을 맺고 장차 큰일을 도모하신다는 말을 들었습니다. 앞으로 남방을 치실 때는 원컨대 우리 노군魯軍이 군후의 말채찍을 잡고서 앞을 달리고자 합니다."

계우가 전하는 이와 같은 노희공의 전갈을 듣고 제환공은 매우 만족했다. 제환공은 장차 초나라 칠 것을 노나라와도 비밀히 약속했다.

한편 초군楚軍은 다시 정나라로 쳐들어갔다. 정문공은 죄 없는 백성들이나 화를 당하지 않게 하려고 화평을 청할 생각이었다.

대부 공숙孔叔이 아뢴다.

"화평을 청하시다니 안 될 말입니다. 제나라가 초나라를 치려고 만단의 준비를 하는 것도 다 우리 정나라를 위한 때문입니다.

남이 우리를 위해 애쓰는데 그 은덕을 몰라줘서야 되겠습니까. 그러니 굳게 지키며 때를 기다리십시오."

정문공은 생각을 돌리는 한편 사람을 제나라에 보내어 사세가 급함을 고했다. 제환공이 정나라에서 온 사자에게 계책을 일러준다.

"지금 곧 돌아가서 제나라 구원병이 온다고 소문을 퍼뜨려 어떻든 초군의 공격을 늦추게만 하여라. 지금 예정한 대로 때가 오면, 혹 과인이나 혹 신하 간에 그 어느 한 사람이 군사를 거느리고 호뢰虎牢로 나가서 채나라를 칠 것이다. 동시에 호뢰 땅으로 모여들 모든 제후諸侯와 힘을 합해 초나라를 무찌를 작정이다."

이에 제환공은 송·노·진陳·위·조·허許 모든 나라 군후에게 사자를 보내고 기약한 날짜에 다 같이 군사를 일으켜줄 것을 요망했다. 명목은 채나라를 친다지만 실속은 초나라를 치기 위한 것이었다.

그 이듬해 주혜왕 21년(원문에는 주혜왕 13년으로 되어 있으나 이는 원저자의 오류다. ── 편집자 주) 춘정월 초하룻날이었다. 제환공은 주 왕실에 가서 주혜왕에게 신년 하례를 올렸다. 하례를 마치고 본국으로 돌아온 제환공은 즉시 채나라 칠 일을 회의했다. 이에 관중이 대장이 되어 습붕隰朋, 빈수무賓須無, 포숙아鮑叔牙, 공자 개방開放, 초 등을 거느리고 병거 300승에다 갑사 1만 명과 함께 대를 나누어 진군하기로 했다.

태사가 날을 받아 아뢴다.

"7일이 가장 길일입니다. 이날 진발進發하도록 하사이다."

이번엔 초가 앞으로 나아가 청한다.

"신이 일지군一枝軍을 거느리고 소리 없이 먼저 가서 채나라를 치겠습니다. 그런 다음 모든 나라 군사가 오는 대로 한데 합치겠습니다."

제환공이 이를 허락했다.

한편 채나라는 늘 초나라만 믿고 있었다. 그래서 아무 준비가 없었다. 제군이 쳐들어오는 걸 알고서야 채나라는 군사를 소집하고 수비를 서둘렀다. 채나라 성 아래 당도한 초는 창검을 번득여 위엄을 드날리면서 공격했다. 제군은 밤늦게까지 성을 공격하다가 물러갔다.

채목공은 적군의 장수가 바로 초인 걸 알았다. 지난날 채희가 제나라 궁에 있었을 때, 초는 그 밑에서 허리를 굽혔으며 채희의 은혜도 적지 않게 받았던 것이다. 그리고 채희가 쫓겨올 때 채희를 데리고 온 사람도 다름 아닌 바로 초였던 것이다. 그래서 채목공은 초가 변변치 못한 인물이란 것을 익히 알고 있었다.

그날 밤에 채목공은 비밀히 사람을 시켜 황금과 비단을 가득 실은 수레 한 대를 초에게 보냈다. 그리고 되도록 천천히 공격해주기를 청했다.

초는 뇌물을 받고 기뻤다. 초는 뇌물을 가지고 온 사자에게 제후齊侯가 칠로七路 제후諸侯들과 규합하고 먼저 채를 친 후에 초를 칠 것이라는 군사 기밀까지 자세히 알려줬다.

"머지않아 모든 나라 군사가 와서 장차 채나라를 쑥대밭으로 만들어버릴 것이오. 그러니 가서 속히 달아나는 것이 상책이라고 하시오."

그날 밤, 사자는 돌아가 이 엄청난 소식을 채목공에게 보고했다. 채목공은 이 말을 듣고 크게 놀랐다. 그날 밤으로 채목공은 궁중 권속을 데리고 성문을 열고서 초나라로 달아났다. 임금 없는 백성은 싸울 것도 없이 항복했다. 초는 이걸 오로지 자기 공로인

양 보고하기로 했다.

한편 채목공은 초나라에 당도하자 즉시 초성왕을 찾아뵙고 초의 입에서 나온바 자초지종을 고했다. 초성왕은 비로소 제나라 계책을 알고 급히 명을 내렸다.

"군사와 병거를 모으고 싸울 준비를 하여라."

동시에 사람을 보내어 정나라를 치고 있는 투장鬪章 등을 소환했다.

며칠이 지났다. 제환공이 거느린 군사가 채나라에 당도했다. 초는 자기가 채나라를 정복했다고 크게 자랑했다. 칠로 제후들은 각기 군사와 병거를 거느리고 싸움을 도우려고 속속 모여들었다. 그 칠로 제후는 다음과 같다.

> 송환공宋桓公 어열御說
> 노희공魯僖公 신申
> 진선공陳宣公 저구杵臼
> 위문공衛文公 훼燬
> 정문공鄭文公 첩捷
> 조소공曹昭公 반班
> 허목공許穆公 신신新臣

이 칠로 제후의 맹주인 제환공 소백小白까지 합치면 모두 여덟 나라 군후들이 모인 것이다. 이들 팔국八國 대군의 위엄은 실로 씩씩했다. 이 여덟 군후 중에서 특히 허목공은 병중임에도 불구하고 군사를 거느리고서 무리를 하며까지 달려와 제일 먼저 채나라에 당도했다. 제환공은 그 의기義氣에 감동하여 허목공을 조소공

보다 윗자리에 서게 했다. 그러나 허군이 도착한 수일 후, 허목공은 숙환이 도져서 세상을 떠났다.

제환공은 채나라에서 다시 사흘을 머물렀다. 허목공의 죽음을 전군으로 하여금 애도하게 하는 동시 발상케 한 때문이었다. 그리고 제환공은 죽은 허목공을 후작侯爵에 대한 예로써 장사지내도록 허나라에 분부했다. 마침내 남은 칠국七國 군사는 남쪽 초나라를 향해 출발했다.

칠국 대군이 초나라 경계에 이르렀을 때였다. 초나라 땅 저편에 한 사람이 의관을 엄숙히 정제하고 수레를 길 왼편에 세우고 서 있었다. 그 사람은 대군이 자기 나라로 오는 걸 마치 영접하듯 공손히 허리를 굽히면서 말한다.

"대군을 거느리고 오시는 분이 바로 제후齊侯 아니십니까. 그렇다면 드릴 말씀이 있습니다. 우리 초나라는 군후께서 오실 줄을 알고 신으로 하여금 미리 기다리게 한 지 오래입니다."

그 사람은 성은 굴屈이고 이름은 완完이니, 초나라 공족公族으로서 벼슬이 대부였다. 굴완은 초성왕의 명을 받고 제군 앞에 나타난 것이었다.

제환공은 깜짝 놀랐다.

"초나라는 우리 군대가 올 줄을 어찌 미리 알았을꼬!"

관중이 곁에서 아뢴다.

"이는 어떤 사람이 반드시 비밀을 누설한 것입니다. 초나라가 사람을 보낸 걸 보면 무슨 말이 있을 것입니다. 신은 마땅히 대의로써 꾸짖어 저들로 하여금 부끄러움을 알게 하여 싸우지 않고도 항복하게 하리이다."

관중이 제환공을 대신해서 수레를 타고 나아가 두 팔을 공손히

끼고 굴완에게 읍한다. 굴완이 황망히 허리를 굽히면서 말한다.

"우리 주공께선 귀국 병거와 군사가 우리 나라에 온다는 소문을 들으시고 이 완을 보내셨습니다. 우리 주공께서 말씀하시기를 제와 초는 각기 자기 나라에서 임금 되어, 제는 북해北海에 있고 초는 남해 근처에 있어 서로 아무 이해가 없습니다. 그런데 군후는 무슨 일로 우리 땅에 들어서려 하는지 감히 그 까닭을 듣고자 합니다."

관중이 듣기를 마치고 대답한다.

"옛날 주성왕周成王께서 우리 선군 태공太公을 제齊에 봉하시고 소강공召康公에게 연燕 땅을 하사하실 때에 말씀하시기를, '오후五侯 구백九伯들이여 대대로 국방을 맡아 주 왕실을 도우라. 동쪽으로 바다에 이르기까지 서쪽으로 하수河水에 이르기까지 남쪽으로 목릉穆陵에 이르기까지 북쪽으로 무체無棣에 이르기까지 왕의 신하로서 직분을 함께하지 않는 자 있거든, 너희 제후諸侯들은 그자를 용서하지 마라'고 하셨습니다. 그런데 주나라 왕실이 동쪽으로 도읍을 옮긴 후로 모든 제후가 제각기 방자해졌습니다. 그래서 우리 군후께서 왕명을 받들어 맹주가 되사 옛 왕업을 다시 일으키고 계십니다. 그런데 당신네 초나라는 남쪽에 있으면서 마땅히 다른 제후들과 마찬가지로 천자께 포모包茅를 바치고 왕의 제사를 도와야 할 것이거늘 일체 공물과 축주縮酒도 바치지 않았습니다. 우리 군후께선 그 까닭을 알기 위해 지금 귀국으로 가는 중입니다. 그뿐만 아니라 그 옛날 주소왕周昭王께서 초나라를 치시다가 세상을 떠나신 것도 다 당신네들 때문이었습니다. 이러고도 귀국은 할말이 있으신지요?"

굴완이 불쾌한 기색으로 대답한다.

"주나라가 그 기강을 잃었기 때문에 천하가 주왕에게 조공을 바치지 않습니다. 그런데 어찌 우리 초나라만 탓하십니까. 그러나 그간 포모를 바치지 않은 것은 우리 임금께서도 그 잘못을 알고 계십니다. 또 옛날 주소왕의 일로 말할 것 같으면 그것은 그때 배가 풍랑으로 뒤집혀서 왕이 세상을 떠나신 것입니다. 만일 믿지 않으시면 그 강변에 가서 물어보십시오. 그러므로 그것은 우리 초나라의 책임이라 할 수 없습니다. 이제 완도 대답할 것은 다 했습니다. 나는 우리 임금께 돌아가야 합니다."

굴완은 말을 마치자 수레를 타고 표연히 돌아갔다. 관중도 돌아가 제환공에게 고했다.

"초나라 사람이 완강해서 말로 타일러 굽힐 수 없습니다. 마땅히 진군하십시오."

제환공의 명령이 내리자, 대군은 일시에 초나라 안으로 들어갔다. 대군은 즉시 경산陘山에 이르렀다. 그곳에서 한수漢水가 멀지 않았다.

관중이 영을 내린다.

"이곳에 둔찰屯扎하고 더 나아가지 마라."

모든 제후가 관중의 영을 의아해하며 묻는다.

"대군이 이미 초나라 깊이 들어왔는데 왜 한수를 건너지 않소? 속히 건너가 승부를 결정냅시다. 이곳에 머물 필요가 없다고 생각하오."

관중이 모든 제후에게 대답한다.

"초가 사람을 보낸 것만 보아도 반드시 요처마다 준비를 갖추고 있는 것이 분명하오. 군사란 한번 싸움을 시작하면 다시 원상으로 돌아갈 수 없습니다. 이제 우리는 이곳에 머물러 우리의 큰

군세를 보여주고 초로 하여금 우리를 두려워하게끔 해야 하오. 그러면 반드시 저편에서 또 사람을 보내올 것이오. 그 기회를 놓치지 말고 초의 항복을 받아야 합니다. 초를 치러 왔으니 초나라의 항복만 받으면 됩니다."

모든 제후는 관중의 말을 믿을 수 없다면서 의론이 분분했다.

한편 초성왕은 이미 투자문鬪子文으로 대장을 삼고 갑병甲兵을 모아 한수 남쪽에 배치한 후였다. 초군은 모든 제후의 군마가 한수만 건너오면 내달아 싸우려고 대기 중이었다.

세작이 와서 투자문에게 보고한다.

"팔국 대군은 경지陘地에 주둔하고 있을 뿐 전혀 움직이지 않습니다."

투자문이 초성왕에게 가서 아뢴다.

"관중은 병법을 잘 알므로 만전을 기하지 않고는 쳐들어오지 않을 것입니다. 이제 팔국 군대가 머물러만 있고 움직이지 않는 것은 반드시 무슨 계책이 있기 때문입니다. 마땅히 사람을 한 번 더 보내어 저편의 강약과 그 의향을 살펴본 연후에 싸우든 화평을 청하든 양단간에 결정을 지어도 늦지 않으리이다."

초성왕이 묻는다.

"그럼 이번엔 누구를 보내면 좋겠소?"

투자문이 아뢴다.

"굴완이 이젠 관중과 안면까지 있으니 한 번 더 갔다 오라고 하십시오."

굴완이 아뢴다.

"그간 주왕에게 포모를 바치지 아니한 우리의 허물을 시인했으니, 임금께서 청화請和하실 생각이시면 신이 가서 양편 분규를 해결해보겠습니다. 그러나 만일 끝까지 싸울 생각이시면 신보다 유능한 사람을 보내십시오."

초성왕이 대답한다.

"싸우거나 청화하거나 다 경에게 일임하니 알아서 하오. 과인은 경을 제한制限하지 않겠소."

이에 굴완은 다시 제나라 연합군에게로 갔다.

천하를 하나로 바로잡다

굴완屈完은 다시 연합군이 주둔한 곳에 가서 제환공에게 드릴 말씀이 있어 왔노라 했다. 이 기별을 받고 관중이 제환공에게 말한다.

"초나라에서 다시 사자가 온 것은 반드시 화평을 청하기 위해서입니다. 주공께선 그를 예의로써 대하십시오."

이에 안내를 받고 굴완은 들어가서 제환공에게 재배했다. 제환공이 굴완에게 정중히 답례한다.

"과인에게 할말이 있다니 무슨 일로 오셨소?"

"우리 나라가 주왕께 해마다 포모包茅를 바치지 않았으므로 군후께서 우리 나라에 오셨습니다. 이제 임금은 스스로 잘못을 뉘우치고 계십니다. 군후께서는 대군을 거느리고 30리만 물러가주십시오. 그러면 우리 임금께서 군후의 조건을 들으시리이다."

제환공이 머리를 끄덕인다.

"대부가 귀국의 군후를 잘 보좌해서 앞으로 초나라가 다시 신하로서의 직분을 다하게 된다면, 과인도 돌아가 천자께 보람 있는 보고를 할 수 있소. 이 이외에 내 무엇을 요구하리오."

굴완은 감사하다는 뜻을 말하고 돌아갔다. 굴완은 돌아가 초성 왕에게 보고했다.

"제후齊侯는 신에게 군사와 함께 물러서겠다고 했습니다. 신도 해마다 주 천자에게 공물을 바치겠다고 약속했습니다. 왕께선 그 들에게 신용을 잃지 마십시오."

이때 세작細作이 들어와서 보고한다.

"적의 팔로八路 군마軍馬가 영채를 뽑고 돌아갑니다."

초성왕은 적의 동정을 보고 오도록 다시 세작을 보냈다. 저녁 무렵에야 세작이 돌아왔다.

"적은 30리 밖으로 물러가 이제 소릉召陵 땅에 주둔하고 있습니다."

초성왕이 투덜거린다.

"적이 물러선 것은 나를 두려워하기 때문이다. 공연히 공물을 주왕에게 보낸다고 말했구나."

투자문鬪子文이 곁에서 아뢴다.

"저 팔국八國 군후들은 오히려 한 필부에게도 거짓말을 하지 않 았는데 왕께선 한 필부로 하여금 군후들에게 거짓말을 한 것으로 만드시렵니까?"

초성왕은 머리를 숙이고 아무 대답이 없었다. 마침내 그는,

"황금과 비단 여덟 수레를 소릉에 갖다주고 팔로군에게 음식을 대접하여라. 동시에 청모菁茅 한 수레를 제군齊軍에게 바치고 천 자에게도 상표上表하여라."

하고 씹어뱉듯이 분부했다.

한편, 허목공許穆公의 관이 본국에 도착했다. 이에 세자 업業은

주상主喪이 되고 군위에 올랐다. 그가 바로 허희공許僖公이다.

허희공은 제환공의 은덕에 감격한 나머지 대부 백타百陀를 팔로군에게 보냈다. 허나라 백타는 군사를 거느리고 대군을 돕고자 소릉 땅에 당도했다.

이때 제환공은 초나라 굴완이 예물을 가지고 왔다는 기별을 받고 모든 제후들에게 지시했다. 지시를 받고 제후들은 각기 자기 나라 군사와 병거를 거느리고 7대隊로 나뉘어 7방方으로 벌려 섰다. 제나라 군사만은 남쪽에 둔치고 직접 초나라 사자를 대했다.

먼저 제군齊軍 중에서 북소리가 일어났다. 그 뒤를 따라서 이내 칠로군七路軍이 일제히 북을 울렸다. 북소리는 천지를 뒤흔들었다. 중국의 위세를 유감없이 발휘하려는 것이었다.

굴완은 나아가 제환공을 뵈온 후 황금과 비단을 실은 여러 대의 수레와, 군사들을 먹일 고기와 술과 잔치할 물건들을 자기가 거느리고 온 사람들을 시켜 바치게 했다. 제환공은 늘어선 팔로군에게 명령했다. 팔로군의 대장들은 명령을 받고 초나라가 바치는 물품과 청모를 일일이 검열했다.

제환공이 다시 명령한다.

"굴완에게 그 청모는 거두어뒀다가 친히 주 천자께 갖다바치라고 일러라."

일단 의식儀式은 끝났다. 제환공이 굴완에게 묻는다.

"대부는 우리 중국 군대를 본 일이 있으시오?"

"완은 궁벽한 남방에서 살아 아직 중국의 성대한 군대를 못 봤습니다. 원컨대 한번 보여주십시오."

제환공은 굴완과 함께 융로戎輅●를 타고 각국 군대를 사열했다. 각국 군대는 7방으로 각기 1방씩 맡아 섰는데 수십 리씩 이어져 그 끝이 보이지 않았다.

제군 속에서 다시 북소리가 일어나자 7방에서 북소리가 서로 응한다. 그 소리는 우레 같고 번개 같아서 하늘과 땅을 다시 진동시켰다.

제환공이 희색이 만면한 얼굴로 굴완을 돌아보며 자랑한다.

"과인에게 이런 대군이 있으니 싸워서 어찌 이기지 못할 리 있겠소. 또 공격해서 어찌 굴복을 받지 못할 리 있으리오."

굴완이 대답한다.

"군후께서 중원의 맹주가 된 것은 천자의 덕을 선포하고 만백성을 사랑한 때문입니다. 군후께서 덕으로 모든 제후를 대하시면 그 누가 복종하지 않으리까. 그러나 만일 군대가 많은 것만 믿고 그 힘만 자랑하면 비록 우리 초나라가 작긴 하지만 사방 산으로써 성을 삼고 한수로 못을 삼겠소이다. 못이 깊고 성이 높고 보면 비록 백만 대군을 가졌을지라도 뜻대로 잘되지 않을 것입니다."

제환공이 부끄러워하면서 굴완에게 말한다.

"대부는 진실로 초나라의 훌륭한 신하로다. 과인은 원하노니 귀국과 우호를 맺고 싶소."

굴완이 대답한다.

"군후께서 우리 나라 사직을 복되게 하시고 우리 임금과 동맹까지 맺기를 원하시니 이 이상 바랄 것이 없습니다. 청컨대 군후께선 과연 우리 나라와 동맹을 맺겠나이까?"

"맺겠소."

제환공은 두말 아니하고 확답했다.

그날 밤, 제환공은 굴완을 영중營中에 머물게 하고 잔치를 베풀어 융숭히 대접했다. 이튿날 소릉 땅에 단壇이 섰다. 제환공은 맹주로서 단 위에 올라 희생인 소 귀〔耳〕를 잡았다. 관중은 동맹하는 예를 맡아봤다. 굴완은 초성왕의 명을 받고 제환공과 함께 맹서盟書를 썼다.

이제부터
대대로 우호할 것을 맹세하노라.
自今以後
世通盟好

이에 제환공이 먼저 피를 입술에 바르고 맹세했다. 나머지 7국 제후는 굴완과 함께 차례로 입술에 피를 바르고 맹세하는 예를 마쳤다. 맹호盟好의 예를 마치자 굴완은 제환공에게 재배하고 치사했다. 관중이 굴완에게 청한다.

"청컨대 귀국에 사로잡혀 있는 담백聃伯을 정鄭나라로 돌려보내주면 감사하겠소."

"우리 나라도 채후蔡侯를 대신해서 귀국에 사죄합니다. 그러니 귀국도 채나라를 용서해주십시오."

이리하여 두 사람은 서로 쌍방 조건을 허락했다.

마침내 관중은 팔국 군대에게 회군하도록 명했다. 대군이 돌아가던 도중이었다. 포숙아가 관중에게 묻는다.

"초나라 죄는 초후가 지금까지 스스로 왕이라고 칭한 데 있소. 그런데 그대는 초후가 주왕에게 포모를 바치지 아니한 것만을 가지고 문제를 삼았소. 웬일이오? 나는 그 이유를 도무지 알 수 없구려."

관중이 대답한다.

"초가 자칭 왕이라고 한 지도 벌써 3대나 됐소. 내 만일 초나라에 왕호王號 쓰는 것을 꾸짖는다면 초가 머리를 숙이고 내 말을 듣겠소? 만일 듣지 않을 때엔 서로 싸우는 수밖에 없소. 싸움이란 한번 시작하면 서로 보복하게 마련이오. 싸우면 1, 2년에 결말이 나지 않을 것이오. 남북이 몇 해를 두고 소란할 것인즉 그 전화戰禍인들 어떻겠소. 내 포모로써 트집을 잡아 초로 하여금 천자께 공물을 바치게 했으니, 이는 초가 자기 죄를 스스로 인정한 것이오. 동시에 모든 제후의 위력을 빛냈소. 돌아가 천자께 이 일을 보고하는 것이 싸움을 열어 화를 맺는 것보다 낫지요."

이 말을 듣고서야 포숙아는 관중의 높은 식견에 감탄했다.

호증胡曾 선생이 시로써 이 일을 읊은 것이 있다.

> 남해南海 초왕의 눈엔 천자도 없는 것이나 마찬가지였는데
> 그 당시 관중은 참으로 계책을 잘 세웠도다.
> 군사 하나 다치지 않고 조약을 맺었으니
> 천추의 높은 공적을 제환공이 차지했도다.
> 楚王南海目無周
> 仲父當年善運籌
> 不用寸兵成款約
> 千秋伯業誦齊侯

그런가 하면 염옹髥翁은 제환공과 관중이 구차스레 조약만 맺고 초는 아무 피해도 없었기 때문에, 제군이 물러간 후 초군이 다시 중원을 침범했건만 제환공과 관중은 다시 군사를 일으켜 초를 치지 못했다는 것을 시로써 비난한 것이 있다.

남쪽 초나라를 바라만 보고 주저한 지 수십 년

먼 곳과 교제하고 가까운 곳과 손을 잡으려고 서로 시끄럽기만 했도다.

크게 초나라의 잘못을 치려고 한 것은 장했지만

바로 초나라에게 버릇을 가르쳐줬어야만 보람이 있었으리라.

초나라를 치다가 죽은 주소왕周昭王의 원혼은 아직도 한을 풀지 못했는데

강·황 두 나라와의 의거도 실패였다.

피를 바르고 동맹한 것이 무슨 효과가 있었느냐

여전히 중원 땅엔 피가 마를 사이 없었도다.

南望躊躇數十年

遠交近合各紛然

大聲罪狀謀方壯

直革淫名局始全

昭廟孤魂終負痛

江黃義擧但貽愆

不知一歃成何事

依舊中原戰血鮮

진陳나라 대부 원도도轅濤塗는 장차 대군이 회군한다는 걸 듣고 정나라 대부 신후申侯와 상의했다.

"앞으로 팔로 대군이 우리 진나라와 당신 나라 정을 지나가게 되면, 그들을 먹이고 대접해야 할 비용 때문에 우리 두 나라는 막심한 손해를 볼 것이오. 그러니 동쪽 해변을 따라 회군하게끔 합시다. 그러면 서徐와 거莒 두 나라가 우리 팔로 대군을 위해 수고

하게 될 것인즉, 우리 두 나라는 피해가 없을 것이오."

정나라 대부 신후가 웃으며 대답한다.

"거 참 좋은 의견이오. 시험 삼아 제후齊侯에게 가서 말씀해보시구려."

이에 진나라 대부 원도도는 제환공에게 갔다.

"군후께선 북쪽으로 융을 치고 남쪽으론 초를 쳤습니다. 만일 이번 회군하실 때 군후께서 모든 제후와 함께 동해를 구경하시고 가시면 동쪽에 있는 모든 나라도 군후의 위엄을 두려워할 것이며 따라서 앞으로 조정 명령이 잘 시행될 줄 압니다."

제환공이 연방 머리를 끄덕이며 대답한다.

"대부 말이 옳다."

원도도가 나간 지 조금 지나서다.

"정나라 대부 신후가 주공을 잠시 뵙겠다고 합니다."

"들어오라 하여라."

정나라 대부 신후가 들어와 제환공에게 속삭인다.

"신이 일찍이 들건대 군사는 시기에 맞춰서 움직여야 한다고 합니다. 이는 백성을 수고롭게 할까 염려함에서입니다. 봄부터 지금까지 군사는 잠시도 쉬질 못해서 매우 피곤한 상태입니다. 이번 회군하실 때, 진나라와 정나라를 경유해서 가시면 군사들은 훨씬 배부르게 먹을 수 있습니다. 그러나 만일 동쪽 길로 돌아가면 길은 험하고 먼지라. 그렇지 않아도 지친 군대가 더욱 지칠까 두렵습니다. 늘 군사를 아끼고 잘 돌봐주지 않으면 다음날 싸움에 지장이 많습니다. 조금 전에 진나라 원도도가 와서 동쪽 길로 회군하시자고 청했다는데 그것은 자기 나라에 약간이나마 피해가 있을까 두려워서입니다. 그러나 군사를 아끼는 마음으로써 본다면 그건 좋은 계책이라 할 수 없습니다. 군후께선 이 점을 살피십시오."

제환공은 머리를 끄덕이며,

"대부가 와서 과인에게 일러주지 않았으면 거의 일을 그르칠 뻔했도다. 진나라 대부 원도도를 군중軍中에 감금하여라."
하고 명령했다. 그리고 다시 정문공鄭文公을 불렀다.

"이번에 우리가 동쪽으로 돌아가지 않게 된 것은 다 귀국 대부 신후 덕택이오. 그러니 군후께서는 신후에게 상으로 땅을 주도록 하시오."

이리하여 신후는 진나라 대부 원도도를 이용해서 호뢰虎牢 땅을 얻었다. 정문공은 제환공의 부탁을 차마 거절할 수 없어 호뢰 땅을 자기 신하인 신후에게 주긴 주었지만 간특한 신후를 괘씸하게 생각했다.

한편 진선공陳宣公은 뒤로 사람을 써서 제환공에게 뇌물을 바치고 원도도의 죄를 용서해주십소사 두 번 세 번 간청했다. 이에 제환공은 원도도를 용서해줬다.

마침내 모든 제후는 각기 본국으로 돌아갔다.

제환공은 관중의 높은 공을 갚기 위해 대부 백씨伯氏의 소유인 병읍騈邑 땅 300호를 뺏어 관중에게 줬다.

한편 모든 제후가 돌아가고 나자 초성왕은 주 왕실에 포모를 바치려고 하지 않았다. 이에 당황한 굴완이 아뢴다.

"제나라에까지 신용을 잃어선 안 됩니다. 우리 초와 주왕의 사이가 나쁘면 나쁠수록 가운데서 이익을 보는 것은 제나라뿐입니다. 앞으로 주왕과 서로 통하게 되면 우리도 제나라와 함께 서로 세력을 겨룰 수 있습니다."

초성왕이 불평한다.

"과인도 왕인데 왕이 어찌 왕에게 공물을 바칠 수 있으리오."

굴완도 초성왕의 뜻을 짐작 못하는 건 아니었다.

"작위爵位는 쓰지 마시고 그저 먼 곳에 있는 신하 아무개라고 서명만 하시면 됩니다."

초성왕은 생각다 못해 하는 수 없이 상표上表하는 글을 쓰고 굴완이 시키는 대로 서명했다. 이에 굴완은 초나라 사자가 되어 청모 열 수레에다 금과 비단을 곁들여 주 왕실로 갔다. 주에 당도한 굴완은 천자께 공물을 바쳤다.

주혜왕이 몹시 기뻐하며,

"초가 오래도록 신하의 직분을 버리더니 이제 이렇듯 효순孝順하는구나. 이는 선왕의 영靈이 돌보심이로다."

하고 주문왕과 주무왕의 사당에 고한 후, 제사지내고 남은 고기[胙]를 초에 하사했다.

주혜왕이 다시 굴완에게 이른다.

"너희들은 남방을 잘 지키고 중국을 침범하는 일이 없도록 하여라."

굴완은 주혜왕께 재배하고 물러나갔다. 굴완이 주를 떠나 본국으로 돌아간 후, 이번에는 제나라에서 습붕隰朋이 왔다. 습붕이 주혜왕에게 고한다.

"우리 주공은 초가 앞으로 복종하겠다는 다짐을 받고서야 회군했습니다."

주혜왕은 간단한 잔치를 벌여 제의 습붕을 대접했다. 잔치 자리에서 습붕은 별다른 생각 없이 아뢰었다.

"이왕 온 김에 태자를 뵙고 갔으면 영광이겠습니다."

그러자 주혜왕의 얼굴에 불쾌한 기색이 떠올랐다.

"차자次子 대帶와 태자 정鄭을 함께 나오라 하라."

습붕은 좀 이상하다고 생각했다. 차자 대가 앞서 나오고 그 뒤를 따라 태자 정이 나왔다. 습붕은 주혜왕의 기색을 살폈다. 주혜왕은 어딘지 약간 난처해하는 기색이었다.

수일 후 습붕은 주를 떠나 본국으로 돌아갔다. 습붕이 제환공에게 고한다.

"앞으로 주 왕실이 어지럽겠습디다."

"무슨 일이라도 있었소?"

습붕이 계속 아뢴다.

"주왕의 장자는 이름이 정이온데 먼젓번 왕후王后 강씨姜氏의 소생으로서 이미 동궁東宮의 위에 있습니다. 강후姜后가 죽은 후 차비次妃 진규陳嬀가 총애를 받고 왕후 자리에 올랐으며 아들을 낳았는데 그 이름을 대帶라고 합니다. 그런데 대는 부왕의 비위를 어떻게나 곧잘 맞추는지 주왕도 대를 몹시 사랑해서 태숙太叔이라고 부른답니다. 왕은 장차 태자를 폐하고 반드시 대를 세울 것입니다. 신이 왕의 신색神色을 봤습니다. 왕은 매우 당황한 기색이었습니다. 분명 왕이 이런 딴생각을 하고 있기 때문인 것 같습니다. 반드시 주 왕실에 적서嫡庶 분쟁이 일어날 것인즉, 주공께서는 모든 제후의 맹주로서 미리 무슨 대책을 세워야 할 것 같습니다."

제환공은 관중을 불러 상의했다. 관중이 대답한다.

"신에게 계책이 하나 있습니다. 장차 주 왕실을 안정하게 하리이다."

"중부는 어떤 계책을 쓸 생각이시오?"

관중이 그 계책을 아뢴다.

"장차 태자가 위태할 것은 의심할 여지가 없습니다. 왜냐하면 태자의 당黨이 외롭기 때문입니다. 주공께선 왕에게 상표하시되, 그 표문表文에 다음과 같이 쓰십시오. '청컨대 천하 모든 나라 제후가 태자를 뵙고자 원하옵니다. 태자께서 모든 나라 제후와 한 번만 만나주시면 감사하겠습니다' 하고 쓰십시오. 태자가 일단 모든 나라 제후와 만나기만 하면 장차 천자와 신하의 신분이 정해집니다. 주왕이 아무리 태자를 폐하려 해도 그때부턴 뜻대로 안 될 것입니다."

제환공은 즉시,

"그 말이 장히 좋소."

찬동하고 곧 격문을 써서 모든 나라 제후에게 보냈다. 그 격문 내용은, 명년 여름 5월에 다 같이 주 태자를 위해 수지首止 땅에서 회합하자는 것이었다. 그리고 제환공은 습붕을 다시 주로 보냈다.

주에 당도한 습붕이 주혜왕에게 아뢴다.

"천하 모든 제후가 명년에 수지 땅에서 태자를 한 번 뵙고자 원합니다. 이는 다름 아니고 왕실을 존중하는 뜻에서입니다."

물론 주혜왕은 태자 정을 보내어 모든 제후와 만나보게 하고 싶지 않았다. 그러나 제나라 세력이 워낙 강대하고, 그 청하는 명분이 바르며 그 말이 이치에 닿아 거절할 수 없었다. 주혜왕은 싫으면서도 하는 수 없이 습붕의 청을 허락했다. 습붕은 주혜왕의 허락을 받자, 곧 주를 떠나 본국으로 돌아갔다.

다음해 봄이었다.

제환공은 먼저 진경중陳敬仲을 수지 땅으로 보냈다. 진경중은 수지 땅에 이르러 곧 조그만 별궁을 짓고 태자의 옥가玉駕가 왕림할 때를 기다렸다.

봄도 지나고 여름 5월이 됐다. 제齊 · 송宋 · 노魯 · 진陳 · 위衛 · 정鄭 · 허許 · 조曹 이상 팔국 제후들이 수지 땅으로 모여들었다. 동시에 태자 정도 수지에 이르러 행궁行宮 앞에서 옥가를 멈췄다.

제환공은 모든 제후를 거느리고 나가서 태자 정을 영접했다. 태자 정은 거듭거듭 겸손하면서 모든 제후와 빈주賓主의 예로써 회견하려 했다.

제환공이 엎드려 아뢴다.

"신들은 한갓 번실藩室에 있는 몸입니다. 태자를 뵈옵는 것이 바로 왕실 대하는 것과 같습니다. 그러니 어찌 머리를 조아리지 않을 수 있습니까."

그제야 태자 정은,

"여러 군후는 편히 앉으시오."

하고 칭사稱謝했다.

그날 밤이었다. 태자 정은 사람을 보내어 제환공을 행궁으로 불렀다. 그리고 이복 동생인 태숙太叔 대帶가 태자 자리를 뺏으려고 갖은 꾀를 다 쓴다는 걸 호소했다.

제환공이 말한다.

"이 소백小白이 곧 모든 나라 제후와 더불어 연맹하고 다 함께 태자를 추대推戴하겠습니다. 그러니 태자는 너무 근심 마소서."

태자 정은 제환공에게 칭사했다. 태자 정이 행궁에 머무는 동안 모든 제후는 감히 본국에 돌아가지 못하고 관사에 있으면서 차례로 술과 음식을 바쳤다. 그리고 태자 정을 모시고 온 수행관들에게까지 잘 대접했다. 태자 정은 너무 오랫동안 모든 나라 제후에게 폐를 끼칠까 염려하고 돌아가려 했다.

제환공이 태자 정에게 아뢴다.

"신들이 태자께 이곳에 오래 머무실 것을 청하는 그 본뜻이 무엇이겠습니까. 신들이 태자를 사랑하고 추대하기 때문에 서로 차마 작별을 못하고 있다는 걸 왕께 알리는 동시, 그들의 옳지 못한 계책을 미리 막기 위해서입니다. 지금은 한창 더운 5월입니다. 좀 선선해지면 신들이 조정에 돌아가실 수 있도록 옥가를 배웅하겠습니다."

이리하여 제환공은 태자를 위해 모든 제후와 8월에 동맹을 맺기로 정했다.

한편 주혜왕은 태자 정이 오래도록 오지 않는 이유를 알았다. 주혜왕은 제환공이 장차 태자 정을 추대하려는 것을 알고 우울했다. 더구나 혜후惠后와 숙대叔帶는 밤낮으로 주혜왕에게 태자를 갈아치우라고 졸랐다.

어느 날, 주혜왕이 태재太宰 공孔에게 말한다.

"제후齊侯가 비록 초를 쳤다고 하지만 그래 제가 초보다 나은 것이 뭔가? 이번에 초가 바친 공물과 효순하는 태도를 보니 도리어 초가 제보다 나으면 나았지 조금도 못한 바 없었다. 요즘 제가 모든 제후를 거느리고 태자를 떠받들고 있는 건 또 무슨 뜻인가? 그들은 도대체 짐을 어쩌자는 것인가. 태재는 수고롭지만 짐의 밀서를 정백鄭伯에게 전하라. 그리고 정백에게 제를 버리고 초를 섬기라고 하라. 초와 정이 단결해서 주를 섬기면 짐도 그들을 저버리지 않을 것이다."

주혜왕의 말을 듣고 태재 공은 당황했다.

"초가 이번에 그만큼 효순하게 된 것은 다 제의 힘이었습니다. 왕께서는 어찌하사 오래도록 친해온 제후를 버리고 하필이면 멀고 먼 남쪽 오랑캐와 가까이하려 하십니까?"

"정백이 제후齊侯와 갈라서야 모든 제후도 각기 흩어질 것이다. 모든 제후諸侯가 오래 모여 있는 동안에 제가 그들과 함께 무슨 짓을 꾸밀지 누가 알겠는가. 짐은 이미 뜻을 결정했노라."

태재 공은 아무 대답도 하지 않았다. 주혜왕이 결심했다는데야 더 말할 것이 없었다. 주혜왕은 밀서 한 통을 태재 공에게 내줬다. 그 밀서는 굳게 봉해 있었다. 태재 공은 그 밀서 속에 무슨 말이 씌어 있는지 알지 못했다. 다만 심복 한 사람을 시켜 그 밀서를 정문공에게 전했다. 그후 수지 땅에서 정문공은 무사히 주혜왕의 밀서를 받았다.

태자 정이 부왕의 명령을 듣지 않고 사사로이 무리를 모으고 당을 짓는지라 도저히 장래에 왕위를 계승시킬 수 없도다. 짐의 뜻은 차자 대에게 있노라. 숙부는 제를 버리고 초와 함께 짐을 도와주기 바라노라.

정문공은 매우 기뻐했다. 그래서 모든 대부에게 말했다.

"우리 윗대 어른인 무공武公, 장공莊公께서는 대대로 왕의 경사卿士로서 모든 제후의 영수 격이었다. 그러던 것이 의외로 중간에 세도가 끊어졌다. 과인의 선군 여공厲公께선 지금 천자를 왕위에 올리기까지 많은 공로가 있었건만 아무런 대우를 받지 못했다. 그런데 이제야 왕명이 나에게만 내렸으니 이젠 권도權道를 잡겠구나. 모든 대부는 과인을 축복하라."

대부 공숙孔叔이 간한다.

"제는 우리 정을 위해 군대를 초에까지 동원시켰습니다. 이제 와서 제를 버리고 초를 섬긴다면, 이건 배은망덕입니다. 더구나 태자 정을 추대하고 돕는 것은 천하 대의입니다. 주공께서는 홀로 딴생각을 하지 마십시오."

정문공이 단호히 말한다.

"왕을 버리고 어찌 패자霸者•를 도우란 말인가! 더구나 주왕의 뜻이 지금 태자에게 있지 않다. 그러니 나보고 누구를 사랑하란 말인가."

공숙이 계속 간한다.

"주의 종묘 제사를 맡는 것은 오직 적자와 장자라야 합니다. 지난날을 보십시오. 주유왕周幽王이 백복伯服을 사랑하고, 주환왕周桓王이 자극子克을 사랑하고, 주장왕周莊王이 자퇴子頹를 사랑하다가 결국 어떻게 되었는가는 주공께서도 잘 아실 것입니다. 결국 인심만 잃고 생명까지 잃었을 뿐 아무 공적도 남기지 못했습니다. 주공께선 대의를 버리고 그 옛날 사람들이 저지른 허물을 다시 되풀이하시렵니까? 반드시 후회할 날이 있으리이다."

이런 강직한 대부가 있는가 하면 간특한 대부 신후도 있었다. 신후가 음흉스레 앞으로 나아가 아뢴다.

"천자의 명령이신데 누가 감히 어길 수 있습니까. 이런데도 제나라를 따른다면 이는 왕명을 거역하는 것입니다. 우리가 당장 이곳을 떠나면 모든 제후諸侯도 의혹이 생길 것입니다. 의혹만 생기면 반드시 흩어지는 법입니다. 태자 정을 위한 동맹은 맺어지지 않습니다. 태자 정만 밖으로 당이 있느냐 하면 태숙도 안으로 당을 가지고 있습니다. 두 왕자 중에서 누가 이기느냐는 것은 아무도 모릅니다. 그러니 주공께서는 이런 시기에 일단 본국으로 돌아가셔서 앞으로 어떻게 되어가는가를 한번 관망할 필요가 있습니다."

이에 정문공은 대부 신후의 말을 듣기로 했다. 마침내 정문공은 갑자기 국내에 급한 일이 생겨서 돌아가노라 핑계하고 제환공에겐 하직 인사도 아니 하고서 떠나가버렸다.

제환공은 정문공이 돌아갔다는 말을 듣고 분기충천했다.

"당장 태자를 받들고 정나라를 쳐야겠다!"

관중이 앞으로 나아가 아뢴다.

"정과 초는 서로 접경하고 있습니다. 이는 반드시 주나라 사람이 와서 정을 유혹한 것입니다. 한 사람쯤 갔대서 우리의 큰 계획에 지장이 될 건 없습니다. 더구나 태자를 위해 동맹할 기일도 임박했습니다. 동맹이 끝난 후에 정나라를 쳐도 늦지 않습니다."

"그 말이 좋소."

하고 제환공은 분노를 참았다.

수지는 위나라 땅이다. 이에 모든 나라 제후는 수지의 옛 단에서 입술에 피를 바르고 맹세했다. 그들은 제 · 송 · 노 · 진 · 위 · 허 · 조 일곱 나라 제후들이었다. 태자 정만 입술에 피를 바르지 않았다. 곧, 앞으로 무슨 일이 있을지라도 모든 제후는 태자를 적으로 취급할 수 없다는 뜻이었다. 그 맹서盟書에 하였으되,

우리는 함께 맹세하고
다 같이 태자를 도우며
왕실을 바로잡는다.
이 맹세를 배반하는 자가 있거든
신명이여 그를 용서하지 마시라.

凡我同盟
共翼王儲
匡靖王室
有背盟者
神明殛之

이리하여 모든 제후의 동맹은 끝났다. 태자 정이 계단을 내려와 모든 제후에게 읍하며 감사한다.

"제군諸君이 선왕의 영을 우러러 주 왕실을 잊지 않고 나를 도움이라. 우리 역대 왕도 다 그 당시 모든 제후의 힘을 입었으니 나인들 어찌 모든 제후의 은혜를 잊으리오."

모든 제후는 황망히 엎드려 태자에게 절하고 머리를 조아렸다.

이튿날 태자 정은 조정을 향해 귀로에 올랐다. 모든 나라 제후는 수레와 군사를 거느리고 태자 정을 도중까지 호송했다. 특히 제환공은 위문공과 함께 위나라 경계까지 태자를 전송했다. 태자 정은 눈물을 흘리면서 제환공과 작별하고 떠나갔다.

사관이 시로써 이 일을 찬讚한 것이 있다.

왕은 서출을 너무 사랑해서 태자가 위태한데
정문공은 이익만 알고 대의를 저버렸도다.
수지의 맹세에서 태자의 위가 결정됐으니
이를 힘입어 강상綱常이 무너지는 걸 면했도다.
君王溺愛冢嗣危
鄭伯甘將大義違
首止一盟儲位定

綱常賴此免凌夷

　그후 정문공은 모든 제후가 마침내 동맹하고 정나라를 칠 것이라는 소문을 듣자, 겁이 나서 감히 초나라와 손을 잡지 못했다.

　초성왕은 정문공이 수지에서 동맹을 하지 않고 빠져나왔다는 소문을 듣고서 기뻐했다. 초성왕은,

　"이제 정을 우리 편으로 끌어야 한다."

하고 사람을 정나라 대부 신후에게 보냈다. 곧, 우리 초와 우호를 맺도록 정나라에 교섭을 하라는 지령이었다. 원래 신후는 초나라를 섬기던 사람이었다. 그는 구변이 좋고 욕심이 많고 아첨하는 데 능했다.

　지난날 신후가 초나라에 있었을 때 그는 초문왕楚文王의 신임을 받았다. 초문왕은 임종 때 신후가 다른 사람에겐 잘 용납되지 않을 걸 알고 염려했다. 그때 초문왕은 신후에게 귀한 구슬〔璧〕•을 주며 다른 나라에 가서 사는 것이 자신에게 유리할 것이라고 했다. 곧, 신후는 남의 미움을 살만큼 초문왕의 총애를 받았던 것이다.

　이에 신후는 혹 화를 당할까 겁이 나서 정나라로 귀화하여, 그 당시 역櫟 땅에서 한창 불우했던 정여공鄭厲公을 섬겼다. 신후는 초문왕에게서 받은 것보다 못하지 않은 신임과 총애를 정여공에게서 받았다. 정여공이 본국에 복위했을 때 신후는 정나라 대부가 됐던 것이다.

　그래서 초나라 신하들은 거의 다 신후와 옛부터 잘 아는 터였다. 초는 신후를 이용해서 어떻든 제와 정 사이를 떼어놓을 작정이었다.

초나라 지령을 받고 신후가 정문공에게 비밀히 아뢴다.

"초가 아니면 제를 당적할 수 없습니다. 더구나 왕명이 있지 않습니까. 이때를 당하여 결정을 못하면 우리 나라는 초·제 두 나라와 다 원수를 사게 됩니다. 두 나라가 다 우리를 미워하면 우리는 의지할 곳이 없습니다."

정문공은 신후의 말을 듣고 당황했다. 그래서 정문공은 신후를 비밀히 초나라로 보냈다. 이리하여 정·초 두 나라는 비밀히 우호를 맺었다.

주혜왕 21년에 드디어 제환공은 동맹한 모든 나라 제후를 거느리고 배신한 정나라를 쳤다. 제환공이 통솔한 연합군은 정나라 성을 철통같이 에워쌌다. 이때 정나라 신후는 초나라에 가 있었다. 신후가 초성왕에게 청한다.

"정나라가 왕께 귀순한 것은 초나라가 능히 제를 물리칠 수 있다고 믿었기 때문입니다. 그런데 왕께서 지금 위급한 정을 구출하지 않으시면 신은 돌아갈 면목마저 없습니다."

초성왕은 모든 신하와 함께 이 일을 상의했다. 투자문이 앞으로 나아가 아뢴다.

"전날 제가 연합군을 거느리고 소릉까지 왔을 때, 그때 허목공이 군중에서 세상을 떠났습니다. 제후齊侯는 허후의 죽음을 매우 슬퍼했기 때문에 허나라가 제나라를 위해 가장 힘쓴 것도 사실입니다. 이 기회에 왕은 허나라를 치십시오. 연합군은 반드시 허나라를 도우러 갈 것입니다. 그럼 정나라 포위는 저절로 풀립니다."

초성왕은 이 말을 듣고 연방 머리를 끄떡였다. 마침내 초성왕은 친히 허나라를 치러 갔다. 그리고 허성許城을 철통같이 에워쌌다. 모든 나라 제후는 허나라가 초군에게 포위됐다는 보고를 받자 과연 정나라를 버리고 허나라를 구원하러 갔다. 모든 제후의 군대가 정나라 포위를 풀고 허나라에 당도했을 때엔 이미 초나라 군사도 물러가고 없었다.

신후는 기세 좋게 정나라로 돌아갔다. 그는 이번에 정나라가 망하지 않은 것을 다 자기 공로라고 했다. 신후는 의기양양하여 정문공에게 국록을 더 달라고 청했다. 그러나 정문공은 지난날 신후가 제환공에게 아첨하여 호뢰 땅을 받은 것만 해도 과분하다고 생각했다. 그래서 신후에게 벼슬과 상을 더 주지 않았다. 신후는 마음속으로 정문공을 깊이 원망했다.

그 이듬해 봄이었다.

제환공은 다시 군사를 거느리고 가서 정나라를 쳤다. 이때 진陳나라 대부 원도도가 정나라 대부 공숙에게 서신 한 통을 보냈다. 진나라 원도도는 지난날 연합군의 일원으로서 초나라를 치러 갔다가 회군할 때 신후에게 이용당하여 제환공에게 한때 미움을 받은 사람이란 걸 기억할 것이다.

공숙이 원도도의 서신을 펴보니 그 글에 하였으되,

신후는 전날 정나라를 팔아 제나라에 아첨하고 홀로 호뢰 땅을 상으로 받았으며, 이번엔 또 정나라를 팔아 초나라에 아첨했습니다. 마침내 그는 귀국 군후로 하여금 배은망덕하게 하고 스스로 피비린내 나는 싸움을 불러일으켰습니다. 앞으로 불행이 정나라 백성과 사직에까지 미치게 된 것은 누구의 죄입니까? 반드시 간악한 신후를 죽여야만 제나라 군사는 싸우지 않고 돌아가리이다.

대부 공숙은 그 서신을 정문공에게 보였다. 정문공은 전날 수지 땅에서도 공숙이 간하는 말을 듣지 않고 동맹하기 전에 달아나듯 돌아왔던 것이다. 그후 두 번이나 제군이 쳐들어왔기 때문에 정문 공은 지난 일을 후회하고 있었다. 그러잖아도 정문공은 은연중 신후를 미워하던 참이었다.

정문공이 분부한다.

"신후를 불러오너라."

부름을 받은 신후는 무슨 좋은 일이라도 있을까 하고 기세 좋게 궁으로 들어갔다.

정문공이 꾸짖는다.

"너는 전날 과인에게 말하기를 오직 초라야 능히 제를 당적할 수 있다고 하지 않았느냐? 지금 제군이 다시 우리 나라를 치고 있다. 초나라 구원병은 어디 있느냐?"

신후는 그럴듯한 구변으로 변명하려고 얼굴을 들었다. 정문공이 여가를 주지 않고 무사에게 분부한다.

"속히 저놈을 끌어내어 참하여라."

구변 좋고 수단 많은 신후도 운이 다했다. 무사에게 끌려나간 신후는 얼마 후 머리만 함 속에 담겨 들어왔다. 공숙은 신후의 머리가 들어 있는 함을 가지고 가서 제군齊軍에게 바치고 청했다.

"우리 주공은 지난날 신후의 꼬임수에 빠져서 군후와의 우호를 저버렸습니다. 이제 주공은 간악한 신후를 참하고 신으로 하여금 막하幕下에서 죄를 청하게 하셨습니다. 다만 군후께서는 우리의 허물을 용서하소서."

제환공은 원래부터 공숙의 현명함을 잘 알고 있었다. 이에 제군은 정나라를 용서하고 돌아갔다.

그후 모든 나라 제후는 제나라 땅 영모寧母에 모이기로 했다. 그러나 정문공은 끝까지 주혜왕의 지령 때문에 태도를 정하지 못했다. 정문공은 회會에 가지 않고 세자 화華를 대신 보냈다.

세자 화華와 그 동생 자장子臧은 다 정문공 본부인 소생이었다. 처음엔 본부인이 정문공의 사랑을 받았기 때문에 화는 세자가 되었다. 그후 정문공은 부인을 둘이나 세웠다. 그녀들은 각기 아들을 두었다. 본부인은 점점 정문공의 사랑을 잃었고, 그후 오래지 않아 병으로 죽었다.

남연南燕 길씨姞氏의 여식으로서 몸종으로 정궁鄭宮에 와 있는 여자가 하나 있었다. 그러니까 그 여자가 아직 정문공을 모시고 자본 적이 없었던 때의 일이다.

어느 날 밤 꿈이었다. 한 헌헌軒軒한 장부가 손에 난초를 들고 와서 그 여자에게 말한다.

"나는 너의 조상이다. 이제 아름다운 향기로써 너에게 아들을 점지하고 너희 나라를 번영하게 하리라."
하고 그 난초를 그녀에게 주는 것이었다. 난초를 받고서 깨고 보니 꿈이었다. 방 안에 아름다운 향기가 가득했다.

그녀는 꿈 이야기를 옆에 있는 여관女官에게 했다. 옆에 있던 여관이 비아냥거린다.

"네가 귀자貴子를 낳지 않으면 누가 낳겠니?"

이날 정문공이 후궁後宮에 들어왔다. 그런데 정문공은 그 꿈을 꾼 여자를 보자 갑자기 맘이 당겨서 자기 옆으로 불러 앉혔다. 이에 좌우 모든 여관이 서로 웃는다. 정문공은 그 웃는 까닭을 물었다. 한 여관이 그 여자가 귀자 낳을 꿈을 꾸었다며 조롱하듯 아뢰었다.

그러나 정문공은 웃지 않았다.

"그래! 그거 좋은 징조다. 과인이 네 꿈을 성취시켜주마."

정문공이 그 여자에게 속삭인다.

"오늘 밤에 난초 꽃술을 따서 치마에 차고 오너라. 그것을 부호符號로 보이면 너는 내게로 들어올 수 있다."

이리하여 그날 밤에 정문공은 그 여자와 동침했다. 그날 밤으로 그 여자에게 태기가 있었다. 만삭이 되자 아들을 낳았다. 정문공은 그 아이의 이름을 난蘭이라고 지었다. 그후로 그 여자는 정문공의 사랑을 받았다. 그래서 궁에선 어느덧 그녀를 연길燕姞이라고 불렀다.

세자 화는 그 아버지가 연길 모자를 지나치게 사랑하는 걸 보고 혹 다음날 자기 지위에 말썽이 생기지나 않을까 하고 염려했다. 그래서 세자 화는 어느 날 비밀히 숙첨叔詹에게 이 일을 걱정했다. 숙첨이 대답한다.

"얻느냐 잃느냐는 것은 천명입니다. 세자는 그저 효도만 극진히 하십시오."

다시 세자 화는 공숙에게 이 일을 걱정했다. 공숙이 대답한다.

"그저 효성을 지극히 하십시오."

세자 화는 이런 덤덤한 대답이 불쾌했다. 그래서 세자 화는 그후로 숙첨과 공숙을 가까이하지 않았다.

세자 화의 친동생 자장은 성격이 기이한 걸 좋아하고 허황한 걸 즐겼다. 그는 평소에 도요새〔鷸〕날개를 모아 관을 만들어 쓰고 다녔다. 하루는 사숙師叔이 그 거동을 보고 자장에게 주의를 주었다.

"그 관은 예에 없는 복장입니다. 그러니 공자는 그런 관을 쓰지 마십시오."

자장은 이 충고를 아주 고깝게 들었다. 그래서 자장은 형인 세자 화에게 사숙을 말할 때마다 좋게 말하질 않았다. 결국 세자 화는 숙첨·공숙·사숙 세 대부에 대해서 막연하나마 좋지 못한 감정을 갖게 됐다.

이러던 차에 세자 화는 모든 제후가 회담하기로 된 영모 땅에 아버지를 대신해서 가게 됐다. 세자 화는 만일 제환공이 아버지를 대신해서 온 자기를 이상히 생각한다면 곤란할 것 같아서 떠나기 싫은 뜻을 솔직히 말했다.

숙첨은,

"그래도 세자가 가셔야 합니다."

하고 속히 떠나기를 재촉했다. 세자 화는 더욱 숙첨을 원망했다.

'이놈, 두고 보자. 저는 쏙 빠지고 나만 골탕을 먹일 작정이로구나.'

세자 화는 자기 나라 모든 대부를 저주하면서 떠나갔다. 세자 화는 영모 땅에 당도하자 제환공에게 아뢰었다.

"좌우 모든 사람을 이 방에서 물러가게 해주십시오."

그러고 나서 비밀히 고했다.

"우리 정나라 정치는 숙첨·공숙·사숙 등 삼족三族의 말에 의해서 결정됩니다. 전날 수지 땅에서 동맹 때 가입하지 않고 저의 아버지께서 도망하듯 돌아오신 것도 다 그 세 대부의 농간이었습니다. 만일 군후께서 우리 나라 세 대부만 없애주시면 앞으로 우리 정나라는 부용附庸(속국 또는 영토란 뜻)으로서 제나라를 섬기겠습니다."

"거 어렵지 않은 일이다."

제환공은 즉시 승낙했다. 제환공은 세자 화와 모의한 걸 관중에게 말했다. 관중이 대답한다.

"그건 안 될 말씀입니다. 모든 나라 제후가 우리 제나라에 복종하는 이유를 아십니까? 우리 제엔 예의와 신의가 있기 때문입니다. 그 아들 되는 사람이 와서 그 아비를 나쁘게 말하는 것이 우선 예의에 어긋난 일이며, 우호를 하려고 온 자가 그 본국을 어지럽히고자 꾀하니 이는 신의가 아닙니다. 또 신이 듣건대 정나라 세 대부는 어진 신하로서 백성들이 그들을 삼량三良이라고 일컫는다 하옵디다. 맹주로서 가장 귀중한 일은 인심에 순종하는 것이옵니다. 신이 보건대 세자 화는 반드시 오래가지 못할 것입니다. 주공께서는 그의 말을 듣지 마십시오."

이튿날 제환공은 세자 화에게 말했다.

"어제 세자가 과인에게 한 말을 그후 가만히 생각해본즉 실로 국가 대사라. 함부로 결정할 일이 아닌가 하오. 그러니 세자의 아버지가 오시면 서로 만나보고, 그때 다시 의론할까 하노라."

이 말을 듣자 세자 화는 얼굴이 시뻘게졌다. 자기도 모르는 결에 등골에서 땀이 흘렀다. 세자 화는 제환공에게 하직하고 정나라로 돌아갔다. 그러나 세자 화가 귀국하기 전에 관중은 심복 한 사람을 시켜서 세자 화의 간특한 계책을 세자 화와 함께 온 정나라 사람에게 알렸다. 이미 그 정나라 사람은 본국에 돌아가 그 사실을 정문공에게 고했다.

세자 화는 본국으로 돌아가서 아버지 정문공에게 다녀온 경과를 보고했다.

"제후는 아버지께서 친히 오시지 않은 것을 매우 수상해합니다. 그러니 제와 친교하느니보다는 차라리 초와 우호를 두텁게 하는 것이 좋을 줄로 생각합니다."

정문공이 큰소리를 지른다.

"아비에게 반역한 놈아! 나라까지 팔아먹으려다가 이제 와서 무슨 소릴 중얼거리느냐. 저놈을 깊은 방에 수금囚禁하여라."

추상같은 호령이 내리자 좌우 무사들은 벌 떼처럼 달려들어 세자 화를 붙들어 유실幽室에 잡아넣고 바깥으로 쇠를 덜컥 채웠다. 유실에 갇힌 세자 화는 그제야 자기가 제환공에게 말한 것이 누설됐다는 걸 알았다. 그는 달아날 생각으로 밤낮없이 유실 벽을 뚫다가 어느 날 파수 보는 무사에게 들켰다.

마침내 정문공은 세자 화를 궁중 뜰로 끌어냈다. 그리고 무사에게 명하여 자식을 죽였다. 과연 관중의 계획대로 일은 끝났다.

형이 죽음을 당하는 걸 본 자장은 신변에 위험을 느끼고 송나라로 달아났다. 그러나 이를 알자 정문공은 사람을 급히 보내어 송나라로 가는 자장을 도중에서 죽여버렸다.

정문공은 제환공이 세자 화의 말을 듣지 아니한 데 대해서 크게 감격하고, 다시 공숙을 보내어 감사하는 동시 동맹에 가입하기를 자원했다.

호증 선생이 시로써 이 사실史實을 읊은 것이 있다.

정나라는 세 대부를 등용하여 대들보를 삼았으니
일조에 대들보를 없앴다면 나라를 지탱할 수 없었으리라.
세자 화의 간특한 계책은 나라를 손아귀에 넣을 작정이었지만
몸은 죽고 불효하다는 이름만 남겼도다.
鄭用三良似屋楹
一朝楹撤屋難撑
子華奸命思專國

身死徒留不孝名

이것이 바로 주혜왕 22년 때 일이었다.

이해 겨울에 주혜왕은 병으로 위독했다. 태자 정鄭은 계모인 혜후惠后가 무슨 변을 일으키지나 않을까 하고 몹시 두려워했다. 그는 먼저 하사下士 왕자 호虎를 제나라로 보내어 자기가 위기에 처해 있다는 걸 알렸다.

그런 지 얼마 후 주혜왕은 세상을 떠났다. 태자 정은 주공周公 공孔과 소백召伯 요廖와 함께 상의하고 왕이 죽었다는 걸 세상에 발표하지 않았다. 동시에 태자 정의 급사는 밤낮을 가리지 않고 말을 달려 제나라에 가서 먼저 와 있는 왕자 호에게 비밀히 밀서를 전했다. 왕자 호는 태자 정의 밀서를 보고 즉시 제환공에게 가서 주혜왕의 죽음을 고했다. 이에 제환공은 모든 나라 제후를 노나라 조洮 땅으로 소집했다. 정문공도 이 대회에 참석하여 입술에 피를 바르고 가맹했다.

주 왕실에 대한 충성을 결의한 이 대회에서 서로 맹세한 열국은 제 · 송 · 노 · 위 · 진陳 · 정 · 조 · 허 모두 여덟 나라였다.

여덟 나라 군후는 각각 상표하는 글을 짓고 각기 대표로 대부 한 명씩을 뽑아 주 왕실로 보냈다. 이리하여 주엔 제나라 대부 습붕과 송나라 대부 화수로華秀老와 노나라 대부 공손오와 위나라 대부 영속과 진나라 대부 원선轅選과 정나라 대부 자인사子人師와 조나라 대부 공자 무戊와 허나라 대부 백타百佗 등 팔국 대부들이 큰 수레를 타고 잇달아 당도했다. 그들의 위의威儀는 매우 성대했다.

그들은 주혜왕을 문병하러 왔다고 핑계하고 왕성王城 밖에서 일단 수레를 멈추었다. 왕자 호가 먼저 왕성으로 들어가서 태자 정에게 여덟 나라 대부가 왔다는 걸 알렸다.

태자 정은 즉시 주공 공과 소백 요를 불러 상의하고 비로소 국상國喪을 발표했다. 이에 여덟 나라 대부는 신왕新王을 배알하겠다고 청했다.

주공 공과 소백 요는 태자 정을 받들어 주상主喪을 삼았다. 모든 나라 대부는 각기 자기 나라 군후를 대신해서 국상國喪에 참석했다.

주공 공과 소백 요가 태자 정 앞에 나아가 절하고 왕위에 오르기를 청했다. 마침내 태자 정은 왕위를 계승했다. 그가 바로 주양왕周襄王이다. 이리하여 백관百官이 다 신왕에게 조하朝賀했다.

혜후와 대는 남몰래 원통한 심정을 서로 호소했을 뿐 감히 모반하지는 못했다.

주양왕은 그 이듬해 개원改元하고 열국에 유서諭書를 보냈다.

그러니까 주양왕 원년 봄이었다. 주양왕은 종묘 제사가 끝나면 주공 공에게 명하여 제사지낸 고기를 제나라에 보내어 보필한 공로를 표창하기로 했다.

한편 제환공은 천하에 더욱 신의를 펴기로 결심하고, 다시 열국 제후를 규구葵邱* 땅으로 소집했다.

제환공은 규구로 가는 도중에 관중과 함께 우연히 주周나라에 관한 일을 이야기하게 됐다.

관중이 말한다.

"주 왕실은 이번에 적계嫡系, 서계庶系를 분별하지 않으려다가 하마터면 화란禍亂이 일어날 뻔했습니다. 그런데 우리 나라는 다음날에 주공의 자리를 계승할 공자가 아직 정해져 있지 않습니다.

그러니 주공께서도 속히 세자를 세우고 후환이 없도록 하십시오."

"중부도 아시다시피 과인의 여섯 아들이 다 서출이오. 무휴가 장자지만 현명하기는 소昭가 제일이오. 위희衛姬가 과인을 제일 오래 섬겼으므로 그녀의 소생인 무휴에게 다음날 과인의 위를 전할까 하는 생각도 있긴 하오. 역아易牙와 초貂 두 사람도 그렇게 하라고 여러 번 말합디다. 그러나 과인은 소의 어짊을 사랑하기 때문에 아직도 뜻을 정하지 못하고 있소. 그러니 이제 중부가 결정해주면 좋겠소."

관중은 역아와 초가 다 간특한 무리들로서 평소부터 위희의 도움을 받고 있다는 걸 알고 있었다. 후일 무휴가 군위에 앉아 그들과 안팎으로 합당하면 반드시 나라가 어지러울 것이 뻔했다.

그럼 공자 소는 어떤가. 소는 정나라에서 시집온 정희鄭姬의 소생이었다. 더구나 그녀의 친정인 정나라는 요즘 동맹에도 가입했다. 공자 소가 군위를 계승하면 정과 제의 우호는 더욱 굳어질 것이다.

관중이 천천히 대답한다.

"우리 제나라의 패업을 이으려면 우선 어진 사람이라야 합니다. 주공께서 이미 소가 현명하다는 걸 아셨으면 그를 세자로 세우십시오."

제환공이 약간 난처한 듯이 말한다.

"장자인 무휴가 가만있지 않을 것이오."

"이번에 주의 왕위도 주공의 힘을 빌려 정해졌습니다. 이번 규구에 가서 대회 때 모든 제후 중에 가장 어진 사람을 골라 소에 관한 것을 부탁하십시오. 그렇게 염려하실 것까진 없습니다."

제환공은 대답을 아니 하고 머리만 끄덕이었다.

제환공과 관중이 규구 땅에 당도했을 때엔 이미 모든 제후도 다 모여 있었다. 특히 주 왕실의 대표로 주공周公 공孔까지 와 있었다. 모든 나라 제후는 각기 관사에서 기거했다.

이때 송환공宋桓公 어열御說이 세상을 떠난 지 얼마 뒤였다. 그럼 송나라 이야기를 잠시 해야겠다.

송환공이 세상을 떠났을 때 세자 자보玆父는 군위에 오르려 하지 않았다. 자보는 공자 목이目夷에게 나라를 맡아달라고 겸양했다. 그러나 공자 목이도 군위에 오르는 걸 거절했다. 이에 하는 수 없이 자보가 군위에 올랐으니, 그가 바로 송양공宋襄公이다. 이번에 송양공은 맹주인 제환공의 소집을 받고, 비록 상주의 몸이지만 신의를 잃을 수 없다 해서 상복 차림으로 규구 대회에 참석했다.

관중이 제환공에게 말한다.

"송후宋侯는 나라를 사양한 일이 있는 어진 임금입니다. 더구나 상복을 입고 대회까지 온 것은 우리 제를 공경하기 때문입니다. 가히 소昭를 위해 다음날 일을 부탁할 만합니다."

제환공이 머리를 끄덕인다.

"그럼 중부가 송후를 찾아가서 부탁을 좀 해주오."

그날 밤에 관중은 관사로 송양공을 찾아갔다. 그리고 제환공의 뜻을 전했다.

이튿날 송양공은 친히 제환공에게 갔다. 제환공은 송양공의 손을 잡고 자기 아들 공자 소의 앞날을 부탁했다.

"다음날 군후의 힘을 받아 우리 제나라 사직이 안정되기를 바라오."

송양공이 겸사謙辭한다.

"과인이 어찌 그런 큰일을 맡을 수 있습니까."

그러면서도 송양공은 제환공이 자기를 이렇게까지 믿어주는 데 대해서 감격했다. 그래서 송양공은 마침내 제환공의 부탁을 승낙했다.

대회 날이 됐다. 모든 제후는 의관을 정제하고 나타났다. 그들이 걸을 때마다 환패環佩 소리가 쟁쟁했다. 모든 제후가 서로 앞에 서는 것을 사양한다. 그래서 주 천자의 명을 받고 참석한 주공 공이 먼저 단 위로 올라갔다. 그 뒤를 따라 제후들은 차례로 단 위에 올라섰다. 단 위엔 참석하지 못한 주양왕을 위해서 빈자리가 마련되었다. 모든 제후는 왕이 앉아야 할 그 빈자리를 향해 일제히 무릎을 꿇고 절했다. 마치 그들은 조정에 나아가 친히 왕을 뵈옵듯이 거동했다. 절이 끝나자 그들은 각기 차례를 따라 자리에 앉았다.

천사天使인 주공 공이 주양왕으로부터 받아가지고 온 고기를 높이 상에 올려놓고 다시 동쪽을 향하고 비켜서서 신왕의 명을 전한다.

"천자께서 문무文武에 일이 바쁠새 공孔을 대신 보내어 제후에게 이 고기를 하사하노라."

제환공은 그 고기를 받기 위해 계하階下로 내려가려고 몸을 돌렸다. 천사 주공 공이 돌아서는 제환공을 말린다.

"천자께서 또 말씀하시길 제후는 연로할새 다시 일급一級을 가하노니 하배下拜의 거동을 말라 하셨습니다."

그래서 제환공은 계하로 내려가려다가 그냥 서서 받으려고 자세를 바로잡았다. 곁에 있던 관중이 황망히 조그만 목소리로 제환공에게 속삭인다.

"주공은 겸손하소서. 신하로서 존경하는 예를 잃으시면 안 됩니다."

그제야 제환공이 즉시 큰소리로 천사에게 말한다.

"천자의 위엄을 바로 지척에서 뵈옵는 거나 다름없음이라. 이 몸이 어찌 거룩하신 왕명을 달게 받고 감히 신하로서의 직분을 버릴 수 있으리오."

제환공은 즉시 계하로 내려가 재배하고 머리를 조아렸다. 그리고 다시 일어나 단 위로 올라가서 고기를 받았다.

모든 나라 제후는 제환공이 어디까지나 예의를 지키는 걸 보고 속으로 감복했다.

제환공은 다시 제의提議하고 모든 제후와 함께 그 자리에서 새로이 동맹을 맺었다. 제환공은 주周 오금五禁(주나라가 천하에 공포한 다섯 가지 금법禁法)을 낭독했다.

첫째, 샘을 메우지 말 것.
둘째, 곡식을 팔고 사는 걸 막지 말 것.
셋째, 자식을 바꾸어 후사를 세우지 말 것.
넷째, 첩을 처로 삼지 말 것.
다섯째, 여자는 국사에 간섭하지 말 것.

그리고 사람을 시켜 서사誓詞를 읽게끔 했다.

"무릇 우리가 함께 맹세함은 다만 우호를 위함이로다."

모든 제후는 각기 붓을 들어 맹세를 썼다. 그들은 또 각기 희생을 높은 상 위에 바쳤다. 제환공이 새로운 법을 제의한다.

"이제부터는 가축을 죽여 희생을 내는 것과 피를 입술에 바르는 법을 철폐합시다."

모든 열국 제후는 다 제환공의 의사를 신뢰하고 감복했다.
염옹이 시로써 이 일을 읊은 것이 있다.

춘추 시대를 의혹과 혼란의 시대라고 하지만
초를 누르고 주 천자를 높여 승리를 거두었도다.
이렇듯 제환공의 공적이 위대하지 않았던들
그 누가 희생도 없이 피도 바르지 않고서 그 말을 믿으리오.
紛紛疑叛說春秋
攘楚尊周握勝籌
不是桓公功業盛
誰能不歃信諸侯

동맹의 대회를 마치고 제환공이 주공 공에게 묻는다.

"과인이 듣건대 옛날 하夏나라, 상商나라 그리고 우리 주나라 초기에도 봉선封禪이란 걸 했다는데, 그 봉선하는 예식이란 어떤 것인지를 좀 들려주오."

주공 공은 왜 그런 걸 묻는지 그 뜻을 몰라서 얼떨떨했다. 이윽고 주공 공이 대답한다.

"태산에 제祭 지내는 것을 봉封이라 하고, 그 태산 줄기 중에서 제일 작은 양보산梁父山에 제 지내는 것을 선禪이라고 합니다. 태산을 봉하는 의식은 먼저 산 위에다 흙을 쌓아 단을 세우니 금니金泥와 옥간玉簡을 차려놓고 하늘께 제사를 지내는 것인데, 이것은 하늘의 공功에 감사드리는 것입니다. 원래 하늘은 가장 높은 것입니다. 가장 높은 산 위에다 흙을 높이 쌓는 것은 그 높음을 상징하는 것입니다. 또 양보산을 선하는 의식은 지면을 쓸고 제사를 지내는 것입니다. 이건 땅이 낮음을 상징하는 것입니다. 부들〔蒲〕이란 풀로 수레를 만들고, 띠자리풀〔菹〕과 볏짚〔稭〕으로 자리를 만들고 제사를 지낸 후 그것들을 땅에 묻는데, 이것은 땅의 공에 감사하고 보답한다는 뜻입니다. 하나라, 상나라 그리고 우리 주나라는 천명을 받고 일어났으며, 천지의 많은 도움을 힘입었기 때문에 이 아름다운 보은報恩의 식을 숭상했습니다."

이 설명을 듣고서 제환공이 말한다.

"하나라는 안읍安邑에 도읍하고 상나라는 박亳에 도읍하고 우리 주나라는 풍호豊鎬에 도읍을 정했기 때문에 태산과 양보산이 다 도성에서 몹시 먼 지점에 있었소. 그래서 이 두 산을 봉하고 선하기에 힘들었겠지만 오늘날은 이 두 산이 다 과인이 다스리는 영역 안에 있소. 이제 과인은 천자의 총애를 받아 몸소 이 봉선하는 대례를 올리고 싶소. 그러니 모든 군후께선 뜻이 어떠하시오?"

주공 공은 제환공이 기고만장해서 교만스레 뽐내는 기색을 보고 대답한다.

"군후께서 굳이 하겠다면 누가 반대하겠습니까?"

제환공이 말한다.

"내일 모든 제후와 함께 이 일을 다시 상의합시다."

모든 제후는 각기 자기 관사로 돌아갔다.

이날, 주공 공은 관중이 머물고 있는 관사로 갔다.

"대저 봉선하는 것은 천자나 하시는 것이지 제후의 자격으론 발설도 못하는 법이 아닙니까. 그런데 오늘 중부는 어째서 제후가 그런 소릴 하는데도 종시 간하지 않으셨소?"

관중이 대답한다.

"우리 주공은 원래 승벽勝癖이 대단하십니다. 그래서 우리도 좀체 그 의사를 바로잡기가 어렵습니다. 오늘 안으로 가서 내 어떻든 한번 말해볼 작정입니다."

그날 밤에 관중은 제환공에게 갔다.

"낮에 주공께서 봉선의 대전大典을 올리겠다고 하셨는데 그것이 진정입니까?"

"왜 내가 허튼 말을 할 리 있겠소?"

"예로부터 봉선한 천자를 살펴보건대 무회씨無懷氏를 비롯해서 주성왕에 이르기까지 겨우 일흔두 분[七十二家]이었습니다. 그들은 다 하늘의 명을 받고야 태산 양보산에 가서 봉선했습니다."

제환공이 약간 화를 내면서 말한다.

"과인은 남쪽으로 초를 쳐서 소릉召陵까지 이르렀고, 북으로 산융山戎을 무찔러 영지令支까지 가서 고죽孤竹을 평정했고, 서쪽으론 유사流沙를 건너 태행太行까지 갔으나 모든 제후들 중에서 내 비위를 거스른 자는 없었소. 과인이 병거로써 회會를 연 것이 세 번, 천하의 대세를 위해 회를 소집한 것이 여섯 번, 이렇게 모든 나라 제후를 불러 아홉 번이나 회합하고 오로지 천하를 바로잡았소. 비록 3대代(하나라 · 상나라 · 주나라)가 천명을 받았다 할지라도 이보다 더하진 못했을 것이오. 태산을 봉하고 양보산을 선하여 이 일을 뒷자손에게 알려주고자 하는 것이 어째서 옳지 못하단 말이오?"

관중이 조용히 대답한다.

"옛날에 천명을 받았다는 것은 먼저 상서祥瑞가 있고, 징조가 나타난 연후에야 물건을 갖추고 봉선하였기 때문에 그 예전禮典이 매우 융숭했습니다. 옛날에 나타난 상서를 몇 가지 든다면 호상鄗上과 북리北里에선 한 대[莖]에 이삭[穗]이 많이 열린 나락

〔禾〕이 생겨나서 한때 황금 시대를 이루었고, 강江 · 회淮 간에선 한 띠〔茅〕가 세 줄기〔脊〕로 자라난 것이 생겨나서, 이를 당시 사람들은 영모靈茅라고 불렀답니다. 왕이 천명을 받아야만 이런 상서가 나타난다는 것은 옛 서적이 이를 증명하고 있습니다. 또 동해 바다엔 비목어比目魚가 몰려왔고 서해엔 쌍쌍이 나는 비익조比翼鳥가 날아들어왔다고 합니다. 사람 힘으로 된 것이 아니고 저절로 나타난 이런 상서가 열다섯 가지가 있어, 다 옛 서책과 사기에 소상히 기록되어 있습니다. 그런데 지금은 어떠합니까. 봉황과 기린은 나타나지 않고 모여드는 것이라곤 소리개〔鴟〕와 올빼미들 뿐입니다. 훌륭하고 기이한 나락은 생겨나지 않고 번식하는 것이라곤 잡초와 쑥대뿐입니다. 이런 암흑 세상인데도 불구하고 봉선을 한다면 모든 나라의 안목 있는 사람들은 반드시 주공을 비웃을 것입니다.”

제환공은 양미간을 찌푸리고 종시 대답이 없었다. 이튿날, 결국 제환공은 봉선에 관한 것을 다시 입 밖에 내지 않았다.

제환공은 본국으로 돌아갔다. 제나라로 돌아간 후로 제환공은 자기 공로가 천하에 으뜸이란 자부심만 늘었다. 제나라 궁실은 대규모로 개축되고 장려하게 꾸며졌다.

심지어 제환공이 타는 승여乘輿라든가 복장이라든지 시위侍衛하는 자들의 제도까지가 주나라 왕과 견줄 만했다. 제나라 백성은 자기 나라 임금이 천자처럼 행세하는 그 월권越權에 대해서 뒷구멍으로 물의가 분분했다.

또 관중의 분부로 부중府中엔 거대한 3층 대臺가 높이 솟았다. 그 대 이름을 삼귀지대三歸之臺라고 했다. 곧 백성이 귀순하고 모든 나라 제후가 귀순하고 사방 오랑캐들이 귀순했다는 뜻이다.

또 색문塞門을 세워 안과 밖을 가렸다. 그리고 서로 술을 마신 후 술잔을 올려놓는 반점反坫을 설치하고 열국 사신을 인견했다.

이런 것은 다 천자라야 하는 것이지 제후의 신분으론 월권이었다. 포숙아는 주공도 그런데다가 관중마저 이런 짓을 주공에게 권하듯이 시설시키는 걸 보고서 실망했다.

포숙아가 관중에게 조용히 묻는다.

"주공이 사치하면 그만이지만, 이는 천자를 무시하는 태도요. 이러고도 그대는 옳은 짓을 한다고 변명할 수 있소?"

관중이 대답한다.

"주공은 지금까지 갖은 고난을 다 겪고 애써서 공업功業을 성취했기 때문에 한때의 쾌락을 도모하려는 것뿐이오. 만일 이때 내가 예법으로써 주공을 구속하면 주공은 모든 것이 귀찮다면서 매사에 게을러지고 타락하고 마오. 이제 내가 주공의 월권을 도우며 법에 어긋난 시설을 하는 것은 주공이 세상 사람들로부터 받는 그 비방을 주공 혼자 받을 것이 아니라 나도 그 비방의 대상이 됨으로써 주공을 지켜드리려는 것이오."

포숙아는 관중의 변명을 듣고서 입으론 그렇겠다고 대답했으나 마음으론 이 친구가 생각을 잘못한다고 탄식했다.

한편 주나라 주공 공은 규구 땅 맹회에 참석하고 왕성으로 돌아가다가 도중에서 우연히 진晉나라• 진헌공晉獻公의 행차와 만났다. 진헌공은 규구 땅 맹회에 참석하려고 급히 가는 길이었다.

주공 공이 말한다.

"회는 끝나고 모든 제후도 각기 자기 나라로 돌아갔소이다."

진헌공은 발을 구르며 맹회에 참석 못한 걸 탄식했다.

"과인의 나라가 워낙 멀리 떨어져 있는지라 성대한 대회에 참석할 수 있는 기회를 잃었으니 참 인연이 없군요."

주공 공이 대답한다.

"군후는 그렇게 원통해하실 것 없소. 이번에 보니 제후가 자기 공이 크다 하여 교만한 뜻이 대단합니다. 대저 달도 둥글면 이지러지고 물도 가득 차면 넘치나니 제나라도 오래지 않아 기울 것이오. 그러니 군후는 회에 참석 못한 것을 상심할 것까진 없소."

진헌공은 다시 수레를 서쪽으로 돌려 진나라로 되돌아갔다. 그런데 진헌공은 본국으로 돌아가다가 도중에서 병이 났다. 그는 진나라에 돌아가자마자 세상을 떠났다. 이에 진나라는 일대 혼란이 일어났다.

염소 가죽 다섯 장으로 백리해百里奚를 얻다

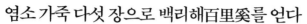

진헌공晉獻公은 안으론 여희驪姬*에게 혹하고 밖으론 양오梁五와 동관오東關五에게 이용되어 더욱 세자 신생申生을 싫어했다. 그만큼 여희의 소생인 해제奚齊를 사랑했다.

세자 신생은 원래 착하며 효성이 지극하고, 여러 번 싸움에 공로가 있었기 때문에, 여희는 아직 기회를 얻지 못했다.

어느 날, 여희는 악공樂工인 배우 시施를 불러 상의했다.

"이제 세자를 폐하고 해제를 세자로 세우고자 하는데, 계책을 어떻게 써야 좋을까?"

배우 시가 대답한다.

"주공主公의 아들 세 공자公子가 지금 다 먼 곳에 있으니 누가 부인의 일을 방해하겠습니까."

"공자 세 사람이 다 나이도 많고 세상에 대한 경험도 많아서 모든 일에 녹록하지 않기 때문에, 내 섣불리 그들을 건드리지 못하고 있다."

"그러시다면 한 놈씩 차례차례 없애버리십시오."

"누구를 먼저 없애야 할꼬?"

배우 시가 대답한다.

"물론 신생부터 먼저 없애야 합니다. 신생은 원래 성품이 인자하고 정결精潔한 사람입니다. 대개 성격이 정결한 사람은 조금만 창피를 당해도 몹시 부끄러워합니다. 또 인자한 사람일수록 남에게 해를 끼치지 않습니다. 창피당하는 것을 부끄러워하는 사람이라야 한번 분개하면 참지를 못하며, 남을 해치지 못하는 사람이라야 곧잘 자기 자신을 망치는 법입니다. 남에게 칭찬만 받는 신생에게도 이런 결점이 있습니다. 그러나 주공은 원래부터 신생의 좋은 점만 잘 알고 있기 때문에 부인께서 섣불리 모략을 건댔자 믿지 않습니다. 그러니 부인은 밤에 주무시다가 울면서 주공께 호소하십시오. 세자의 좋은 면을 칭찬하면서 일변 가지가지 모략을 쓰면 주공도 거의 믿게 될 것입니다."

과연 그날 밤이 깊어서였다. 한밤중에 여희는 훌쩍훌쩍 흐느껴 울기 시작했다. 진헌공은 적이 놀라 그 우는 까닭을 물었다. 물어도 대답 없이 여희는 울기만 했다. 진헌공은 답답해서 왜 대답을 안 하느냐고 약간 언성을 높였다. 그제야 여희가 늘어지게 한숨을 쉬며 대답한다.

"첩妾이 대답한들 상감은 저를 믿지 않으실 것입니다. 첩이 우는 까닭은 별것이 아닙니다. 오래오래 상감을 모시고 기쁘게 해드릴 수 없기 때문입니다."

"무슨 그런 상서롭지 못한 말을 하는고?"

여희가 손으로 눈물을 씻는다.

"첩이 듣건대 신생은 그 성품이 밖으론 인자하고 안으론 참을

성이 많다 합니다. 그는 곡옥曲沃에 있으면서 백성들에게 많은 은혜를 베풀기 때문에 백성들이 신생을 위해서라면 죽는 것도 사양치 않을 것이라고 합니다. 그래서 신생은 그 백성들을 유효적절한 곳에 쓸 것이라고 합니다. 어찌 그걸 알 수 있는고 하면 신생은 사람들에게 곧잘 이런 소릴 한답니다. '아버지는 첩년에게 정신을 뺏겼소. 두고 보시오. 앞으로 우리 진晉나라에 큰 난亂이 있을 것이오.' 이건 첩만이 들어 아는 것이 아니고 다른 사람들도 알건만 유독 상감만이 모르고 계십니다. 그러니 앞으로 나라를 바로잡는다는 무리〔派〕가 일어나면 장차 그 재앙이 상감께까지 미칠 것입니다. 상감마마, 부탁입니다. 이 첩을 죽여주십시오. 그래야만 신생에게 사과도 되려니와 그들의 공작工作을 미연에 막을 수 있습니다. 이 보잘것없는 첩년 때문에 장차 백성들을 혼란의 구덩이로 몰아넣지 마십시오."

진헌공이 말한다.

"신생은 백성에게도 인자하다는데 어찌 아비를 거역하겠는가."

"첩도 처음엔 그렇게 생각했습니다. 그러나 바깥 사람들은 '필부의 어진 것과 윗자리에 있는 사람의 어진 것은 같지 않다. 필부는 부모를 사랑하는 걸로 인仁을 삼지만 윗자리에 있는 사람은 국가를 위하는 걸로 인을 삼는다'고 말합니다. 그러니 부모와 무슨 상관이 있겠습니까."

진헌공은 믿으려 하지 않았다.

"그는 결백한 걸 좋아하는 사람이라, 어찌 누명陋名을 듣고자 원하리오."

"옛날에 주유왕周幽王은 의구宜臼를 죽이지 않고 신申나라로 추방했기 때문에 나중에 신후申侯가 견융犬戎을 끌어들여 주유왕을 여산驪山 아래서 죽이고 의구를 군위에 세웠으니, 그가 바로 주평왕周平王이며 동주東周의 시조입니다. 그후 오늘날까지 주유왕이 포악하다는 말은 있어도 아비를 죽게 한 주평왕을 나쁘다고 말한 사람은 없습니다."

이 말을 듣자, 진헌공은 머리 끝이 쭈뼛해졌다. 그는 이불을 젖히고 벌떡 일어났다.

"부인 말이 옳소. 그러면 어찌해야 좋을꼬?"

여희가 대답한다.

"상감은 늙었다 칭탈하시고 나라를 신생에게 내주십시오. 신생이 진나라를 물려받고 뜻을 이루면 혹 상감께 해를 끼치지 않을지도 모릅니다. 옛날에 곡옥曲沃과 익翼은 서로 한 조상의 핏줄이 아니었습니까. 그러나 선군 진무공晉武公께서 익의 애후哀侯와 소자후小子侯를 죽이고 우리 진나라를 통일하셨습니다. 신생이 지금 뜻하는 바도 이와 추호도 다름없습니다. 그러니 속히 이 나라를 신생에게 넘겨주시는 것이 가장 좋을까 합니다."

진헌공이 머리를 설레설레 흔든다.

"안 될 말이다. 나는 지금까지 무武와 위威로써 모든 제후를 대했다. 내가 번연히 살아 있으면서 나라를 잃는다면 이는 무武라 할 수 없으며, 자식을 누르지 못하면 이는 위威라 할 수 없다. 무와 위를 잃으면 남의 지배를 받는 법이니, 그러고야 차라리 죽느니만도 못하다. 그대는 근심 마라. 내 장차 이 일을 좋게 처리하리라."

여희가 기회를 놓치지 않고 말한다.

"근래 적적족赤狄族인 고락씨皐落氏가 자주 우리 나라를 침범해서 두통거리인데 이왕이면 왜 신생으로 하여금 적적赤狄을 치게하지 않습니까. 그러면 신생이 능히 장병을 잘 부리는지 못 부리는지도 알 수 있을 것입니다. 만일 싸워서 지면 신생을 처벌할 수 있는 명목이 섭니다. 또 싸워서 이기면 장병을 잘 부리는 능력이 있기 때문에 신생은 자기의 공로와 실력을 믿고 반드시 딴 뜻을 품을 것입니다. 그러면 그가 딴 뜻을 품고 있다는 사실을 밝혀 그때에 신생을 처벌하면 백성들도 다 복종할 것입니다. 좌우간 신생이 적을 무찔러 변방을 평정한다면 세자로서의 능력도 짐작할 수 있습니다. 그런데 주공은 왜 신생을 버려두고 부리지 않습니까."

"그 말이 좋다."

마침내 진헌공은 머리를 끄덕이었다.

이튿날, 진헌공이 곡옥으로 사자使者를 보내면서 말한다.

"즉시 곡옥에 가서 과인의 명령을 신생에게 전하되, 곡옥 장병들을 거느리고 가서 고락씨를 치라고 하여라."

소부少傅 벼슬에 있는 이극里克•이 간한다.

"세자는 바로 군후의 다음번 위치에 계시는 분입니다. 그러기에 임금이 어디로 행차하면 세자가 나라를 보살피며, 아침저녁으로 아버지인 군후께 문안을 드리는 것이 세자의 직분입니다. 지금 세자가 먼 곳에 있는 것도 옳지 못하거늘 하물며 군사를 거느리고서 싸움에 나가게 하는 것은 더더욱 옳지 못한 일입니다."

진헌공이 대답한다.

"신생은 지금까지 여러 번 군사를 거느리고 나가서 싸운 경험이 있다."

"지난날 세자는 상감을 모시고 싸움터에 갔던 것입니다. 그러나 이제 세자에게만 싸움을 맡기는 것은 옳지 못합니다."

진헌공은 하늘을 우러러 탄식한다.

"과인에게 아들이 아홉이라. 아직 누가 세자가 될지 모르니 경

卿은 과도히 근심 마라."

이극은 더 간하지 못하고 궁에서 물러나와 호돌狐突에게 가서 이 사실을 말했다.

호돌이 탄식한다.

"장차 공자의 신변이 위험하겠구려."

이에 호돌은 신생에게 편지를 써서 보냈다.

그 편지 내용은, 전쟁에 가지 말라는 것과 싸워서 이기면 더욱 시기를 받는다는 것과, 그러니 차라리 외국으로 달아나라는 권고였다.

한편 곡옥에 있는 신생은 호돌의 서신을 받았다.

"임금이 나에게 군사를 거느리고 싸우러 가라 하니 이는 나를 미워하는 동시에 내 속마음을 떠보자는 것이다. 그러나 임금의 명령을 어기면 그 죄가 가볍지 않다. 차라리 전쟁에 나가서 싸우다가 죽으면 오히려 이름이나마 남을 것이다. 내 어찌 외국으로 달아나리오!"

신생은 마침내 군사를 거느리고 떠났다. 그리고 직상稷桑이란 곳에서 고락씨의 군사와 크게 싸웠다.

싸운 지 오래지 않아 고락씨는 대패하여 달아났다.

신생은 장수를 보내어 아버지인 진헌공에게 승첩勝捷을 고했다. 신생이 싸움에서 이겼다는 소문을 듣고 여희가 말한다.

"세자는 참으로 장병을 잘 지휘하네요. 그러니 이젠 더욱 마음을 놓을 수 없습니다. 어떡하면 좋겠나이까?"

"아직 아무런 죄도 나타나지 않고 있다. 증거를 잡을 때까지 기다리는 수밖에 없다."

진헌공은 상을 찌푸리면서 대답했다.

호돌은 장차 진晋나라에 큰 혼란이 일어날 것을 알았다. 그리하여 그는 병 들었다 칭탈하고 문을 닫고 바깥일에 일체 관계하지 않았다.

이때 우虞와 괵虢이란 조그만 두 나라가 있었다. 이 두 나라의 임금은 같은 성씨姓氏로서 국토가 인접해 있었다. 그들은 마치 입술과 이처럼 서로 의지하고 있었다. 그런데 그 두 나라가 다 진나라 곁에 있어 늘 말썽이 많았다.

괵공虢公의 이름은 추醜였다. 그는 싸움을 좋아하고 교만해서 가끔 진나라 남쪽 변경을 침범했다.

그런데 변방에서 진헌공에게 급한 소식이 왔다. 괵공이 또 변경을 침범했다는 소식이었다. 진헌공은 괵을 치기로 작정했다. 여희가 청한다.

"이번에도 신생을 보내십시오. 그의 용맹은 널리 알려졌고 군사도 잘 부리므로 반드시 성공할 것입니다."

그러나 진헌공은 여희의 말에 이미 많은 충격을 받았으므로 도리어 신생이 싸움에 나가서 괵을 무찌르고 이길까 봐 두려웠다. 신생이 많은 공로를 세우면 세울수록 그를 제압하기 어렵다고 생각한 것이다. 그래서 진헌공은 누구를 싸움에 보내느냐에 대해서 주저했다.

진헌공이 대부大夫 순식荀息•에게 상의한다.

"괵을 쳐야 할까?"

순식이 대답한다.

"우와 괵은 서로 친한 사입니다. 우리가 괵을 치면 우는 반드시 괵을 돕습니다. 우리가 만일 군사를 옮겨 우를 치면 이번엔 괵이 반드시 우를 도울 것입니다. 신은 두 나라와 싸워서 이겼다는 나라를 보지 못했습니다."

"그럼 과인은 괵이 무슨 짓을 하든 내버려둬야 할까?"

"신이 듣건대 괵공은 여색女色을 몹시 좋아한다고 합니다. 그러니 주공께선 아름다운 여자를 한 명 뽑아 노래와 춤을 가르치고 좋은 옷으로 성장시켜 괵공에게 보내고 순한 말로 화평을 청하십시오. 그러면 괵공은 반드시 기뻐할 것이며, 장차 여색에 빠져 나랏일은 잘 돌보지 않을 것이며, 자연 충성 있는 신하들을 멀리 물리칠 것입니다. 그때를 기다려서 우리는 다시 뇌물을 견융犬戎에 보내고 견융으로 하여금 괵국을 치게 하는 동시에 그들이 싸우는 틈을 타서 다시 일을 도모하면 가히 괵을 멸망시킬 수 있습니다."

진헌공은 즉시 대부 순식의 계책대로 했다.

진나라에서 가장 아름다운 여자를 뽑아 괵공에게 보냈다. 괵공은 미녀를 받아들이려 했다. 그러자 곁에서 대부 주지교舟之僑가 간한다.

"이는 진이 우리 나라를 낚으려는 수작입니다. 주공께서는 어찌 그 미끼를 삼키려고 하십니까."

그러나 괵공은 듣지 않고 드디어 진나라와 화평을 맺었다.

그후로 괵공은 낮이면 음탕한 음악을 즐기고 밤이면 그 미녀와 붙어지냈다. 자연 그는 나랏일에 게을러졌다. 주지교는 여색에서 헤어나지 못하는 주공에게 다시 간했다. 괵공은 몹시 노하여 주지교를 먼 하양관下陽關으로 보냈다. 곁에서 잔소리 말고 먼 변방인 하양관이나 지키도록 한 것이었다.

이때 견융犬戎은 이미 진晉나라 뇌물을 받고 마침내 괵나라 경계로 쳐들어갔다. 그러나 견융의 군사는 위수渭水 강 안쪽에 이르러 괵군虢軍과의 첫 싸움에서 패했다. 이에 견융은 드디어 온 국력을 기울이다시피 하여 다시 군사를 일으켰다.

곡공은 다시 견융이 쳐들어오는 걸 보고 상전桑田이란 곳에서 견융과 싸우기 위해 대기했다.

형세가 이쯤 되자, 진헌공은 다시 순식과 상의했다.

"이제 곡과 견융이 서로 대치對峙하고 있으니 과인이 곡을 쳐도 좋겠소?"

순식이 아뢴다.

"우와 곡 두 나라는 아직도 친한 사이입니다. 신에게 한 가지 계책이 있습니다. 처음엔 곡을 굴복시키고 다음은 우를 굴복시켜서 두 나라를 다 주공께 바치겠습니다."

"그런 좋은 계책이 있다면 속히 말하오."

"우와 곡 두 나라 사이를 떼어놓아야 합니다. 주공은 많은 뇌물을 우나라에 보내시고 잠시 길[道路]을 빌려 곡을 치십시오."

"우가 말을 잘 들을까? 무슨 뇌물을 보내야 할지……"

"원래 우공虞公은 욕심이 대단한 사람이어서 지극한 보물을 받아야만 마음이 흔들릴 것입니다. 꼭 두 가지 물건을 보내야겠는데, 주공께서 선뜻 내놓을 수 있는지 그것이 문제입니다."

"경卿이 보내야겠다는 그 물건을 말해보오."

"우공이 갖고 싶어하는 것은 좋은 구슬[璧]과 말[馬]입니다. 주공께서는 수극垂棘이란 지방에서 출토한 구슬과 굴屈이란 지방에서 출생한 말을 보내고 우나라에다 길을 빌려달라고 청하십시오. 우공이 구슬과 말을 받기만 하면 그때부터 우리의 계책은 성공합니다."

"그 두 가지 물건은 나의 지극한 보물이오. 어찌 다른 사람에게 줄 수 있으리오."

"신은 주공께서 허락하지 않으실 줄 알았습니다. 그러나 우나라 길을 빌려 괵을 치면 괵은 우나라 원조가 없으므로 반드시 망합니다. 괵이 망하면 우도 혼자 살 순 없습니다. 그러면 그 구슬과 말이 어디로 가겠습니까? 곧 구슬과 말을 외국 부중府中에 맡겨두는 것에 불과합니다. 그것도 잠시 맡겨두는 것입니다."

곁에서 대부 이극이 염려한다.

"우나라에 현명한 신하가 둘 있습니다. 그 두 사람 이름은 궁지기宮之奇와 백리해百里奚•입니다. 그들이 우리 계책을 짐작하고 방해하면 어찌하오?"

순식이 대답한다.

"우공은 욕심만 많고 실은 어리석은 사람입니다. 비록 두 신하가 간할지라도 듣지 않을 것이오."

진헌공은 즉시 구슬과 말을 보내기로 작정했다. 순식은 구슬과 말을 가지고 우나라로 갔다.

우공은 처음에 진나라 순식이 길을 빌리러 왔다는 말을 듣고, 이것들이 괵나라를 치려는구나 짐작하고 분기충천했다. 그러나 구슬과 말을 보자, 급기야 자기도 모르는 사이에 기쁨이 용솟음쳤다. 우공이 손으로 구슬을 만지며, 연방 말을 바라보면서 순식에게 묻는다.

"이것은 그대 나라의 지극한 보배며 천하에 짝이 없는 물건이거늘 어째서 과인에게 바치오?"

순식의 대답은 청산유수 같았다.

"우리 주공은 군후君侯의 어진 덕을 사모하시고 군후의 강성함을 두려워하고 계십니다. 감히 이런 보물을 가질 수 없다 하사 대국大國의 환심을 사고자 보내신 것입니다."

"비록 그렇다 할지라도 반드시 과인에게 하고 싶은 말이 있을 것 아니오."

"괵이 자주 우리 남쪽 변방을 치기 때문에 우리 주공은 사직社稷을 보존하기 위해 화평을 청했습니다. 그러나 괵은 우리 진에게 땅을 내놓으라면서 응하질 않습니다. 우리 주공은 대국의 길을 빌려 앞으로 그들의 잘못을 꾸짖을 생각입니다. 만일 길을 빌려 우리가 싸워 이기면 괵나라에서 노획한 물건을 모조리 다 군후께 바치고 우리 주공은 군후와 함께 영세화평永世和平의 맹세를 할 작정이십니다."

우공은 크게 기뻐했다.

곁에서 궁지기가 간한다.

"주공께서는 진나라 청을 승낙 마십시오. 속담에 이르기를 입술이 망亡하면 이[齒]가 시리다고 했습니다. 진나라가 다른 나라를 속여서 이익을 취한 것이 하나 둘만도 아닙니다. 지금까지 진나라가 우리 우와 괵에 수작을 쓰지 못한 것은 우리 우와 괵이 입술과 이처럼 서로 돕고 있었기 때문입니다. 괵이 망하면 그 다음은 불행이 우리 우나라에 닥쳐옵니다."

우공이 대답한다.

"진나라 군후가 지중한 보물을 아끼지 않고 보내어 과인과 사귀기를 청하는데 과인이 어찌 길을 아끼리오. 더구나 진은 괵보다 열 배나 강한 나라다. 우리가 괵을 잃을지라도 진과 친하면 조금도 불리할 것이 없다. 그대는 물러가라, 그리고 과인이 하는 일에 참견하지 마라."

궁지기가 다시 간하려는데, 곁에서 백리해가 궁지기의 소매를 가만히 잡아당긴다. 함께 바깥으로 나가자 궁지기가 백리해에게 묻는다.

"그대는 내가 간할 때 한마디도 돕지 않고 도리어 나를 말린 까닭이 무엇이오?"

백리해가 대답한다.

"내가 듣건대 어리석은 사람에게 바른말을 하는 것은 마치 좋은 구슬을 길에다 버리는 것과 다름없다고 합디다. 옛날에 관용봉關龍逢이 걸왕桀王에게 죽음을 당하고 비간比干이 주왕紂王에게 죽음을 당한 원인도 그들이 끝까지 왕에게 간했기 때문이지요. 그대도 너무 간하다간 신상에 해로우리이다."

궁지기가 말한다.

"그러면 우는 반드시 망하오. 나와 그대는 망하는 나라에 있을 것 없소. 우리 함께 다른 곳으로 갑시다."

"떠나고 싶거든 떠나시오. 나까지 데리고 떠나면 그대의 죄는 더 무거워질 것이오. 먼저 떠나면 나는 기회를 보아 천천히 떠나겠소."

그날 밤으로 궁지기는 집안 식구를 다 데리고 어디론지 떠났다. 그러나 아무도 궁지기가 간 곳을 아는 사람은 없었다.

순식은 목적을 이루고 우나라를 떠나 진나라로 돌아갔다. 그는 돌아가 즉시 진헌공에게 보고했다.

"우공이 구슬과 말을 받고 길을 빌려주기로 승낙했습니다."

진헌공은 친히 괵국을 치기 위해 서둘렀다. 이극이 궁에 들어가서 아뢴다.

"일이 이쯤 되면 괵을 치는 것은 용이합니다. 번거롭게 주공께서 친히 출전하실 건 없습니다."

진헌공이 묻는다.

"그럼 괵을 치는 데 어떻게 계책을 세워야 할꼬?"

이극이 대답한다.

"괵은 상양上陽에 도읍하고 있으므로 그 입구가 하양 땅입니다. 하양만 격파하면 괵은 무너집니다. 신이 비록 재주는 없으나 이 일을 담당하겠습니다. 그러고도 만일 성공 못하면 그 죄를 달게 받겠나이다."

이에 진헌공은 이극을 대장으로 삼고, 순식을 부장으로 삼았다. 이극과 순식은 병거 400승을 일으켰다. 출발하기 전에 순식은 한 번 더 우나라에 가서 진군晉軍이 올 때를 알리었다.

우공이 순식에게 말한다.

"과인이 귀중한 보물을 받고도 갚을 길이 없는지라, 우리도 군사를 일으켜 귀국을 돕겠소."

순식이 대답한다.

"군후께서 군사를 일으켜 우리를 돕느니보다는 하양관이나 우리에게 주십시오."

우공이 어리둥절해한다.

"하양관은 괵나라 땅이오. 과인이 암만 주고 싶어도 남의 나라 땅을 어떻게 줄 수 있겠소?"

순식이 조용히 대답한다.

"신이 듣건대, 지금 괵공은 견융과 상전에서 크게 싸우는 중인데 아직 승부가 나지 않았다고 합니다. 그러니 군후께선 괵공에게 병거를 보내어 원조하겠다 하시고 그 대신 우리 진나라 군사를 비밀히 보내만 주시면 우리가 가서 하양관을 쉽사리 함몰하겠습니다. 신에게 철엽거鐵葉車 100승이 있습니다. 군후께서 명령만 하시면 우리는 다 우나라 병거로 가장하고 갈 수 있습니다."

우공은 순식이 시키는 대로 괵나라에다 원조하겠다는 뜻을 전했다.

하양관의 수장守將 주지교舟之僑는 우나라 군사가 원조 왔다는 말을 곧이듣고 관문을 열었다. 물론 그 병거 속엔 진나라 무장군武裝軍이 가득 들어 있었다.

진나라 군대는 완전히 관문을 들어가서야 일제히 병거에서 뛰어내렸다. 그제야 주지교는 속은 줄 알고 크게 놀라 관문을 닫으려 했으나 때는 이미 늦었다.

이극은 군사를 몰고 성안을 좌충우돌했다. 주지교는 도저히 진군晉軍을 감당할 수 없었다. 하양 땅을 잃은 주지교는 장차 괵공에게 처벌당할 것이 두려워서 드디어 군사를 거느리고 진군 앞에 항복했다.

이극은 주지교를 길 안내하는 앞잡이로 세우고 이번엔 상양 땅을 향해 나아갔다.

괵공은 상전에서 견융과 싸우다가 진나라 군사가 하양관을 함몰했다는 보고를 받고 급히 본국으로 향했다. 견융은 돌아가는 괵군 뒤를 사정없이 추격했다. 마침내 괵공은 크게 패하여 달아났다.

괵공의 뒤를 따르는 병거는 겨우 수십 승에 불과했다. 괵공은 상양에 돌아가 성을 굳게 닫고 지키기만 했다. 그는 그저 막연하기만 할 뿐 아무런 계책도 없었다.

진군은 차차 상양성 밖에 모여들었다. 진군은 상양성을 공격하지 않고 겹겹으로 에워싸기만 했다.

성 안과 바깥은 연락이 끊어졌다. 진군은 8월에 포위해서 12월이 되어도 돌아가질 않았다. 성안은 연료도 식량도 떨어졌다. 그동안 괵공은 포위망을 뚫으려고 여러 번 싸웠으나 그럴 때마다 실패했다.

괵나라 군사는 지칠 대로 지치고 백성들은 밤낮없이 울부짖었다. 주지교는 이극의 분부를 받아 쪽지를 써서 화살에 끼워가지고 성안으로 쏘아보냈다. 괵공은 군사가 바치는 그 화살에 꽂힌 쪽지를 받아 읽어보았다. 속히 항복하라는 주지교의 권고였다.

괵공이 치를 떤다.

"우리 선군先君께서는 주 왕실에서 경사卿士 벼슬까지 하셨다. 내 어찌 제후諸侯 따위에게 항복하리오."

그날 밤, 괵공은 비밀히 성문을 열고 식구를 데리고 도성으로 달아났다. 이극은 이를 알고도 그들을 뒤쫓지 않았다. 괵공이 달아난 걸 알고, 성안은 갑자기 활기를 띠었다. 그날 밤이 새기 전에 성안 백성들은 향화香花와 등촉燈燭을 밝히고 진군을 영접했다.

이극은 백성들의 환성을 받으며 성안으로 들어갔다. 이극은 추호도 노략질을 하지 않고 백성들을 위로하고 군사만 머물러 지키게 했다. 그리고 이극은 괵나라 부고府庫에 있는 보물을 모조리 끌어냈다. 그 보물의 10분의 3과 아름다운 궁녀를 골라서 우나라에 가서 우공에게 바쳤다. 우공은 이극이 바치는 보물과 여자를 받고 크게 기뻐했다.

한편 이극은 사람을 진헌공에게 보내어 지금까지의 경과를 보고했다.

그 뒤, 이극은 우나라에서 회군하려 하지 않았다.

"내가 병이 나서 꼼짝을 못하겠소. 그동안만 군사를 성밖에서 쉬게 하고 병이 낫는 대로 곧 본국으로 회군하겠습니다."

물론 이극이 아프다는 것은 다 거짓말이었다. 우공은 약을 지어 수없이 이극을 문병했다.

이런 지 한 달이 지났다. 하루는 세작細作이 와서 우공에게 아뢴다.

"지금 진후晉侯가 교외에 당도했습니다."

"어째서 왔을까?"

"곽나라를 아직 평정하지 못했다며 도우려고 왔다는 것입니다."

우공이 흔쾌히 웃는다.

"그렇지 않아도 과인이 진후와 서로 만나 우호를 두텁게 하려던 참이었다. 때를 맞추어 진후가 친히 왔구나. 이는 나의 바라던 바다."

우공은 황망히 교외에 나가서 진헌공을 영접했다. 이에 진헌공과 우공은 서로 손을 잡고 감사하는 뜻을 전했다.

진헌공이 안내를 받고 성안으로 들어가면서 우공에게 청한다.

"우리 나라 군대가 이미 곽나라를 평정했다는 걸 여기 와서야 알았습니다. 안 와도 될 걸 공연히 와서 폐만 끼치게 됐소. 군후께서 바쁘지 않으시면 우리 사냥이나 한번 합시다."

"그거 참 좋은 생각이오. 우리 나라 기산箕山은 사냥터로 유명합니다. 군후와 과인은 서로 패를 나누어 사냥합시다."

우공은 기꺼이 승낙했다.

우공은 진헌공에게 자기 나라 솜씨를 자랑하고 싶었다. 진헌공은 거듭 미소하며 우공에게 감사하다고 했다.

그 이튿날이었다. 우공은 또 자기 나라 위세를 이참에 자랑하려고 성안 무기와 수레와 좋은 말을 모조리 기산으로 동원시켰다. 우공은 반드시 사냥 시합에 이겨야겠다는 승벽에서, 진헌공과 함께 말을 달리며 사냥하는 데만 골몰했다.

진시辰時에 시작한 사냥은 신시申時가 되어도 끝나지 않았다. 한 보발군이 급히 달려와서 우공에게 아뢴다.

"멀리 성안에서 불길이 오르고 있습니다."

진헌공이 먼저 대답한다.

"민간에서 불이 났겠지요. 곧 사람들이 끌 것이오. 이왕 시작한 것이니 한 번만 더 짐승을 몰아봅시다."

대부 백리해가 가만히 우공에게 아뢴다.

"들리는 말에 의하면 성안에서 난亂이 일어났다고 합니다. 주공께서는 이곳에 더 머무를 여가가 없습니다."

우공은 진헌공에게 먼저 돌아가봐야겠다 하고 성 쪽으로 급히 달려갔다. 반쯤 갔을 때였다. 백성들이 떼를 지어 오고 있었다. 피란 가는 백성들이 우공을 보자 아뢴다.

"이미 진군은 주공이 나가신 뒤 쳐들어와서 성지城池를 점령했습니다."

그제야 우공은 속은 줄 알고 대로했다.

"속히 병거를 몰아 진군을 공격하여라!"

우공은 시위병들을 거느리고 성밖에 당도했다. 성루城樓에 한 장수가 난간을 의지하고 서 있었다. 그 장수는 선명한 투구를 쓰고 갑옷을 입고 위풍威風이 늠름했다.

그 장수가 성 밑을 굽어보고 우공에게 말한다.

"지난번은 군후께서 우리에게 길을 빌려주셨고 이번은 다시 우리에게 나라까지 내주시니 감사하오이다."

우공은 분노를 참을 수 없어 곧 성문을 치려 했다.

동시에 성 위에서,

'쿵 쿵 쿵 쿵 쿵……'

북소리가 울렸다.

순간 화살이 빗발치듯 날아왔다.

우공은 하는 수 없이 병거를 후퇴시키고 분부했다.

"사냥 갔던 군사들은 아직도 다 안 왔느냐? 가서 속히 불러오너라."

저편에서 한 병사가 급히 말을 달려온다.

"주공의 뒤를 따라오던 군사들은 진후의 습격을 받아 죽었고, 살아남은 자는 다 투항했습니다. 진후는 우리 병거와 말을 몰수하고 대군을 거느리고서 지금 이리로 오는 중입니다."

이젠 나아갈 수도 물러설 수도 없었다. 우공이 길이 탄식한다.

"내 지난날에 궁지기가 간하는 말을 듣지 않다가 마침내 이 꼴이 되었구나."

곁에 있는 백리해를 돌아보며 묻는다.

"그때 경은 왜 과인에게 간하지 않았느냐?"

백리해가 대답한다.

"주공께서는 궁지기가 간하는 말도 듣질 않으셨는데 어찌 신의 말을 듣겠습니까. 그때 신이 말하지 않은 것은 다만 이곳에 머물러 오늘까지라도 주공을 모시려 한 것입니다."

우공은 사세가 몹시 급했다.

"뒤에서 병거 한 대가 달려옵니다."

병거가 가까이 이르러 멈추면서 진나라에 항복한 장수 주지교가 내렸다.

우공은 주지교를 대하기가 부끄러웠다. 주지교가 우공 앞에 가서 아뢴다.

"군후께서는 순식의 말을 곧이듣고 괵국을 적에게 팔았습니다. 그 결과 군후도 모든 걸 잃었습니다. 이제 이 지경이 된 이상 타국으로 도망가시느니보다는 차라리 진나라에 사정이나 하십시오. 진후는 덕德이 있고 관대한 분이므로 반드시 군후를 후대할 것입니다. 의심 마시고 진후에게 귀순歸順하십시오."

우공은 넝큼 결정을 짓지 못했다. 이러는 동안에 진헌공이 뒤따라 당도했다. 진헌공은 사람을 보내어 우공과 서로 만나자고 청했다. 우공은 싫어도 가보지 않을 수 없었다. 진헌공은 우공을 보자 만면에 미소를 띠면서,

"과인이 여기 온 것은 구슬과 말을 도로 찾기 위함이었소."

하고 한 신하에게 명하여 우공을 뒷수레에 태웠다.

이리하여 우공은 진나라 군중軍中에 억류당했다.

백리해는 잠시도 우공 곁을 떠나지 않았다. 한 군사가 그를 비웃자 백리해는,

"나는 우나라 국록國祿을 오랫동안 받은 몸이다. 어찌 주공을 버릴 수 있으리오. 이러고 주공을 따라다니는 것은 내가 마지막으로 지난날의 은혜를 보답하려는 것이다."

하고 대답했다.

진헌공은 성안으로 들어가서 백성들을 안심시켰다. 순식荀息은 왼손에 구슬을 들고 바른손에 말고삐를 잡고서 진헌공 앞에 나타났다.

"신은 계획했던 일을 성취했으므로 이제 구슬을 부고에 돌려주고 말을 마구간에 반환합니다."

진헌공은 몹시 기뻐했다.

염옹髥翁이 시로써 이 일을 읊은 것이 있다.

구슬과 말이 비록 지극한 보배라 할지라도
한 나라 사직과 어찌 비교하리오.
순식의 계책을 묘하다고 하지 마라.
우습구나! 우공이 그만큼 어리석었을 뿐이다.

壁馬區區雖至寶

請將社稷較何如

不誇荀息多奇計

還笑虞公眞是愚

진헌공은 귀순한 우공을 죽일 작정이었다. 그러자 순식이 주공에게 간한다.

"그는 어리석은 사람입니다. 내버려둔다 한들 무슨 짓을 하겠습니까."

진헌공은 생각을 돌려 보통의 손님에 대한 예禮로써 우공을 대우했다. 그리고 진헌공은 본국으로 돌아가면서 구슬과 말을 우공에게 도로 내줬다.

"그대가 우리에게 길을 빌려준 은혜를 내 어찌 잊을 수가 있으리오."

그후 주지교는 진나라에 귀화하고 대부가 되었다. 주지교는 진헌공에게 백리해가 비범한 사람이란 걸 아뢰고 천거했다.

진헌공은 백리해를 등용하고자, 주지교로 하여금 교섭하게 했다. 그러나 백리해는 거절했다.

"우리 주공이 생존해 계시는 한 아직 다른 나라를 섬길 생각은 없소."

주지교가 돌아간 뒤, 백리해는 탄식했다.

"군자君子가 다른 곳으로 떠날지언정 어찌 원수의 나라에 가서 벼슬을 살 수 있으리오."

뒤에 주지교는 백리해가 이런 말을 했다는 소문을 듣고서,

"되지못한 것이 건방만 부리는구나. 어디 두고 보자."

하고 속으로 저주했다.

　한편 진목공秦穆公˙ 임호任好는 즉위한 지 6년이 지났으나 아직 정실 부인이 없었다. 그는 대부 공자 칩縶을 진晉나라로 보내어 혼인을 청했다. 그는 진헌공의 큰딸이며 세자 신생의 여동생인 백희伯姬를 아내로 맞이할 생각이었다.

　진헌공晉獻公은 진목공의 청혼을 받고 태사 소蘇에게 혼인을 허락하는 것이 좋을지 어떨지 시초점蓍草占을 쳐보게 했다. 태사 소가 시초점을 쳐서 얻은 괘효卦爻는 뇌택귀매괘雷澤歸妹卦 제육효第六爻였다.

　그 효사爻辭에 가로되,

　　장사가 염소를 찔렀으나
　　웬일인지 피가 나지 않는다.
　　여자가 대로 만든 광주리를 받았으나
　　또한 들어 있는 물건이 없다.
　　서쪽 이웃이 책망하건만
　　갚을 길이 없구나.
　　士刲羊
　　亦無盉也
　　女承筐
　　亦無貺也
　　西鄰責言
　　不可償也

태사 소는 효사를 보고 곰곰 생각했다.

"진秦나라°는 우리 나라 서쪽에 위치하고 있습니다. 효사에 책망한다는 말이 있으니 이건 두 나라 사이가 장차 좋지 못할 징조입니다. 그러니 이 혼사는 좀 생각해야 할 필요가 있습니다. 진震이 변하여 이離가 되면 그 괘卦는 규睽가 되는데, 규와 이는 다 불길한 것입니다. 주공께서는 이 혼사를 허락하지 마십시오."

진헌공은 다시 태복 곽언郭偃에게 거북점[龜卜]을 쳐보게 했다. 태복 곽언은 귀갑龜甲을 불에 구워 그 금간 것을 봤다.

나타난 징조는 길했다.

그 단사斷詞에 하였으되,

소나무와 잣나무가 서로 이웃하고 있으니
대대로 혼인할 사이며
세 번이나 우리 임금을 정해주니
혼인하면 이롭고
싸우면 좋지 않으리라.
松柏爲鄰
世作舅甥
三定我君
利於婚媾
不利寇

태사 소는 시초점을 옳다 하고 거북점은 맞지 않는 것이라고 우겼다. 두 사람이 서로 다투는 걸 보고서 진헌공은 결심했다.

"시초점보다 거북점이 낫다. 이미 거북점에 통혼通婚하는 것이

길쭉하다고 났으니 서로 다툴 것 없다. 더구나 소문에 의하면 진秦나라는 꿈에 백제白帝의 명命을 받고 그 뒤로 점점 강대해졌다고 한다. 그러니 그들의 청을 거절할 것 없다."

마침내 진헌공은 공자 칩에게 혼사하겠다는 승낙을 했다.

공자 칩이 사명을 마치고 진秦나라로 돌아가던 도중이었다. 큰 길 곁에서 비범하게 생긴 한 농부가 밭을 갈고 있었다.

그 농부의 얼굴빛은 피를 바른 듯이 붉고 수염은 교룡蛟龍처럼 힘있게 뻗쳐 있었다. 더구나 그 농부는 괭이로 땅을 파는데, 괭이가 한번 땅에 박히면 몇 자씩 흙을 파헤쳤다. 공자 칩이 걸음을 멈추고 한동안 구경하다가 청한다.

"그 괭이나 좀 봅시다."

농부가 괭이를 가지고 가까이 와서 보이는데 엄청나게 컸다.

공자 칩은 시종자侍從者들에게 그 괭이를 한번 들어올려보라고 했다. 시종자들은 들어올리려 했으나 괭이는 높이 올라가지를 않았다.

공자 칩은 그 농부가 천하장사란 걸 알았다.

"그대 성씨와 이름이 누구시오?"

"성은 공손公孫이며, 이름은 지枝며, 자를 자상子桑이라고 하오. 우리 진晉나라 주공의 먼 일가뻘이지요."

"그대와 같은 인재가 어찌 이런 데서 아깝게 일생을 보내시오?"

"아무도 천거해주는 사람이 없으니 하는 수 없지요."

공자 칩이 정중히 청한다.

"나와 함께 우리 진秦나라에 가서 강산 유람이나 하면 어떻겠소?"

공손지*가 선뜻 대답한다.

"군자는 자기를 알아주는 사람을 위해 죽을 수도 있다고 합디다. 만일 나의 앞날을 돌봐주신다면 이 이상 더 다행한 일이 어디 있겠소."

공자 칩은 공손지를 자기 수레에 태우고 함께 진나라로 돌아갔다. 공자 칩은 귀국하자 즉시 진목공에게 혼사에 대한 승낙을 받았다는 것과, 도중에서 공손지를 데리고 오게 된 경과를 소상히 아뢨다. 진목공은 두말 않고 공손지에게 대부 벼슬을 줬다.

진목공은 진晉이 이미 혼인을 허락했기 때문에 다시 공자 칩을 진헌공에게 보내어 폐백을 바쳤다. 그리고 진목공은 드디어 진晉나라 백희를 아내로 영접하게 되었다.

한편 진헌공이 신하들에게 묻는다.

"이번 신부新婦가 시집으로 갈 때 데리고 갈 남자 종은 다 뽑아됐는가?"

주지교가 앞으로 나아가 아뢴다.

"백리해는 우리 진晉나라에서 벼슬을 살지 않겠다고 거절했습니다. 그 속맘을 도무지 알 수 없습니다. 이런 자는 별수없이 가까이 두지 말고 먼 곳으로 보내버리는 것이 상책일까 합니다. 그러니 신부가 데리고 갈 남자 종으로서 백리해를 보내는 것이 어떠하오리까?"

백리해를 미워하게 된 주지교는 이렇게 그를 곤경에 몰아넣을 생각이었다. 그럼, 모든 사람이 다 위대하다고 일컫는 백리해는 과연 어떤 사람인가.

백리해는 원래 우虞나라 태생으로 자를 백년伯年이라고 했다.
그는 나이 삼십에야 두씨杜氏란 여자를 아내로 맞이했다. 그 뒤, 두 사람 사이에 아들 하나가 태어났다.

백리해는 집안이 매우 가난했다. 그래서 천하 모든 나라를 돌아다니며 출세할 길을 찾고자 했다. 그러나 사랑하는 아내와 자식을 버리고 떠날 수가 없어서 항상 주저했다.

어느 날, 두씨가 남편에게 말한다.

"사내대장부가 천하에 뜻을 뒀으면 한창나이에 벼슬길을 찾아야 할 것이거늘 구구히 처자만 지키고 앉았어야 쓰겠습니까. 첩이 어떻게 해서든지 살아갈 테니 당신은 조금도 염려 마시고 떠나십시오."

이때 집 안엔 알 밴 암탉 한 마리가 있었다.

두씨는 그 암탉을 잡았다.

부엌에 들어갔으나 나무가 없었다. 두씨는 쓰러져가는 문빗장을 쪼개서 닭을 삶았다. 그리고 방아질을 해서 좁쌀밥 한 그릇을 정성 들여 지었다.

백리해는 아내가 정성껏 장만하여 가지고 들어온 음식을 배부르게 먹었다.

그가 괴나리봇짐을 등에 지고 집을 떠나는데 두씨는 한 손에 어린 아들을 안고 따라나갔다. 두씨가 다른 한 손으로 남편의 소매를 잡고 울면서 말한다.

"다음날 부귀해지시거든 이 몸을 잊지 마십시오."

백리해는 머리를 끄덕이고 처량한 심사로 떠났다.

그 뒤, 제齊나라로 갔다. 그는 제양공齊襄公 밑에서 벼슬을 살아보려고 각방으로 애를 썼으나 아무도 그를 천거해주는 사람이 없었다. 곤궁과 탄식과 슬픔 속에서 오랜 세월을 보낼 수밖에 없었다. 그는 제나라 질銍 땅에서 마침내 문전걸식을 하는 거지 신

세가 되었다. 그때 그의 나이가 사십이었다. 그 질 땅에 건숙蹇叔●
이라는 사람이 살고 있었다.

어느 날 아침, 건숙은 자기 집 문 앞에 와서 밥을 비는 거지 하
나를 보았다. 그 거지의 얼굴이 매우 비범했다.

"그대는 밥을 빌어먹을 사람이 아닌데, 성명을 뭐라고 하오?"

"백리해라고 합니다. 팔자가 기박해서 이러고 다닙니다."

건숙은 백리해를 자기 집에 머물게 하고 천하 시국에 대해서 얘
기를 나눴다.

백리해의 말은 청산에 흐르는 물처럼 거침이 없고 조리가 정연
했다. 건숙은 백리해의 지견知見이 출중함을 보고 탄식했다.

"그대의 재주로써 이렇듯 몰락했다니, 이야말로 운수구려. 앞
으로 우리 집에서 함께 삽시다."

이리하여 그들은 의형제義兄弟를 맺었다. 건숙이 백리해보다
한 살 위였으므로 백리해는 건숙을 형님이라고 불렀다. 그런데 건
숙의 집도 가난했다.

백리해는 동내洞內 소[牛]를 길러주며 약간의 식량을 얻어와
건숙의 부담을 덜어줬다.

이때 제나라는 공자 무지無知가 제양공을 죽이고 새로 군위에
올랐던 때였다. 군위에 오른 무지는 널리 어진 인재를 뽑는다는
방榜을 제나라 각 고을에 내걸었다.

백리해는 그 방을 보자 한번 응모해보고 싶었다.

건숙이 조용히 타이른다.

"죽은 제양공의 아들이 지금 타국他國에 있는데, 무지가 주공
을 죽이고 군위를 뺏었으니 이러고야 어찌 앞날이 평탄할 수 있으
리오. 그런 고약한 사람 밑에서 벼슬을 살 것 아니로다."

건숙의 말을 듣고 백리해는 제나라 도성으로 가려다가 그만두었다. 그 뒤, 백리해는 다음과 같은 소문을 들었다.

"주周나라 왕자 퇴頹는 소를 매우 좋아한다고 하오. 그래서 소를 잘 기르는 사람에겐 후한 곡식을 준답디다."

이 소문을 듣고서 백리해는 주나라에 가보기로 작정했다.

또 건숙이 마땅찮다는 듯이 말한다.

"대장부는 경솔히 사람에게 몸을 맡기면 못쓰오. 벼슬을 살다가 그 임금을 버리면 불충不忠한 자가 되며, 못난 임금과 함께 고생을 끝까지 한다면 이는 지혜롭지 못한 사람이라. 아우는 이번에 갈지라도 조심하고 조심하오. 집안일을 대충 처리하고 나도 아우의 뒤를 따라 주에 가겠으니, 그때 우리가 함께 왕자의 인품을 보고서 앞일을 작정하기로 합시다."

이에 백리해는 건숙의 집을 떠나 주로 갔다. 주나라에 당도한 백리해는 즉시 왕자 퇴를 뵈옵고 소 기르는 법을 설명했다.

왕자 퇴는 크게 기뻐하고 장차 백리해를 등용하려고 했다.

이때 건숙이 질 땅에서 주나라로 왔다. 그는 백리해와 함께 가서 왕자 퇴를 만나봤다. 건숙이 궁에서 물러나오며 백리해에게 말한다.

"퇴는 뜻은 크지만 재주가 없는 사람이오. 그는 아첨하는 무리들에게 둘러싸여 있고 쓸데없는 일을 하고 싶어하는 성격인지라 내가 보기엔 그의 앞날이 좋을 것 같지 않소. 그러니 주나라를 떠납시다."

그러나 백리해는 다시 건숙을 따라가서 신세를 지기도 곤란했다. 그렇다고 갈 곳이 있느냐 하면 그렇지도 못했다.

백리해가 건숙에게 말한다.

"집을 떠난 지도 하 오래되어서 아내와 자식이 보고 싶습니다. 저는 이제 우나라로 놀아갈까 합니다. 형님은 어디로 가시렵니까?"

건숙이 대답한다.

"지금 우나라에 어진 신하가 있는데 이름을 궁지기라 하오. 나와는 전부터 잘 아는 사이지. 서로 못 본 지도 오래되었으니 동생이 만일 우나라로 돌아가겠다면 나도 동생과 함께 가서 오랜만에 그 사람을 만나보고 싶소."

백리해와 건숙은 우나라로 갔다. 백리해에겐 그간 그립고 그리웠던 오랜만의 고국산천이었다. 백리해는 자기 집으로 갔다. 그러나 그곳엔 집도 없고 빈터만 남아 있었다.

그간 두씨는 먹고 살아갈 길이 없어서 다른 곳으로 떠났던 것이다. 이웃 사람에게 물어봤으나 간 곳을 모른다는 것이었다. 백리해는 하늘을 우러러 길이 슬퍼했다.

건숙은 궁지기와 만나 서로 반가운 인사를 나누고, 백리해가 비범한 인물이란 걸 말했다.

궁지기는 백리해를 우공虞公에게 쾌히 천거했다. 이에 우공은 백리해에게 중대부中大夫 벼슬을 줬다.

건숙이 백리해에게 말한다.

"내 우공을 보니 사람이 잘고 변변치 못함이라. 앞으로 유망한 주인이 될 것 같지 않소."

백리해가 호소하듯 대답한다.

"이 동생은 너무나 가난하고 곤궁합니다. 마치 물고기가 땅 위에 있는 것과 같습니다. 지금 형편으론 우선 한 모금의 물이라도 얻어마셔야 살겠습니다."

"동생이 가난해서 벼슬을 살겠다면 내 굳이 말리진 않겠소. 다음날에 만일 나를 만나고 싶거든 송宋나라 명록촌鳴鹿村으로 오오. 그곳은 깊숙하고 아름답고 고요한 마을이오. 나는 앞으로 그곳에 가서 자리를 잡고 살 생각이오."

건숙은 백리해를 남겨두고 떠났다. 백리해는 형을 전송하고 우나라에 머물렀다.

그후 마침내 우나라가 진쯥나라에게 망하자 백리해는,

"내 지난날 지혜 없어 우공을 섬겼거늘 이제 와서 충성마저 다하지 않을쏘냐."

하고 다른 나라로 떠나지 않았던 것이다.

그러나 그는 충성을 다하는 것마저 자기 뜻대로 되지 않았다.

곧 주지교의 농간으로 말미암아 진헌공은 백리해에게 남자 종으로서 신부를 모시고 진秦나라로 가라는 것이었다.

백리해는 기가 막혔다.

"내 천하를 건질 수 있는 재주를 품었건만 훌륭한 주인을 만나지 못한 때문에 큰 뜻을 한번도 펴지 못했다. 이제 늙은 몸이 진나라로 시집가는 여자의 종이 되다니 이보다 더한 창피가 어디 있으리오."

백리해는 신부의 행차를 따라 종으로서 진나라로 가다가 마침내 도중에서 도망쳤다. 그는 송나라로 달아날 작정이었다. 그러나 길이 막혀 다시 초楚나라를 향하여 걸었다.

그가 완성宛城 가까이 이르렀을 때였다. 완성 사람들은 사냥을 하다가 때마침 지나가는 백리해를 보고서 혹 다른 나라에서 온 첩자가 아닌가 하고 의심했다. 완성 사람들은 곧 백리해를 붙들어 결박했다.

백리해가 자기 신분을 말한다.

"나는 우나라 사람이오. 나라가 망했기 때문에 도망쳐 이곳까지 왔을 뿐이오."

완성 사람들이 묻는다.

"그대는 뭘 잘하느냐?"

"소를 기를 줄 아오."

완성 사람들은 그의 결박을 풀어주고 그곳에서 소를 기르게 했다. 소들은 나날이 살이 찌고 윤기가 돌았다. 완성 사람들은 퍽 기뻐했다.

그 뒤, 백리해가 소를 잘 기른다는 소문이 초왕楚王의 귀까지 들어갔다. 초왕은 백리해를 궁으로 불렀다.

"소를 잘 기르려면 무슨 방법이라도 있느냐?"

백리해가 아뢴다.

"때를 어기지 않고 넉넉히 먹이며 힘을 낭비하지 않도록 잘 아껴주면 됩니다. 그러기에 기르는 사람의 마음과 소가 서로 어긋나지 말고 늘 한결같아야 합니다."

초왕이 이 말을 듣고 감탄한다.

"착하도다. 그대의 말이여! 그 말은 비단 소에만 합당할 뿐 아니라, 말을 기르는 데도 적합하겠다."

초왕은 백리해를 어인圉人으로 삼고 동해東海에 가서 말을 기르게 했다. 백리해는 하는 수 없이 동해로 갔다.

한편 진목공秦穆公은 진晉나라 백희를 아내로 맞이했다. 진나라에서 보내온 신부의 여자 종과 남자 종의 명단엔 백리해가 있건만 당자當者를 볼 수 없었다.

진목공이 공자 칩을 불러 묻는다.

"명단엔 백리해가 있는데 볼 수 없으니 어찌 된 것인가?"

"그는 우나라 사람입니다. 그런데 우리 나라로 오다가 도중에서 도망쳤다고 합니다."

진목공이 곁에 있는 공손지에게 묻는다.

"자상子桑은 진晉나라에 있었으니 백리해란 사람을 알겠군. 그는 어떤 사람인고?"

공손지가 아뢴다.

"그는 비범하고 어진 사람입니다. 지난날 그는 우공에게 간해도 소용없을 걸 알고 간하지 않았으니 그것만으로도 그의 지혜를 알 수 있습니다. 또 우공을 따라 진晉나라까지 왔으면서도 진나라의 신하 되길 거부했으니 이것만으로도 그의 의리와 충성을 짐작할 수 있을 것입니다. 그는 원래 천하를 경영할 만한 재주를 가졌으나 다만 지금까지 불우했을 따름입니다."

진목공이 연방 머리를 끄떡인다.

"과인이 어떻게 하면 백리해를 내 사람으로 쓸 수 있겠소?"

공손지가 아뢴다.

"신이 듣건대 백리해의 아내는 아들과 함께 지금 초나라에 있다고 합니다. 그러니 백리해는 반드시 초나라로 도망갔을 것입니다. 주공께선 지금이라도 초나라로 사람을 보내사 그가 있는 곳을 알아오게 하십시오."

그날로 진秦나라 사자는 초나라로 떠나갔다. 그후 그 사자가 돌아와서 진목공에게 보고한다.

"백리해는 동쪽 바닷가에서 초나라 임금을 위해 말을 기른다고 합니다."

진목공이 말한다.

"과인이 많은 폐백을 초나라에 주고 백리해를 보내달라면 초가 승낙할까?"

공손지가 대답한다.

"그러면 백리해는 영영 오지 못합니다."

"어째서 안 올까?"

"초가 백리해에게 말을 기르게 한 것을 보면 아직 초는 백리해의 인품을 모르는 모양입니다. 주공께서 많은 폐백을 주고 백리해를 달라면 그들은 백리해가 보통 사람이 아닌 것을 알게 됩니다. 따라서 초왕이 백리해를 쓰면 썼지 우리에게 넘겨주지 않습니다."

"그럼 어찌하면 좋겠소?"

"주공께선 도망간 종놈을 처벌하기 위해서 그를 잡아가야겠다고 하십시오. 지난날 관중管仲도 이와 같은 계책을 써서 노나라를 무사히 벗어났습니다."

진목공이 연방 머리를 끄떡인다.

"그 말이 정히 좋소."

이에 진나라 사자는 염소 가죽 다섯 장을 가지고 초나라로 갔다. 사자가 그 염소 가죽 다섯 장을 초왕에게 바치고 온 뜻을 아뢴다.

"우리 주공께서 이렇게 말씀하십니다. 곧 '우리 나라 천한 종놈 백리해란 자가 귀국貴國에 도망가서 숨어 있다는 소식을 듣고 사자를 보냅니다. 과인이 그놈을 잡아다가 벌을 줌으로써 앞으로 도망치려는 자들을 경계하고자 합니다. 염소 가죽 다섯 장을 보내오니, 청컨대 군후께선 죄인을 잡아 보내주십시오' 하고 말입니다."

초왕은 다만 진나라의 환심을 잃을까 두려워서 백리해를 잡아다가 진나라 사자에게 넘겨주라고 분부했다.

이리하여 백리해는 초나라 관리에게 붙들렸다. 전송 나온 동해 사람들은 백리해가 붙들려가서 죽는 줄 알고 모두 울었다.

그러나 백리해는 속으로 웃었다.

'내 듣건대 진후秦侯는 큰 포부를 품은 사람이라고 하더라. 종 놈 한 명쯤 없어진 것이 그에게 무슨 대단한 일이라고 초나라까지 사람을 보내어 잡아갈 리 있겠는가. 이는 반드시 나를 높은 자리에 등용하려는 수작이다. 이번에 가면 부귀할 것인데 무엇을 슬퍼하리오.'

백리해는 유연히 함거檻車에 올라타고 떠났다. 울 속에 감금된 백리해를 실은 수레가 진나라 국경에 도착했다. 진나라 국경엔 이미 공손지가 영접 나와 있었다.

공손지는 즉시 백리해의 결박을 풀고 안내했다. 진목공이 백리해를 영접한 뒤 묻는다.

"금년 연세가 몇이오?"

백발이 성성한 백리해가 대답한다.

"겨우 일흔입니다."

진목공이 탄식한다.

"아깝구나. 너무 늙었도다."

"이 백리해에게 나는 새를 쫓아다니라든지 맹수猛獸를 잡아오라면 신은 이미 늙어서 쓸 곳이 없습니다. 그러나 만일 신에게 앉아서 나랏일을 맡아보게 한다면 신은 아직 젊습니다. 옛날에 강태공姜太公은 나이 여든에 위수渭水 가에서 곧은 낚시질을 했건만 그때 문왕文王은 그를 수레에 싣고 돌아가서 상보尚父로 삼았고 마침내 주나라를 세웠습니다. 신이 오늘 군후를 뵈온 것과 그때 강태공이 문왕을 만났을 때를 비교하면 신은 아직도 열 살이나 젊습니다."

진목공은 그 말이 장함을 알고 다시 정색正色했다.

"우리 나라가 융적戎狄 사이에 있어 아직 중국中國과 함께 동맹을 맺지 못하고 있으니, 이 점 노인은 어떻게 과인을 지도하시려오. 우선 모든 나라 제후들에게 뒤떨어지지나 않으면 다행이겠소."

백리해가 대답한다.

"주공께서 신을 망한 나라의 포로로서, 또는 늙은이로서 대하지 않으시고 겸손히 물으시니, 신이 비록 어리석으나 어찌 힘을 다하지 않겠습니까. 대저 이 옹雍·기岐 땅은 주문왕周文王과 주무왕周武王이 일어났던 곳입니다. 산은 개 이빨 같고 들은 긴 뱀이 뻗은 것과 같건만, 주나라는 능히 이 좋은 곳을 지키지 못하고 우리 진秦나라에 내줬습니다. 이것은 바로 하늘이 진나라를 도우신 것입니다. 또 융적 사이에 있으나 아직은 도리어 우리의 군사를 굳세게 하는 것이며, 동맹에 참석하지 않았으나 도리어 힘을 기르는 결과가 되었습니다. 이제 서융西戎 사이에 소위 나라〔國〕라고 자칭하는 것들이 수십이나 있지만, 그것들을 무찔러 우리 땅과 합치면 족히 농사지어 식량을 풍부히 할 수 있고, 그 백성들을 모으면 어떠한 나라와도 싸울 수 있습니다. 이것이 바로 중국 모든 나라와 비교해서 진나라가 유리한 점입니다. 주공께선 다만 덕을 베푸시고 한편 힘으로써 쳐 무찔러 서쪽을 완전히 우리의 것으로 만든 연후에, 험난한 산천으로 방패를 삼아 중국을 굽어보며 기회를 놓치지 말고 나아간다면, 은덕과 위엄을 원하시는 대로 부릴 수 있습니다. 그러고도 패업霸業을 성취 못할 리 있겠습니까."

진목공이 부지중에 벌떡 일어서서 감탄한다.

"과인에게 백리해가 있다는 것은 마치 제환공齊桓公에게 관중

管仲이 있는 것과 같도다."

진목공은 백리해와 함께 방으로 들어가서 사흘 동안 흉금을 터놓고 천하를 논했다. 진목공은 백리해의 탁월한 식견에 그저 감탄할 수밖에 없었다.

진목공은 마침내 백리해에게 상경上卿 벼슬을 주고 나라 정사를 맡겼다.

이런 뒤로 진秦나라 사람은 백리해를 오고대부五羖大夫라고도 불렀다. 곧 염소 가죽 다섯 장으로 그를 얻었다는 뜻이다. 또 백성들은 진목공이 소의 입 아래에서 백리해를 얻었다고도 말했다. 곧 원래 소 기르던 사람인 백리해를 데려왔다는 뜻이다.

염옹이 시로써 이 일을 읊은 것이 있다.

죄인에게 정승 벼슬을 주다니 진기한 일이다.
관중 이후에 다시 백리해란 인물이 나타났구나.
이후로 서쪽 진秦나라 존재가 크게 빛났으니
염소 가죽 다섯 장으로 인재를 얻은 덕택이라.
脫囚拜相事眞奇
仲後重聞百里奚
從此西秦名顯赫
不虧身價五羊皮

그러나 백리해는 상경 벼슬을 사양하고 자기 대신 다른 사람을 천거했다.

노래를 듣고 처를 알아보는 백리해

진목공秦穆公은 백리해白里奚의 재주를 깊이 알고 상경으로 삼으려 했다. 그런데 백리해가 사양하며 말한다.

"신의 재주는 별로 뛰어난 것이 없습니다. 신에게 건숙蹇叔이란 벗이 있는데, 그의 재주는 신보다 열 배나 뛰어납니다. 주공께서 큰 뜻을 품으셨다면 그 건숙을 초빙하사 나랏일을 맡기시고 신으로 하여금 그를 돕게 하십시오."

진목공이 대답한다.

"나는 그대의 재주를 보아서 알지만 건숙이란 사람의 이름은 듣느니 처음이오."

"건숙이 비범하다는 것은 비단 주공만 모르시는 게 아니고 송나라, 제나라 사람들도 그를 모를 것입니다. 그러나 신만은 그의 재주를 압니다. 지난날 신이 제나라에 있을 때 공자公子 무지無知에게 일신을 맡기려고 한 일이 있습니다. 그때 건숙이 신을 말렸습니다. 그가 말린 탓에 신은 제나라를 떠났고 덕분에 공자 무지의 재앙에서 벗어날 수 있었던 것입니다. 그 뒤 신은 주周나라에 가서 왕자 퇴頹 밑에서 벼슬을 살려고 했습니다. 그때도 건숙이 와서 옳지 못한 일이라고 신을 말렸습니다. 그래서 신은 다시 주나라를 떠났으므로 왕자 퇴의 재앙에서 벗어날 수 있었습니다. 신은 그 뒤 우虞나라로 돌아가 우공 밑에서 벼슬을 살려고 했습니다. 그때도 건숙이 옳지 못한 일이라고 말렸습니다. 그러나 그때 신은 너무나 가난했기 때문에 벼슬을 탐하여 우나라에 잠시 머물면서 우공을 섬겼습니다. 마침내 신은 진晉나라에 잡힌 몸이 되고 말았습니다. 그러나 전날 건숙이 떠나면서 신에게 주의 주던 말을 생각하고 도망쳤기 때문에 재앙을 면하긴 했으나, 결국 건숙의 말을 듣지 않았던 탓에 거의 죽을 뻔했습니다. 이런 사실만으로도 건숙이 신보다 지혜가 월등하다는 걸 짐작하실 것입니다. 그는 지금 송나라 명록촌鳴鹿村에서 세상을 등지고 한가히 지내고 있습니다. 그러니 주공께선 속히 그를 초빙하십시오."

이에 공자 칩縶이 진목공의 명령을 받았다. 그는 장사꾼으로 가장하고서 송나라에 가려고 우선 많은 폐백幣帛부터 준비했다. 백리해도 친히 건숙에게 보내는 편지를 썼다. 공자 칩은 행낭行囊을 꾸리고 소가 끄는 수레 2승을 거느리고 송나라 명록촌으로 떠나갔다.

송나라에 들어간 공자 칩은 명록촌에 당도했다. 그때 밭을 갈던 농부들이 둑 위에서 쉬며 하나가 노래하면 나머지 사람들은 그 노래를 따라부르고 있었다.

산은 높구나.
타고 갈 가마도 없으며

길은 진흙이지만

촛불을 밝힐 필요조차 없도다.

서로 함께 언덕에 오름이여

샘물은 달고 땅은 비옥하도다.

내 몸을 부지런히 움직여 일함이여

그러기에 나에겐 오곡五穀이 있도다.

하루 세 끼 밥을 걱정치 않음이여

조석朝夕으로 배부르도다.

이렇듯 천명을 즐김이여

영화도 없지만 굴욕도 없음이라.

山之高兮

無撞

途之濘兮

無燭

相將隴上兮

泉甘而土沃

勤吾四體兮

分吾五穀

三時不害兮

饔飧足

樂此天命兮

無榮辱

공자 칩은 수레 안에서 이 노래를 들었다. 그 노래엔 세상의 티끌 기운이라고는 없었다. 그는 탄식하며 수레 모는 자에게 말한다.

"옛말에 이르기를 마을에 군자君子가 계시면 좋지 못한 풍속도 교화된다고 하더라. 이제 건숙 선생이 계시는 동네에 들어서니 밭 가는 백성들도 다 고고孤高한 기풍이 있구나. 내 아직 뵙진 못했지만 이만하면 믿을 수 있다. 선생의 어지심이여!"

공자 칩이 수레에서 내려 밭 가는 농부에게 묻는다.

"건숙 선생의 집이 어디에 있소?"

농부가 묻는다.

"그대는 왜 선생의 집을 물으십니까?"

"선생의 친구 되시는 백리해 선생의 편지를 가지고 왔습니다."

"이리로 곧장 가면 대나무숲이 우거진 곳이 나타납니다. 그 대나무숲 왼편엔 샘이 있고 오른편엔 괴석怪石들이 있고 그 가운데 조그만 띠집〔茅屋〕이 한 채 있습니다. 그 집이 바로 건숙 선생의 댁입니다."

공자 칩은 두 손을 이마까지 올려 감사하다는 뜻을 표하고 다시 수레에 올랐다. 한 반마장쯤 갔을 때였다. 과연 대나무숲 사이로 띠집 한 채가 보였다. 그곳에 가서 그는 사방 풍경을 둘러보았다. 과연 깊숙하고 아름답기 그지없었다.

농서隴西 선생이 시로써 높은 선비가 은거하고 있는 정경을 읊은 것이 있다.

푸른 대나무숲 속 경치는 가장 은은한데
인생이 이런 즐거움 외에 다시 무엇을 구하랴.
이곳저곳애 널려 있는 하얀 돌에선 구름이 뭉게뭉게 피어오르고
한 가닥 맑은 샘물은 시냇물에 잇닿아 흐르도다.

이 속의 취미를 알면 잔나비와 함께 즐길 수 있으며
세상일 잊고 보면 사슴과 함께 노닐 수 있도다.
세상의 시비 티끌은 끝없는 하늘 저편에 버려두고
선생은 높이 누워 아무런 걱정 근심이 없더라.

翠竹林中景最幽
人生此樂更何求
數方白石堆雲起
一道淸泉接澗流
得趣猿猴堪共樂
忘機麋鹿可同遊
紅鹿一任漫天去
高臥先生百不憂

공자 칩은 그 띠집 앞에서 수레를 세웠다. 그리고 데리고 온 시종배를 시켜 사립문을 두드리게 했다. 곧 사립문이 반쯤 열리고 조그만 동자童子 하나가 내다보며 묻는다.

"손님은 어디서 오셨나이까?"

공자 칩이 대답한다.

"나는 건숙 선생을 찾아뵈러 왔노라."

"선생은 지금 계시지 않습니다."

"선생이 어디로 가셨느냐?"

"이웃에 사는 노인들과 함께 냇물을 보시려고 돌다리에 가셨습니다. 그러나 머지않아 돌아오시리이다."

공자 칩은 감히 집 안으로 들어가지 못하고 문 앞 돌 위에 앉아서 선생이 올 때를 기다렸다. 동자는 문을 반쯤 젖혀놓고 다시 안으로 들어갔다.

시간이 약간 지났을 때였다. 장대한 젊은 사람 하나가 저편 논둑으로 뻗은 서쪽 길을 오고 있었다. 그 장정은 눈썹이 굵고, 눈은 고리눈으로 둥글고, 얼굴은 네모가 지고, 키가 헌칠하게 컸다. 그 장정은 등에 죽은 사슴 두 마리를 메고 걸어왔다. 공자 칩은 그 장정의 용모가 비범한 걸 보고 일어나서 맞이했다. 그 장정은 죽은 사슴을 땅바닥에 내려놓고 공자 칩에게 정중히 허리를 굽혔다. 공자 칩이 공손히 답례하고 묻는다.

"존함이 누구시오니까?"

"나의 성은 건씨蹇氏며 이름은 병丙이며 자字를 백을白乙이라고 합니다."

"건숙 선생과 혹 친척간이나 아니신지요?"

"예. 그 어른은 바로 저의 부친이십니다."

공자 칩이 다시 정중히 예禮하고 말한다.

"실로 오랫동안 뵈옵고자 했습니다."

장정이 묻는다.

"그대는 누구시오니까? 어찌 귀한 몸으로 이곳까지 오셨는지요?"

"선생과 전부터 친하신 백리해 선생께서 지금 진秦나라에 계시온데, 그 어른께서 저에게 편지를 써주시며 건숙 선생께 갖다드리라고 하옵기에 왔습니다."

건병이 권한다.

"그러시다면 저 초당草堂으로 들어가십시다. 조금만 앉아서 기다리시면 부친께서 돌아오실 것입니다."

건병은 사립문을 열고 길을 사양하며 공자 칩에게 먼저 들어가기를 권했다. 그리고 건병은 다시 사슴 두 마리를 어깨에 메고 뒤따라 들어가 초당 앞에 이르렀다. 동자가 뛰어나와서 건병이 내려놓은 사슴을 들여갔다.

초당에 올라가 건병은 다시 공자 칩과 서로 예하고 주인과 손님의 자리를 정해 앉았다. 공자 칩은 건병과 함께 농사와 잠농蠶農에 관한 촌중村中 일을 잠시 얘기하다가 어느덧 화제가 무예武藝에 관한 것으로 옮아갔다.

건병의 무예에 관한 식견은 대단했다. 공자 칩은 마음속으로 은근히 감탄했다.

'참으로 그런 아버지에 이런 아들이 있을 법한 일이다. 백리해가 천거한 것도 무리는 아니구나.'

내온 차를 서로 한잔씩 마시고 나자, 건병이 동자를 불러 분부한다.

"문 앞에 나가서 혹 할아버지가 오시나 보아라."

얼마 후 동자가 들어오며 아뢴다.

"할아버지께서 오시나이다."

한편 건숙은 이웃 노인 두 사람과 어깨를 나란히 하고 자기 집 문 앞까지 와서야 수레 2승이 놓여 있는 것을 봤다.

"우리 마을에 어찌 이런 수레가 있을까?"

이때 건병이 집 안에서 나와 손님이 오셨다는 걸 자세히 아뢰었다. 건숙은 동네 두 노인과 함께 초당으로 들어갔다.

건숙이 공자 칩과 인사를 마치고 자리를 정한 후에 말한다.

"나의 아우 백리해의 편지를 가지고 왔다 하니 보여주오."

공자 칩은 즉시 백리해의 서신을 바쳤다. 건숙이 봉함을 뜯고 보니 그 글에 하였으되,

백리해는 형님의 말씀을 듣지 않다가 우나라가 멸망하는 데 휩쓸려들 뻔했습니다. 다행히 진후秦侯가 인물을 널리 구하던 때여서 소를 기르고 있던 이 몸을 빼내어 이제 정사政事를 맡기심이라. 해奚는 아무리 생각해도 형님의 식견과 재주를 따를 수 없습니다. 이제 형님께서 오시어 함께 진나라 앞길을 열어주시옵기 바랍니다. 이미 진후는 형님의 이름을 듣고 형님이 오시기를 고대하고 있습니다. 그래서 진후는 대부 공자 칩에게 명하사 폐백을 가지고 형님을 모시러 간 것입니다. 오직 바라건댄 산속에서 나오사 평생 품으신 뜻으로 진나라를 도와주십시오. 만일 형님께서 산림山林을 사랑하사 그냥 머물러 계시겠다면, 이 백리해도 벼슬을 버리고 즉시 명록촌으로 가서 평생을 형님과 함께 살겠습니다.

건숙이 백리해의 서신을 다 읽고 말한다.

"백리해는 어떻게 해서 진후께 벼슬을 살게 됐는지요?"

공자 칩은 백리해가 신부를 따라가던 남자 종으로서 초나라로 도망친 것과, 진후가 그가 비범한 인물인 것을 듣고 염소 가죽 다섯 장으로 빼내온 자초지종을 다 말한 뒤,

"그런데 우리 주공께서 상경 벼슬을 주셨건만 백리해는 말하기를, 자기 재주가 선생만 못하니 반드시 선생이 진나라에 오셔야만 감히 벼슬을 살겠다면서 굳이 받질 않았습니다. 이에 우리 주공께서 폐백을 저에게 내주시며 속히 선생을 모셔오라고 하시옵기에 주야를 가리지 않고 왔습니다."

하고 일변 따라온 시종배들에게 분부한다.

"속히 수레에 있는 예물을 이리로 들여오너라."

시종배들은 징서徵書와 예물을 가지고 들어와 초당 위에 늘어 놓았다.

이웃 노인 두 사람은 다 산야山野의 농부인 만큼 이런 굉장한 물건을 처음 보기 때문에 서로 놀라며 공자 칩을 돌아보고 말한다.

"우리는 귀인이 오신 줄도 모르고 이 자리에 앉았습니다. 미안합니다."

공자 칩이 대답한다.

"거 무슨 말씀이오니까? 우리 주공께선 마치 메마른 모〔苗〕가 비를 바라듯 건선생을 기다리고 계십니다. 두 분 노인께서도 선생께 이 예물을 받으시도록 권해주십시오."

두 노인이 건숙에게 권한다.

"진나라가 이렇듯 어진 분을 존중하니, 귀인을 허행虛行하게 할 수 없지요."

건숙이 한동안 생각하다가 대답한다.

"지난날 우공虞公은 백리해를 알아주지 못했기 때문에 패망했소. 만일 진후가 참으로 훌륭한 사람을 알아보고 쓴다면 백리해 한 사람만으로도 부족할 것이 없습니다. 이 몸은 이제 늙어서 세상에 관한 생각이 끊어진 지 오래니 죄송하나 함께 갈 수 없구려. 이 예물을 거두어 돌아가시기 바라오. 가거든 백리해에게 안부나 전해주오."

공자 칩은 당황했다.

"선생이 가시지 않으면 백리해 선생도 우리 진나라를 떠나실 것입니다."

건숙은 무엇을 생각하는지 한동안 대답이 없었다. 이윽고 그는 탄식한다.

"백리해는 큰 재주를 품고도 아직 시험해보지 못했음이라. 오랫동안 벼슬을 구하다가 이제야 훌륭한 임금을 만났으니 내 가서 그의 뜻을 성취시키는 데 도와주지 않을 수 없구나. 다만 백리해를 위해서 가긴 하겠으나, 오래지 않아 이곳으로 돌아와 밭을 갈겠소."

동자가 들어와서 고한다.

"사슴 다리[鹿足]가 다 익었습니다."

술상이 들어오자, 공자 칩은 서쪽 자리에 앉고 이웃 두 노인은 건숙의 좌우에 앉았다. 그들은 와배瓦杯에 술을 따라 서로 권하며 목저木箸로 사슴 다리를 집어올려 뜯었다. 그들은 흔연히 취하고 배불리 먹느라고 어느덧 날이 저무는 줄을 몰랐다. 공자 칩은 초당에서 그날 밤을 편히 쉬었다.

이튿날 아침에 이웃 두 노인이 술통[樽]을 가지고 왔다. 건숙 선생을 전송하는 의미에서 한잔하자는 것이었다. 그들이 전날처럼 취했을 때, 공자 칩은 건병의 재주를 칭찬하고 이번 길에 같이 진나라로 갔으면 좋겠다고 청했다. 건숙은 그 아들과 함께 갈 것을 허락하고 진후가 보낸 예물을 이웃 두 노인에게 나눠주면서 부탁한다.

"내가 없는 동안에 집이나 잘 보살펴주오. 이번에 가긴 가나 머지않아 다시 만나게 될 것이오."

그리고 다시 집안 사람들에게 분부한다.

"농사짓는 데 부지런히 힘을 써라. 나 없는 동안일지라도 집안과 논밭을 거칠게 하지 마라."

이윽고 이웃 두 노인은 건숙에게 잘 다녀오시라며 작별 인사를 했다. 건숙은 수레에 올랐다. 그리고 건병은 아버지가 탄 수레를 몰았다. 공자 칩은 다른 수레를 타고 나란히 명록촌을 떠났다.

그들은 밤이 되면 주막에 들어가 자고 새벽마다 일찍 일어나 진나라를 향해 달렸다.

진나라 교외 가까이 당도하자 공자 칩은 먼저 수레를 달려 궁에 들어가서 진목공秦穆公에게 아뢰었다.

"건숙 선생이 이미 교외에 당도했습니다. 그 아들 건병 또한 훌륭한 장수의 재주가 있기에 신이 함께 데리고 왔습니다."

진목공은 크게 반겼다. 즉시 백리해에게 교외에 나가서 건숙을 영접하도록 명했다. 백리해와 건숙, 두 의형제는 여러 해 만에 진나라 교외에서 서로 만났다.

건숙이 궁으로 들어가자, 진목공은 뜰까지 내려와서 영접했다. 그리고 건숙을 전殿으로 데리고 들어가서 자리를 내준 뒤 말한다.

"백리해가 여러 번이나 선생의 현명함을 말하였소. 선생은 무엇으로써 과인을 지도하려오?"

건숙이 정중히 대답한다.

"진나라는 중국과 떨어진 서쪽에 위치하고 융적과 이웃간에 있습니다. 땅은 험하고 군사는 강하여 나아가면 족히 싸울 수 있고 물러서면 족히 지킬 수 있습니다. 그런데 중원에 진출하지 못하는 이유는 주공의 위엄과 덕이 부족하기 때문입니다. 위엄이 없으면 어찌 그들이 진秦을 두려워할 리 있으며, 덕이 아니면 어찌 그들로 하여금 진을 따르게 할 수 있습니까. 그들이 두려워하지 않고 따르지 않는다면 어떻게 패업을 성취할 수 있겠습니까."

진목공이 묻는다.

"위엄과 덕, 이 둘 중에서 어떤 걸 먼저 해야 하오?"

"덕으로 근본을 삼고 위엄으로 그들을 지도해야 합니다. 덕만 있고 위엄이 없으면 나라를 타국에 뺏깁니다. 또 위엄만 있고 덕이 없으면 그 백성들이 들고일어나 나라를 혼란하게 합니다."

"과인이 덕을 펴고 위엄을 세우려면 어찌해야 하오?"

"진에는 오랑캐 풍속이 섞여 있어서 백성들 중에 예법을 모르는 자가 많습니다. 그래서 계급과 위엄이 분명하지 못하고 귀천이 밝혀 있지 않습니다. 청컨대 신은 주공을 위해서 먼저 교화教化하고 뒤에 형벌할 것을 주장합니다. 교화가 실시되면 백성은 그 윗사람을 존경할 줄 아나니, 그런 뒤에 은혜를 베풀어야만 백성들이 감사할 줄 알게 되며, 또한 형벌을 써도 그들이 두려워할 줄을 알게 됩니다. 이렇듯 상하上下가 손과 발처럼 서로 맞아들어가면 무슨 일인들 어려울 것이 있겠습니까. 제나라 관중은 능히 상하를 절제하며 천하를 호령하기 때문에, 그를 당적할 자가 없는 것도 다 이 이치에서 벗어나지 않습니다."

건숙의 말을 열심히 듣고서 진목공이 다시 묻는다.

"진실로 선생의 말처럼 하면 마침내 천하의 패권을 잡을 수 있겠소?"

건숙이 옷깃을 여미고 대답한다.

"그것만으로는 안 됩니다. 대저 천하를 제패하려면 세 가지 것을 지켜야 합니다. 첫째는 욕심을 버려야 하며, 둘째는 분노하지 않아야 하며, 셋째는 무엇이건 조급히 서둘지 말아야 합니다. 욕심이 많으면 그만큼 잃는 것이 많으며, 분노하면 할수록 일은 어려워지며, 조급히 서둘면 그만큼 실패하기 때문입니다. 대저 일이란 크고 작은 걸 잘 살펴서 추진해야 하나니, 어찌 욕심을 부릴 수 있습니까. 상대와 자기를 저울질해서 베풀어야 하나니, 어찌 분노할 수 있습니까. 천천히 할 것과 급히 할 것을 짐작해서 펴야 하나니, 어찌 조급할 수 있습니까. 주공께서 이 세 가지를 잘 지키시면 그제야 패업을 성취하기에 가깝다고 하리이다."

"참으로 훌륭한 말씀이오. 선생이여, 청컨대 과인을 위해 오늘날 뭣이 급한 일이며, 뭣이 천천히 해야 할 일인지를 지시하오."

"우리 진은 나라를 서융西戎까지 확대시키느냐 못하느냐가 장차 행복과 불행의 판가름 길이 됩니다. 이제 제후齊侯는 늙었고, 장차 그의 패업도 시들어갑니다. 이때를 당하여 주공께선 진실로 옹雍 · 위渭의 백성에게 덕을 베풀고 나아가서는 오랑캐들까지도 감화시킨 뒤에 그들을 거느리고서 복종하지 않는 오랑캐를 치십시오. 모든 오랑캐가 복종하게 되거든 병사를 거두고 중원에 변동이 있기를 기다려 제나라가 남긴 것을 줍고 덕과 의를 펴십시오. 그러면 주공께서 비록 패업을 원하지 않으시더라도 사양하지 못할 것입니다."

진목공이 감탄한다.

"과인이 얻은 두 노인은 참으로 서민庶民의 장長이로다."

드디어 진목공은 건숙을 우서장右庶長•으로 삼고 백리해를 좌서장左庶長•으로 삼았다. 이리하여 두 노인의 위位는 다 상경上卿에 올랐다. 그 뒤로 진나라에선 그들을 이상二相이라고 불렀다. 진목공은 건숙의 아들 건병에게도 대부 벼슬을 주었다.

이상二相은 함께 정사를 보며 법을 세워 백성을 가르치고 나라를 일으키면서 일체 재난을 극력 막았다. 그 뒤로 진나라는 크게 발전했다.

사관史官이 시로써 이 일을 읊은 것이 있다.

공자 칩은 백리해를 천거하고 백리해는 건숙을 천거하여
서로 손을 잡고 진나라 조정에서 정치를 폈도다.
진목공만큼 어진 선비를 좋아한다면야
인물을 구하는 데 어찌 그 출신과 지체를 따질 것 있으리오.

子縶薦奚奚薦叔
轉相汲引布秦庭
但能好士如秦穆
人傑何須問地靈

진목공은 어진 인물이 타국에서 많이 나는 걸 알고 더욱 등용할 생각이었다. 이에 공자 칩은 진秦나라 사람 서걸술西乞術이 어짊을 알고 천거했다. 진목공은 서걸술을 등용했다.

한편 백리해는 전부터 진晉나라 사람인 요여繇余가 큰 경륜을 품은 인물임을 들었던 터라, 진晉나라 출신인 공손지에게 물어보았다. 공손지가 대답했다.

"요여는 진晉나라에 있을 때 불우했습니다. 지금 서융에서 벼슬을 살고 있습니다."

이 말을 듣고 백리해는 너무나 애석해서 거듭거듭 탄식했다.

한편 백리해의 아내와 아들은 그후 어찌 되었는가?

백리해의 아내 두씨杜氏는 남편이 출세의 길을 찾아 타국으로 떠난 뒤 날마다 베틀에 올라 베를 짜며 세월을 보냈다. 설상가상으로 그 뒤 흉년을 당하자 살아갈 길이 아득했다. 두씨는 어린 아들의 손목을 이끌고 타국으로 떠났다. 그러나 별수 있을 리 없었다. 어머니와 아들은 타국 땅을 정처 없이 떠돌아다니며 걸식을 했다.

뜨내기 신세로 걸식을 하다 그들은 마침내 진秦나라로 들어갔다. 두씨는 빨래꾼이 되어 그날그날을 유지했다. 그 아들의 이름은 시視며 자는 맹명孟明이었다.

이땐 아들 시도 장성한 연후였다. 그러나 시는 날마다 동네 사람들과 어울려 사냥질이나 하고 씨름이나 할 뿐 도무지 생계를 위해 힘쓰려 하지 않았다. 두씨는 누차 아들을 타일렀으나 아들은 말을 듣지 않았다.

백리해가 진나라 재상이 되자, 두씨는 비로소 소문으로 남편 이름을 들었다. 어느 날 아침에 두씨는 거리에 나가서 수레를 타고 궁으로 들어가는 재상을 유심히 봤다. 그러나 수레의 장식도 대단하려니와 구종배들이 감싸고 가는지라 수레 안에 탄 사람을 알아볼 수가 없었다. 수레 속의 백리해도 설마 아내가 길거리에 서 있으리라곤 생각도 못하고 궁으로 들어갔다.

그후, 때마침 부중府中에서 빨래하는 여자를 모집했다. 두씨는 빨래하는 여자로 자원하고 부중으로 들어갔다. 부중에 들어간 두씨는 다른 여자들보다도 부지런히 일했다. 부중 사람들은 두씨가 남보다 배나 일을 잘한다고 좋아했다. 그러나 두씨는 한번도 백리해와 만날 기회를 얻지 못했다.

하루는 백리해가 당상堂上에 앉아 있었다. 악공들이 동서東西 양쪽 보도에서 음악을 연주하는 중이었다. 두씨가 부중 사람에게 말한다.

"첩은 음악을 잘 압니다. 원컨대 한 번만 저 악공들 있는 곳으로 데려가주십시오."

부중 사람은 두씨를 데리고 가서 악공들에게 소개했다.

그중 악공 한 사람이 묻는다.

"전에 무슨 악기를 배웠는가?"

두씨가 대답한다.

"거문고도 하며 노래도 부릅니다."

악공은 두씨에게 거문고를 내주었다. 두씨가 거문고를 안고 탄주하니 그 소리가 애원哀怨하고 처량했다. 악공들은 조용히 귀를 기울이고 들었다.

두씨가 거문고를 마치자 악공들은,

"이번은 노래를 해보게."

하고 청했다. 두씨가 대답한다.

"첩이 이곳에 온 뒤로 한번도 노래를 부른 일이 없습니다. 바라건대 상군相君께 말씀드려 당堂 위에 올라가서 노래하게 해주시면 고맙겠습니다."

악공이 당 위에 올라가서 그 뜻을 백리해에게 품했다. 백리해는 머리를 끄덕이며 말없이 승낙했다.

두씨는 당 위에 올라가서 기둥 왼편에 자리를 잡았다. 두씨가 머리를 다소곳이 숙이고 옷깃을 여미고 단정히 노래를 부른다.

백리해, 염소 가죽 다섯 장이여. 이별하던 그 옛날을 생각하시는가. 암탉을 잡고 서숙을 절구질하여 문짝으로 익히〔熟〕던 그날을. 오늘날 부귀하시니 나를 잊으셨네.

백리해, 염소 가죽 다섯 장이여. 아버지는 좋은 음식을 먹건만 자식은 배가 고파서 우는도다. 남편은 좋은 비단옷을 입고 있건만, 아내는 품삯 받고 빨래하는 천한 몸일세. 슬프다, 부귀하시니 나를 잊으셨네.

백리해, 염소 가죽 다섯 장이여. 지나간 그 옛날 그대 떠날 때 나는 울었소. 오늘날 그대는 높이 앉았건만 나는 떨어져 있도다. 슬프다, 부귀하시니 나를 잊으셨네.

百里奚, 五羊皮. 憶別時, 烹伏雌, 舂黃虀, 炊扊扅. 今日富貴忘我爲.

百里奚, 五羊皮. 父梁肉, 子啼饑. 夫文繡, 妻澣衣. 嗟乎, 富貴忘我爲.

百里奚, 五羊皮. 昔之日君行而我啼. 今之日君坐而我離. 嗟乎, 富貴忘我爲.

백리해는 그 노래를 듣고 크게 놀랐다. 그는 두씨를 자기 앞으로 불렀다. 틀림없는 자기 아내였다. 자나깨나 잊지 못하던 아내였다. 마침내 백리해와 두씨는 서로 붙들고 통곡했다.

겨우 울음을 진정하고 백리해가 묻는다.

"우리 아자兒子는 어디 있소?"

두씨가 흐느껴 울면서 겨우 대답한다.

"마을에서 사냥질을 하고 있습니다."

백리해는 즉시 사람을 보내어 자기 아들을 불러오게 했다.

이날, 백리해는 여러 해 만에 늙은 아내와 장성한 아들을 만났다. 진목공은 백리해가 처자와 만났다는 걸 듣고서 곡식 1,000종과 황금과 비단 한 수레를 그들에게 하사했다.

이튿날 백리해는 아들 백리시百里視를 데리고 궁에 들어가서 진목공께 사은했다. 진목공은 백리시에게 대부 벼슬을 주었다.

이리하여 서걸술과 백을병白乙丙(건병의 자字)과 맹명孟明(백리시의 자)은 진秦나라 장수로서 삼군을 통솔했다.

이때 강융姜戎의 융주 오리五離가 목무 땅을 침범해왔다. 진秦나라 세 장수는 군사를 거느리고 가서 오리와 싸웠다. 오리는 진나라 군사에게 대패하여 진晉나라로 달아났다.

이리하여 마침내 진秦나라는 과주瓜州 땅을 차지했다.

그후의 일이었다. 이번엔 서융의 융주 적반赤班이 진秦나라를 시찰하러 왔다. 그는 진나라가 자못 강성한 걸 보고서 부러워하며 돌아갔다.

서융에 돌아간 적반이 그의 신하 요여에게 말한다.

"경은 진나라에 가서 모든 걸 시찰하고 겸하여 진후秦侯가 어떤 사람인지를 잘 보고 오시오."

이에 요여는 진나라로 갔다. 진목공은 요여를 맞이하여 함께 궁원宮苑에서 노닐다가 삼휴대三休臺로 올라가 대臺에서 화려한 궁실들과 아름다운 궁원을 굽어보며 자랑했다.

요여가 묻는다.

"이 모든 것을 만드는 데 귀신을 부렸습니까, 아니면 사람을 부려 만들었습니까? 귀신을 부렸다면 귀신들이 괴로웠을 것이며, 사람을 부렸다면 백성들이 매우 괴로웠겠습니다."

진목공이 그 말을 이상히 생각하고 묻는다.

"그대 오랑캐 나라는 예악禮樂과 법도法度가 없으니 무엇으로써 나라를 다스리는지요?"

요여가 웃으며 대답한다.

"예악과 법도가 중국을 혼란에 빠뜨리고 있습니다. 옛날에 성주聖主들은 글[文]로 법을 지어 백성과 굳게 약속하고서 겨우 다스렸습니다. 그런데 후세에 이르러서는 점점 교만하고 음탕해져서 예악이란 명색만을 내세우고 실은 임금이 사치를 하고 법도의 위엄만 내세우고 아랫사람을 들볶았습니다. 이에 백성들의 원망은 나날이 높아가고 군위를 뺏기 위해 임금을 죽이는 자도 나타나게 되었습니다. 그러나 오랑캐 나라는 그렇지 않습니다. 임금이 순후한 덕으로써 아랫사람을 대하므로 아랫사람은 충忠과 신信으로써 임금을 섬깁니다. 위와 아래가 한결같아 서로 속이는 일이 없고 글로 약속한 법을 서로 어기는 일이 없어서 특히 다스려야 할 필요조차도 없게 됐으니 이것을 지극한 다스림이라고 합니다."

"……"

진목공은 아무 대답도 못했다. 진목공은 돌아가 요여에게서 들은 바를 백리해에게 말했다. 백리해가 대답한다.

"요여는 원래 진晉나라 사람으로 비범한 인물입니다. 신은 전부터 그의 높은 명성을 들어왔습니다."

그 말을 듣고 진목공은 더욱 불쾌했다.

"과인이 듣건대 이웃 나라에 성인이 있다는 것은 근심거리라고 합디다. 이제 요여처럼 훌륭한 사람이 오랑캐 밑에서 벼슬을 살고 있으니 앞으로 우리 진나라의 걱정이 아닐 수 있겠소?"

"내사內史 요廖는 기발한 지혜가 많습니다. 주공께선 이 일을 그와 함께 상의하십시오."

진목공은 즉시 내사 벼슬에 있는 요를 불러 이 일을 상의했다. 요가 아뢴다.

"융주는 궁벽하고 황량한 곳에 살므로 아직 중국의 번화한 음악을 모릅니다. 주공께서 시험삼아 아름다운 여자와 화려한 음악을 보내어 그 뜻을 흐리게 해보십시오. 한편 요여는 보내지 말고 적당한 시기까지 이곳에 붙들어두십시오. 오랑캐가 정치를 폐廢하다시피 게을러지고 따라서 그들의 상하上下가 서로를 의심하게 되면 그 나라도 가히 뺏을 수 있거늘 하물며 그 신하 한 사람쯤이야 문제될 것 있습니까."

"그 말이 가장 그럴듯하오."

그 뒤 진목공은 늘 요여와 자리를 함께하고 음식을 먹을 때도 같은 그릇에 먹으면서 그를 적반에게 돌려보내지 않았다. 그리고 건숙·백리해·공손지 들이 교대로 늘 요여와 함께 사방으로 다니면서 지형을 살피고 병세兵勢의 강약强弱을 시찰했다.

진목공은 한편 아름다운 여자를 뽑아 곱게 단장시키고 음악에 정통한 사람 여섯을 골랐다. 드디어 내사 요는 그 미녀와 악공 여섯 사람을 데리고 오랑캐 나라로 가서 적반에게 바쳤다.

융주 적반은 어쩔 줄 모르게 기뻐했다. 그는 날마다 음악을 즐기고 밤마다 그 아름다운 여자를 끼고 놀기에 정신이 빠져 마침내 정사를 돌보지 않았다.

어느덧 1년이 지났다. 요여는 1년이 지난 뒤에야 겨우 진나라를 떠나 서융으로 돌아갔다. 그러나 융주는 수상한 눈초리로 요여를 보며 말한다.

"진나라에서 뭘 했기에 이제야 돌아왔소?"

요여가 사실대로 대답한다.

"신은 돌려보내달라고 졸랐으나 진후가 굳이 붙들고 놓아주지를 않아서 이제야 겨우 왔습니다."

융주 적반은 요여가 딴생각을 품고 있는 걸로 의심하고 전처럼 그를 가까이하지 않았다. 요여는 적반이 밤낮없이 여자와 음악에만 빠져 도무지 나랏일을 돌보지 않는 걸 보고서 거듭거듭 간했다. 그러나 적반은 요여가 간하는 말을 들으려 아니 했다.

이런 기회를 놓치지 않고 진목공은 비밀히 사람을 서융으로 보내어 요여를 초청했다. 드디어 요여는 오랑캐를 버리고 진秦나라로 귀순했다.

진목공은 요여를 맞이하여 그에게 아경亞卿 벼슬을 주고 건숙·백리해와 함께 나랏일을 보게 했다.

마침내 요여는 진목공에게 서융을 치도록 계책을 아뢰었다. 이에 진나라 삼군은 물밀듯이 서융으로 쳐들어갔다. 요여의 지시를 받은 삼군은 서융의 요처要處를 누구보다도 잘 알고 무찔렀다. 적반은 진나라 군사를 당적할 수 없어 드디어 진나라에 항복하고 말았다.

뒷사람이 시로써 이 일을 읊은 것이 있다.

우공은 백리해의 말을 듣지 않다가 포로가 되더니
서융은 요여를 잃고 나라마저 망쳤도다.
필경 훌륭한 인물이라야 능히 나라를 일으키나니
청컨대 제齊나라 패업과 강한 진秦나라를 보라.
虞違百里終成虜
戎失繇余亦喪邦
畢竟賢才能幹國
諸看齊覇與秦强

원래 서융의 적반은 오랑캐들의 영수領袖였다. 그래서 오랑캐들은 그의 지배 아래 있었다.

오랑캐들은 적반이 진나라에 항복하고 귀순했다는 소식을 듣고 아연실색했다. 그들은 진나라가 두려워서 너도나도 땅을 진나라에 바쳤으며 칭신稱臣하는 자들이 속출했다.

진목공은 공이 있는 신하에게 논공행상을 하고 크게 잔치를 베풀어 모든 신하를 대접했다. 모든 신하는 술잔을 높이 들어 진목공의 상수무강上壽無疆을 빌었다.

잔치가 파하자, 진목공은 잔뜩 취하여 궁으로 돌아갔다. 궁으로 돌아간 진목공은 침상에 쓰러졌다. 그런데 시간이 흘러도 깨어나지를 않았다. 궁중 사람들은 당황하고 놀랐다. 이 소식을 듣고 모든 신하는 황망히 궁으로 모여들었다. 세자 앵罃은 곧 의관醫官을 궁성으로 불렀다. 의관이 진목공을 진맥했으나, 맥박이 보통 때와 조금도 다름없었다. 진목공은 눈을 딱 감고 말하지 못하고 움직이지 못할 따름이었다.

의관이 한참 뒤에야 말한다.

"이건 귀신이 붙은 것입니다. 내사 요廖로 하여금 기도를 올리게 하십시오."

그러나 내사 요가 대답한다.

"주공께서는 죽지 않았으며 필시 이상한 꿈을 꾸시는 것 같소. 그저 기다리면 깨어나실 것이니 놀라지 마십시오. 기도한대야 무슨 소용이 있으리오."

세자 앵은 죽은 듯이 누워 있는 진목공 침상 곁에 자리를 잡고 그곳에서 먹고 자며 잠시도 떠나지 않았다.

어느덧 닷새가 지났다. 닷새째 되는 날 아침에 진목공은 비로소 침상에서 눈을 떴다. 온몸에서 땀이 비 오듯 흘러내렸다. 진목공은 일어나지도 않고 잇달아 부르짖는다.

"괴이하구나! 괴이한지고!"

세자 앵이 무릎을 꿇고 묻는다.

"기체氣體 어떠하시오니까? 어쩌면 이렇게 오래도록 주무셨나이까?"

진목공이 의아스레 세자를 돌아보며 대답한다.

"오래라니? 잠깐 졸았을 뿐이다."

"주무시기 시작한 지 닷새가 지났습니다. 혹 이상한 꿈이라도 꾸시지 않았습니까?"

진목공은 완연히 놀라며 벌떡 일어났다.

"네 어찌 그걸 아느냐?"

"내사 요가 그럴 것이라고 말했습니다."

"곧 내사 요를 불러들여라."

진목공이 내사 요에게 말한다.

"과인이 이번에 꿈을 꿨는데, 그 꿈에 한 부인이 마치 비빈妃嬪처럼 성장하고 나타났소. 그 단정한 얼굴은 아름답고 살결은 백설처럼 깨끗했는데 손에 천부天符를 들고서 말하기를, 상제上帝의 명을 받들어 과인을 데리러 왔다는 것이었소. 그래서 과인은 그 부인의 뒤를 따라갔소. 문득 이 몸이 구름 속에 있는 듯 어디론지 끝도 안 보이는 곳으로 가는 것이었소. 그러자 구름이 걷히며 궁궐이 하나 나타나는데, 단청丹靑은 찬란하고 구척九尺의 옥계玉階 위엔 주렴珠簾이 드리워져 있었소. 그 부인은 과인을 데리고 앞서 가더니 과인에게 그 옥계 아래에서 절하라고 했소. 잠시 후 주렴이 걷히고 전상殿上에 황금을 박은 기둥이 보이더니 수놓은 비단 장막 빛으로 눈이 부셨소. 그 전내殿內 한가운데 한 왕자王者가 면류관을 쓰고 곤룡포를 입고 구슬로 만든 자리에 앉았는데 좌우에 신하들이 시립하고 있어 그 위의가 자못 대단했소. 왕이 명하자

내시 같은 사람이 벽옥잔[碧玉杯]에다 술을 가득 부어 과인에게
줍디다. 그 술맛과 향기는 어디 비할 바 없이 좋았소. 다시 왕이
한 글[簡]을 신하에게 내리자 곧 당상에서 큰소리로 과인의 이름
을 부르는 소리가 들리었소. '임호(진목공의 이름)야, 성지聖旨를
듣거라! 네 마땅히 진晉나라 소란을 평정할지로다.' 이렇게 거듭
두 번이나 분부를 내립디다. 부인이 다시 과인에게 감사하다는 절
을 하라고 하고 다시금 과인을 데리고 궁궐 바깥으로 나갔소. 과
인이 그 부인에게 이름을 물었더니 그 부인이 대답하기를 '첩은
보부인寶夫人이라 하오. 태백산太白山 서쪽 기슭에 있으니 바로
군후君侯의 나라 안에 있음이라. 군후는 듣지 못하셨는가. 첩의
남편인 섭군葉君은 남양南陽 땅에서 별거하고 있는데 혹 1년 아니
면 2년 만에 한 번씩 와서 첩과 만나오. 군후가 이 첩을 위해 사당
을 지어준다면 첩은 마땅히 군후로 하여금 패업을 성취시켜 만세
에 이름을 전하도록 하리이다.' 이에 과인이 '진晉나라에 무슨 난
이 일어났기에 과인에게 평정하라는 분부신가요?' 하고 물었더
니, 보부인이 '이는 하늘의 기밀이라. 미리 누설할 수 없소' 하고
대답합디다. 바로 이때 어디선지 종소리가 울려오는데, 마치 우
레 소리 같은지라, 마침내 크게 놀라 깨었소. 그러니 이것이 무슨
징조겠소?"

내사 요가 아뢴다.

"지금 진헌공晉獻公이 여희驪姬를 사랑하는 나머지 세자 신생
申生을 싫어하고 있습니다. 그러니 앞으로 어찌 변란이 없겠습니
까. 하늘의 명이 주공께 내렸으니 이는 주공의 복입니다."

진목공이 다시 묻는다.

"그 보부인이란 여자는 도대체 어떤 여자일까?"

"신은 다음과 같은 이야기를 들은 일이 있습니다. 선군先君 문공文公 때에 진창陳倉 사람이 땅속에서 이상한 짐승을 잡았답니다. 모양은 마치 볼록한 주머니 같고 빛깔은 황백색이고 꼬리는 짧고 발은 많고 주둥이는 날카로웠습니다. 진창 사람은 그 짐승을 선군께 바치려고 가던 도중 길에서 두 동자를 만났답니다. 그 두 동자는 진창 사람에게 끌려가는 짐승을 보자 서로 손바닥을 치면서 웃고 말하기를 '네가 죽은 사람을 학대하더니 이제 살아 있는 사람 손에 붙들렸구나!' 하더랍니다. 진창 사람이 그 말뜻을 물으니까 두 동자가 '저 짐승은 위獩라는 동물인데, 땅속에 있으면서 시체의 뇌수만 파먹고 살기 때문에 그 정기를 얻어 능히 사람으로 변합니다. 그러니 당신은 놓치지 말고 잘 끌고 가십시오' 하고 대답하더랍니다. 그러자 그 위란 짐승이 주둥이를 벌리고 능히 사람의 말을 하더랍니다. '저 두 동자는 사람이 아니오. 하나는 암놈이며 하나는 수놈입니다. 저들의 이름은 진보陳寶니 바로 들꿩〔野雉〕의 정精으로서, 수놈을 얻은 자는 왕이 되고, 암놈을 얻은 자는 천하를 제패합니다.' 이 말을 듣고 진창 사람은 마침내 위라는 짐승을 버리고 두 동자를 잡으려고 쫓아갔답니다. 그러자 두 동자는 문득 꿩으로 변하여 날아갔습니다. 그 진창 사람이 이 사실을 선군께 고하자 선군께선 이 사실을 기록해두라고 명하셨습니다. 그 기록이 지금도 내부內府에 있어 신이 소관하고 있으니 갖다 보시면 아실 것입니다. 진창은 바로 태백산 서쪽에 있는 지명입니다. 주공께선 시험삼아 두 산 사이에 가셔서 사냥을 하십시오. 그리고 그 꿩의 자취를 한번 찾아보시면 어떤 징조가 나타날 것입니다."

진목공은 곧 세상을 떠난 부군父君이 생전에 기록해두게 한 그 기록을 가져오라 일렀다. 읽어보니 과연 내사 요의 말과 같았다.

이에 진목공은 내사 요에게 자기가 꾼 꿈도 자세히 기록해서 내부에 함께 비장祕藏하도록 명했다.

이튿날, 진목공은 모든 신하들의 조례를 받았다.

"과인은 곧 태백산 기슭으로 사냥을 가겠노라. 속히 채비를 차려라."

진목공은 수레를 타고 신하와 몰이꾼들을 거느리고 태백산으로 갔다. 진목공은 태백산 줄기를 타고 서쪽으로 내려가면서 사냥을 했다. 거의 진창산陳倉山에 이르렀을 때였다. 몰이꾼들의 그물에 꿩 한 마리가 걸렸다. 그 꿩은 전신이 옥빛이었다. 흠 하나 없이 광채가 찬란했다.

그러나 그 꿩은 사람 손에 잡히자 곧 돌꿩〔石雉〕으로 변했다. 그러나 그 광채는 변하질 않았다. 몰이꾼들은 즉시 그 돌꿩을 진목공에게 바쳤다.

내사 요가 말한다.

"이것이 바로 보부인입니다. 암놈을 얻으면 천하를 제패한다 했으니 이 어찌 길한 징조가 아니오리까. 주공께선 진창에다 사당을 세우십시오. 반드시 큰 복을 받으실 것입니다."

진목공은 아주 기뻐했다. 곧 그 돌꿩을 난초蘭草 달인 물로 목욕을 시키고, 비단 이불에 싸서 옥으로 만든 궤에다 넣었다. 그날부터 목공들을 불러모아 나무를 베고 산 위에 사당을 세우게 했다.

사당이 준공되자, 돌꿩을 그 안에다 안치하고 사당 이름을 보부인사寶夫人祠라고 하고, 진창산을 보계산寶鷄山으로 고쳤다. 그리고 유사有司를 두어 봄가을로 1년에 두 번씩 제사를 지냈다.

그 뒤로 제사를 올리는 날이면 새벽마다 산 위에서 꿩의 울음소리가 들렸다. 그 소리가 어떻게 맑은지 3리 밖까지 들렸다.

그리고 혹 1년에 한 번 또는 2년에 한 번씩 산 위에서 붉은 광명이 10여 길씩이나 솟는 것을 바라볼 수 있었다. 그럴 때마다 우레 소리가 은은히 일어났다. 그것은 바로 보부인의 남편인 섭군이 찾아온 것을 의미하는 것이었다. 섭군이란, 곧 수꿩의 신神이다. 남양에 별거하고 있는 보부인의 남편인 것이다.

　　이로부터 400여 년 뒤 한漢나라 광무光武가 남양 땅에서 출생하여 군사를 일으키고 왕망王莽을 죽이고 기울어져가는 한나라를 바로잡고 뒤에 황제皇帝가 되었으니, 세상에선 말하기를 수꿩을 얻은 자가 왕이 된다는 말이 헛되지 않았다고 전한다.

　　물론 이것은 후세의 일이다.

여희, 계교計巧로 신생을 죽이다

한편 진晉나라 진헌공은 우虞와 괵虢 두 나라를 손아귀에 넣고 모든 신하의 하례를 받았다. 그런데 여희驪姬만은 우울했다.

원래 세자 신생을 보내어 괵나라를 치게 하려 했으나, 신생 대신 이극里克이 갔던 것이다. 여희의 계획대로 되었다면 신생은 벌써 전장에 나가서 죽었어야 할 것인데, 이극이 가서 쉽사리 성공해버렸으니 이젠 신생을 없애버릴 기회를 잃고 만 셈이었다.

여희는 배우俳優 시施를 불러들여 또 상의했다.

"이극은 신생의 당이다. 그런데 이극은 싸워서 공을 세웠고 위가 높아졌다. 우리가 장차 어떻게 당적해야 할지 걱정이구나."

배우 시가 계책을 아뢴다.

"순식荀息은 구슬 한 개와 말 한 필로 우·괵 두 나라를 멸망시켰습니다. 순식의 지혜와 공로는 이극보다 한 수 위입니다. 그러니 순식을 부인의 소생인 해제奚齊와 탁자卓子의 스승으로 모십시오. 그러면 순식은 이극을 당적하고도 남을 것입니다."

여희는 진헌공에게 청하여 마침내 순식을 해제와 탁자의 스승으로 삼았다.

어느 날 여희는 다시 배우 시를 불렀다.

"순식은 이제 우리 당이 되었다. 그러나 이극이 반드시 우리의 모든 계책을 방해할 것이다. 어떻게 하면 이극을 없애버리고 신생도 없애버릴 수 있을까?"

배우 시가 또 계책을 아뢴다.

"이극은 겉으로 보기엔 강한 것 같지만 속은 꼼꼼한 사람입니다. 우리가 이해利害로써 그를 움직이면 그는 반드시 양쪽을 두고 생각할 것입니다. 그때 우리는 그의 눈치를 보아 슬슬 구슬러 유인하기로 합시다. 이극은 술을 좋아합니다. 부인은 이 일을 위해서 좋은 염소 요리를 장만해주십시오. 내 그를 술이 취하도록 먹여놓고 언변으로써 그의 속맘을 더듬어보겠습니다. 그가 우리 편에 들어온다면 그건 부인의 복이고, 들어오지 않으면 나는 한갓 배우인 만큼 심심풀이 겸 장난조로 말한 듯이 끝을 돌려버리면 그만입니다. 무슨 죄 될 것이야 있겠습니까."

여희가 찬성한다.

"그것 참 좋은 계책이다."

어느 날 배우 시가 이극에게 말한다.

"대부께선 우·곽 두 나라 사이를 달리며 갖은 노고가 많으셨을 줄로 압니다. 이 시가 한잔 술을 올려 잠깐이나마 대부를 즐겁게 해드리고 싶습니다. 뜻이 어떠하신지요?"

이극은 그 뜻을 고맙게 생각하고 쾌히 승낙했다.

배우 시가 비복들로 하여금 여희가 보내준 요리를 이극의 집으로 운반하게 했다. 배우 시는 이극의 집에 가서 이극과 그의 아내 맹孟

에게 재배하고 술잔을 올렸다. 그는 이극 부부가 술을 마시는 곁에 공손히 앉아 간특한 웃음과 갖은 익살을 떨며 술맛을 돋워줬다.

이극이 얼근히 취했을 때, 배우 시는 대부의 영광을 축하한다면서 일어나 둥실둥실 춤을 한바탕 추었다. 배우 시가 춤을 마치고 이극의 아내 맹에게 말한다.

"제가 요즘 새로 지은 노래가 있습니다. 제게 음식을 좀 주시면 대부를 위해 그 노래를 부르겠습니다."

이극의 아내 맹이 염소 내장 요리와 큰 잔에 가득 부은 술잔을 배우 시에게 내주며 묻는다.

"그 새로 지은 노래 이름을 뭐라고 하느냐?"

"가예暇豫(한가롭다는 뜻)라고 합니다. 대부께서 이 뜻을 알아 임금을 섬기시면 길이 부귀를 누리실 것입니다."

배우 시는 잠시 목소리를 가다듬어 노래를 불렀다. 그 노래에 하였으되,

일신一身의 편안한 것만 생각하고 그들과 친하려 않으니
날짐승들의 지혜만도 못하구나.
모두 다 완목菀木에 모였는데
그대만 메마른 나무처럼 남았도다.
완목은 저렇듯 번영하고 무성함이여
그러나 메마른 나무는 도끼를 기다리는도다.
도끼가 사정없이 찍음이여
메마른 그대가 어찌 견딜쏘냐.
暇豫之吾吾兮
不如鳥鳥

178

衆皆集於菀兮

爾獨於枯

菀何榮且茂兮

枯招斧柯

斧柯行及兮

奈爾枯何

노래가 끝나자, 이극이 웃으며 배우 시에게 묻는다.

"완목이란 무슨 뜻이며 메마른 나무는 무엇을 의미하는가?"

"그것은 다 사람을 비유한 것입니다. 그 어머니가 주공主公의 정실 부인이 되고 그 아들이 장차 임금이 되면 그것은 뿌리가 깊고 가지가 무성하므로 모든 날짐승들이 의탁할 것입니다. 만일 그 어머니가 죽어 없고 그 아들마저 모든 비방을 받는다면 장차 불행이 올 것이니 뿌리는 흔들리고 잎은 죄 떨어져 모든 새들도 깃들이지 않을 것입니다. 이것이 바로 메마른 것입니다."

배우 시는 말을 마치자 돌아가야겠다면서 일어났다.

배우 시가 간 후 이극은 우울했다. 그는 술상을 치우게 하고 바로 서재에 들어갔다. 그러나 이극은 다시 뜰에 나가서 불안스레 거닐었다. 그날, 이극은 저녁밥도 먹지 않았다. 등불을 밝히고 자리에 누웠으나 이리저리 돌아눕기만 할 뿐 잠을 이루지 못했다. 이리도 생각하고 저리도 생각했다.

배우 시는 안팎으로 총애를 받고 있는 자다. 신분에 맞지 않을 만큼 배우 시는 궁성을 자기 집 문턱 넘듯 드나드는 자다. 그의 노래에 깊은 이유가 있을 것은 뻔하다. 배우 시는 막연히 암시했을 뿐 구체적인 말은 아니 하고 가버렸다. 이극은 날이 새면 당장 배우 시에게 가서 자세한 걸 들어봐야겠다고 생각했다. 그래도 도무지 잠이 오질 않았다.

자정이 되었다. 이극은 새벽까지 기다릴 수 없을 만큼 초조해졌다. 그는 벌떡 일어나 아랫사람을 불렀다.

"네 배우 시 집에 비밀히 가서 급한 일이 있으니 잠시 다녀가라고 전갈하고 데려오너라."

분부를 받은 사람은 배우 시 집에 가서 전갈했다. 배우 시는 그 전갈을 받고 소리 없이 웃었다. 부르는 까닭을 짐작했던 것이다. 배우 시는 급히 의관을 갖추고 심부름 온 사람의 뒤를 따라 이극의 집으로 갔다.

이극의 집에 간 배우 시는 바로 이극의 침소로 안내되었다. 이극이 배우 시를 침상 앞에 앉히고 묻는다.

"낮에 그대가 말한 완목과 마른 나무에 관한 설명은 대강 짐작하겠으나 혹 곡옥曲沃에 있는 세자의 일이 아니냐? 네 반드시 들은 바가 있을 것이니 숨기지 말고 자세히 말하여라."

"예, 오래 전부터 말씀드리려 했습니다. 다만 대부가 바로 신생의 스승뻘이신지라. 그래서 감히 바로 말씀을 올리지 못하고 있었습니다."

"만일 앞으로 내게 언짢은 일이 닥쳐올 것이라면 미리 알려주게. 그래야 화를 면하지 않겠나. 그래야만 자네가 진정 나를 생각해주는걸세. 우리 사이에 무슨 말인들 못할 것이 있으리오."

배우 시가 이극이 누워 있는 베개 가까이까지 머리를 숙이고서 속삭인다.

"주공께선 여희를 정실 부인으로 삼고 세자를 죽인 뒤 해제를 세우려 이미 계책을 짜고 있습니다."

"그럼 그렇게 못하도록 말릴 수 있을까?"

"여희가 주공의 맘을 사로잡고 있다는 것은 대부께서도 잘 아실 것입니다. 또 양오梁五와 동관오東關五도 주공의 신임을 받고 있습니다. 여희는 내궁에서 주장하고 양오·동관오가 외궁에서 주장하는데 누가 그들의 계책을 막을 수 있겠습니까."

"주공 편이 되어 세자를 죽인다는 것은 나로서는 차마 못할 일이다. 뿐만 아니라 세자를 도와 주공께 반항한다는 것도 감당 못할 일이다. 그러니 어느 편에도 들지 말고 중립을 취하면 가히 화를 면할 수 있을지."

"대부께서 어느 쪽에도 가담하지 않고 중립을 취하면 별고 없을 것입니다."

배우 시가 물러간 뒤에도 이극은 잠을 이루지 못했다.

이튿날 아침, 이극은 대부大夫 비정보조鄭父의 집으로 갔다. 이극이 좌우 사람들을 내보내도록 청하고 비정보에게 말한다.

"큰일났소이다."

"왜 무슨 소문이라도 들으셨소?"

"지난밤에 배우 시가 우리 집에 와서 이런 말을 합디다. 곧 주공께서 세자를 죽이고 해제를 세자로 세울 생각이라는구려."

비정보가 묻는다.

"그래 대부께선 뭐라고 대답하셨소?"

"나는 중립을 지키겠다고 하였소이다."

"하아, 이거 큰일났구려. 대부의 대답은 타오르는 불 속에 가랑잎을 넣은 격이오. 내 대부를 위해서 계책을 한 가지 말씀해드리지요. 대부는 앞으로 여희 일파의 음모가 마땅치 않다는 태도를 취하십시오. 그들이 대부의 마땅해하지 않는 태도를 보면 속이 뜨끔해서 세자를 죽이려는 계책을 급히 서둘지는 못할 것이오. 그 기회를 잃지 말고 대부는 세자를 도우려는 동지를 많이 모아 당을 세우십시오. 그러면 세자의 지위가 튼튼해질 것입니다. 그때를 당하여 주공께 사리事理를 잘 말씀드리고 주공의 마음을 바로잡도록 해야 합니다. 아직도 일이 어떻게 될지 결정난 것은 아닙니다. 그런데 지금 대부가 중립을 취하면 세자는 더욱 외로워질 것이오. 그러고 보면 변란이 일어날 것은 바로 눈앞에 당한 일이 아니겠소."

이 말을 듣고 이극은 발을 구르며 안타까워했다.

"애석하구나! 내 좀더 일찍이 대부를 찾아보고 상의 못한 것이 후회되오."

이극은 비정보의 집을 나와 수레를 타고 돌아갔다. 그런데 수레를 타고 돌아가다가 실족한 듯이 일부러 길 밑으로 굴러떨어졌다.

이튿날, 그는 드디어 발을 다쳐서 꼼짝못한다 하고 드러누워버렸다. 그 뒤로 이극은 궁중 조회에 나가지 않았다.

사관이 시로써 이 일을 탄식한 것이 있다.

> 배우俳優가 염소 요리와 술을 바치고 춤을 추며
> 한 곡조 노래를 지어 불렀도다.
> 우습구나! 소위 대신大臣이란 것이 전혀 지각이 없어
> 도리어 중립을 취했기 때문에 사태를 악화시켰도다.
> 特羊具享優人舞
> 斷送儲君一曲歌
> 堪笑大臣無遠識

여희는 배우 시의 보고를 듣고 매우 기뻐했다. 그날 밤에 여희가 진헌공에게 말한다.

"세자가 곡옥에 가서 있은 지도 오래되었는데 어찌하사 불러들이지 않습니까. 첩이 외로이 떠나 있는 세자를 보고자 한다고 전해주십시오. 첩은 세자에게 덕을 베풀고 싶습니다."

진헌공은 여희의 말대로 세자 신생을 소환했다. 신생은 부름을 받고 즉시 곡옥을 떠나 강성絳城으로 돌아갔다. 그는 아버지인 진헌공께 재배하고 내궁으로 들어가서 여희에게 인사했다. 이에 여희는 잔치까지 베풀어 신생을 극진히 대접했다. 세자 신생을 대하는 여희의 태도는 매우 반가운 상이었다.

이튿날, 신생은 다시 내궁에 들어가서 전날의 잔치를 회사回謝했다. 여희는 이날도 신생을 내궁에 머물게 하고 점심까지 대접해서 보냈다.

그날 밤에 여희가 진헌공 앞에서 눈물을 흘리며 말한다.

"첩은 세자의 맘을 돌려세우고자 소환하게 했고 예의로써 극진히 대접했습니다. 그런데 뜻밖에도 세자는 더욱 무례합디다그려."

"어떻게 무례하단 말인가?"

"첩이 오늘 세자에게 점심 대접을 했습니다. 그런데 세자가 술을 청해서 마시고 얼근히 취하더니 첩을 희롱하지 않겠습니까. '아버지는 이제 형편없이 늙었소. 어머니는 나에게 딴생각이 없으신지요' 하더이다. 첩은 몹시 분하여 세자의 수작을 거절했습니다. 그랬더니 또 세자가 말하기를 '지난날 우리 할아버지는 늙자 자기 아내 강씨를 우리 아버지에게 내주었습니다. 그 강씨가 바로 나의 할머니뻘인 동시에 친어머님이지요. 이제 나의 아버지도 늙었으니 반드시 물려줄 것이 있을 것인즉, 그것을 받아 맡을 사람은 내가 아니면 또 누구겠소?' 하고 가까이 덤벼들며 첩의 손을 잡으려 했습니다. 첩은 이를 뿌리치고 겨우 욕을 면했습니다. 만일 상감께서 첩을 믿을 수 없으시다면 첩이 시험삼아 세자와 함께 궁원에서 놀겠으니 그때 상감은 대臺 위에 숨어서 보십시오. 반드시 첩의 말을 믿게 될 것입니다."

"음, 그래! 그럼 내일 어디 보기로 하자."

진헌공은 신음하듯 대답했다.

날이 밝자, 여희는 신생을 불러들이고 함께 궁원을 거닐었다. 이미 여희는 기름 대신 머리에다 꿀을 발라 곱게 단장하고 있었다. 그러나 누가 그걸 알았으리오. 꿀 냄새를 맡고 벌과 나비들이 여희의 머리에 분분히 모여들었다. 여희가 천연스레 신생에게 말한다.

"세자는 나를 위해 이 벌과 나비들을 쫓아버릴 수 없겠소?"

신생은 멋도 모르고 여희의 뒤를 따라가며 소매로 열심히 여희의 머리에 모여드는 벌과 나비를 쫓았다.

이때 진헌공은 대 위에 숨어서 궁원의 신생과 여희를 노려보고 있었다. 신생의 소행은 분명히 해괴망측했다.

이날, 분기충천한 진헌공은 즉시 신생을 잡아들여 죽이려고 했다. 여희가 진헌공 앞에 무릎을 꿇고 고한다.

"첩이 세자를 불러오게 했는데 죽이신다면 이는 첩이 세자를 죽이는 것이 됩니다. 또한 궁중에서 아직 아무도 모르는 일이니 잠시 고정하소서."

드디어 진헌공은 신생에게 곡옥으로 돌아가라는 추상같은 분부

를 내렸다. 그리고 진헌공은 떠나간 신생의 뒤를 이어 밀사를 곡옥으로 보내며,

"네 곡옥에 가서 어떻든 신생의 죄목을 찾아 즉시 보고하여라."
하고 분부했다.

이런 일이 있은 지 수일 뒤, 진헌공은 택환翟桓 지방으로 사냥을 갔다.

임금이 없는 동안에 궁중에서 여희와 배우 시는 비밀히 상의하고 다시 심복 부하를 불러 지시했다.

"너는 곡옥에 가서 세자에게 다음과 같이 전갈하여라. 곧 '주공의 꿈에 세자의 친어머님인 제강齊姜이 나타나서 말하기를, 내가 배고파 견딜 수 없으니 제사라도 지내주오 하고 현몽現夢했은즉, 세자는 속히 제사를 지내도록 하라는 분부를 받들고 왔소이다'
하고 전하여라."

그 당시 신생의 생모生母 제강의 사당은 따로 곡옥 땅에 있었다. 사자使者의 전갈을 받고 곡옥의 신생은 제물을 갖추고 곧 제강에게 제사를 지냈다. 그리고 전례에 따라 사람을 시켜 제사지낸 고기[胙]를 아버지인 진헌공에게 보냈다.

이때 지방으로 사냥 간 진헌공은 아직 돌아오질 않았다. 신생이 보낸 고기포는 궁중에서 엿새를 묵었다. 그제야 진헌공이 궁으로 돌아왔다.

그동안 여희는 무엇을 했던가.

그녀는 짐鴆이라는 독한 날짐승을 넣어 독주毒酒를 만들고 곡옥에서 보내온 고기포에다 독약毒藥을 발라두었다.

여희는 그걸 진헌공에게 바치며 말한다.

"첩의 꿈에 제강이 나타나 배가 고파 견딜 수 없다기에 상감께

서 사냥 가신 사이에 그 몽사夢事를 세자에게 전하고 제사를 지내도록 했습니다. 이 고기포가 제사지내고 보내온 것인데, 상감이 돌아오시길 기다린 지 오래되었습니다."

진헌공이 술잔을 들어 마시려는데 여희가 무릎을 꿇고 말한다.

"밖에서 온 술과 음식은 시식해야 하는 법입니다."

"음, 당연하오!"

하고 진헌공은 들었던 술잔을 땅바닥에 부었다. 그런데 땅바닥이 대뜸 부풀어올랐다. 깜짝 놀란 진헌공은 즉시 개를 불러 고기를 던져주었다. 개는 고기를 먹자, 그 당장에 쓰러져 죽었다. 여희가 믿을 수 없다는 표정을 지으면서 어린 시녀를 불러 분부한다.

"너, 그 술과 고기를 먹어라."

어린 시녀는 바들바들 떨면서 먹으려 하지 않았다. 여희는 어린 시녀의 머리채를 잡아 뒤로 젖히고 입 안에다 술을 부었다. 약간의 술이 시녀의 목에 넘어갔을 뿐이다. 그런데 시녀는 아홉 구멍으로부터 시뻘건 피를 흘리며 죽어자빠졌다. 여희가 크게 놀란 체하며 당堂 아래로 뛰어내려가서 외친다.

"하늘도 무심하구나! 하늘도 무심하구나! 이 나라는 벌써 세자의 손에 넘어갔는가? 임금은 늙어 언제 세상을 떠나실지 모르는데, 그동안을 기다리지 못하고 기어코 아버지를 죽이려 드는구나!"

말을 마치자, 여희의 두 눈에서 눈물이 줄줄 흘러내렸다. 여희가 다시 진헌공 앞에 가서 무릎을 꿇고 흐느껴 운다.

"세자가 이런 짓을 하는 것은 다 우리 모자 때문입니다. 바라건대 상감께선 이 술과 고기를 첩에게 하사하소서. 첩은 오히려 상감 대신 죽어서 세자의 뜻을 기쁘게 하겠소이다."

여희는 즉시 술을 마시려고 덤벼들었다. 진헌공은 기겁을 하고 술을 뺏어 쏟아버렸다. 진헌공은 씨근거릴 뿐 울화가 치밀어서 말도 못했다.

여희가 땅바닥에 쓰러져서 대성통곡하며 갖은 넋두리를 늘어놓는다.

"세자는 참으로 잔인하구나! 그 아버지를 죽이려 드니 하물며 다른 사람이야 말할 것 있으리오. 지난날 상감께서 세자를 폐하려 하셨을 때도 첩이 말렸고, 후원에서 나를 희롱했을 때도 상감께서 죽이려는 것을 내가 전력을 다해서 살려줬거늘, 이젠 나까지 없애려 드네!"

진헌공은 한참 뒤에야 여희를 부축해 일으키고 겨우 말한다.

"울지 말고 일어나오. 내 마땅히 이 사실을 모든 신하에게 말하고 이 적자賊子를 죽이리라."

진헌공은 조당朝堂에 나가서 모든 대부들을 불러오게 했다. 대부 호돌狐突은 오래 전부터 문을 닫고 일체 외출을 하지 않았다. 대부 이극은 수레에서 떨어진 뒤 아직도 다친 발이 낫질 않아서 움직일 수 없다 하고 핑계했다. 대부 비정보는 집에 있었건만 외출하고 아직 안 돌아온 걸로 하고 시종을 따돌렸다. 이 세 사람을 제외한 다른 대부들은 주공의 부름을 받고 다 궁으로 갔다.

진헌공은 모든 대부에게 신생이 역모했다고 설명했다.

그러나 모든 신하는 진헌공이 전부터 세자를 없애버리려는 뜻을 품고 있었다는 걸 알고 있었다. 그래서 신하들은 서로 얼굴만 쳐다볼 뿐 감히 입을 열지 못했다.

이때, 간특한 동관오가 기회를 놓치지 않고 앞으로 나아갔다.

"세자는 참으로 무도하기 비할 바 없습니다. 청컨대 신이 주공을 위해서 그를 처치하겠습니다."

마침내 진헌공은 동관오로 대장을 삼고 양오로 부장을 삼고 병거 200승을 주어 곡옥을 치게 했다. 그리고 진헌공은 두 장수에게 다음과 같은 주의까지 주었다.

"세자는 장병將兵을 잘 부릴 줄 아니 두 장수는 각별히 조심하여라."

이때, 호돌은 비록 두문불출하고 있었지만 이미 심복 부하를 보내어 조당에서 하는 일을 다 알아오게 했다. 그는 동관오와 양오가 장수가 되었다는 보고를 듣고 이들이 필시 곡옥을 치러 가는 것이로구나 하고 직감했다. 이에 호돌은 비밀리에 심복 부하를 급히 곡옥으로 보내어 세자 신생에게 이 사실을 알렸다.

호돌의 밀사로부터 이 놀라운 소식을 듣고, 신생은 그의 태부太傅인 두원관杜原款에게 말했다. 두원관이 크게 한숨을 몰아쉰다.

"제사지내고 보낸 그 고기포가 엿새 동안이나 궁중에 그대로 있었다 하니 그동안에 독을 넣었을 것이 분명합니다. 세자는 곧 상감께 사실대로 아뢰고 억울한 누명을 벗도록 하십시오. 여러 신하들 중에서 어찌 세자를 돕는 자가 없겠습니까. 가만히 앉아서 죽음을 기다릴 순 없습니다."

신생이 슬픈 목소리로 대답한다.

"내가 억울한 걸 발명發明하려다가 이 사실을 밝히지 못하면 죄만 더 짓게 되오. 다행히 내 입장을 발명한다 할지라도 아버지는 여희를 벌하지 않을 것이며 그저 마음만 상하실 것이니 그럴 바에야 차라리 내가 죽는 것만 같지 못하오."

두원관이 충고한다.

"그렇다면 다른 나라에 가서 잠시 피해 있다가 다음날을 기다려 대사를 도모하십시오."

신생이 머리를 흔들며 대답한다.

"임금이 죄 없음을 알아주지 않고, 나를 치러 사람을 보내는데, 내가 누명을 쓰고 다른 나라로 달아난다면 세상 사람들은 나를 참으로 불효한 놈이라고 할 것이오. 설령 내가 다른 나라에 가서 모든 잘못은 아버지에게 있다고 발명한대도 결국은 임금을 미워하는 것이 되오. 임금인 아버지의 잘못을 세상에 퍼뜨리면 모든 나라 제후가 다 우리 진나라를 비웃을 것이오. 안으로 부모를 괴롭히고 밖으론 모든 나라 제후의 웃음거리가 된다는 건 참으로 견딜 수 없는 일이오. 더구나 죄를 벗기 위해서 임금을 버린다는 것은 진정 죄를 짓는 결과가 아니겠소. 내 듣건대 어진 사람은 임금을 미워하지 않으며, 지혜 있는 자는 안팎으로 곤란을 받지 않으며, 용기 있는 자는 죽음에서 달아나지 않는다고 합디다."

이에 신생은 붓을 들어 호돌에게 보내는 서신을 썼다.

신생은 죄가 많아 이제 죽나이다. 임금께선 늙으신지라, 앞으로 국가에 어려운 고비가 많을 줄 아니 대부는 힘써 나라를 도우시라. 신생은 비록 죽지만 대부의 도움을 많이 받았소이다.

신생은 편지를 다 쓰고 아버지인 임금이 계시는 북쪽을 향해 재배한 뒤 목을 매고 자살했다.

신생이 죽은 이튿날 동관오가 군사를 거느리고 곡옥 땅에 당도했다. 동관오는 이미 죽은 신생의 시체를 보자, 두원관을 잡아서 돌아갔다.

동관오는 돌아가는 길로 진헌공에게 아뢰었다.

"세자는 자기의 죄가 죽음에서 벗어나지 못할 걸 알고 이미 자결했습니다."

진헌공은 두원관에게 세자의 죄를 모든 사람 앞에서 증명하라고 했다. 두원관이 눈을 부릅뜨고 큰소리로 외친다.

"하늘이여! 하늘도 원망스럽구나! 이 두원관이 죽지 않고 붙들려온 것은 바로 억울하게 죽은 세자의 심정을 밝히기 위해서다. 제사지내고 보낸 고기포가 궁중에 온 지 엿새나 지났다 하니 그동안에 무슨 독약을 발랐는지 알게 뭐냐!"

이때 병풍 뒤에 숨어서 엿듣고 있던 여희가 날카로운 소리를 지른다.

"저놈이 증거 없는 말을 함부로 지껄이는데 왜 속히 죽이지 않나이까!"

진헌공이 분을 참지 못하고 분부한다.

"저놈을 단번에 쳐죽여라."

좌우에 시립한 역사力士가 달려들어 동추銅鎚로 두원관의 머리를 내리쳤다. 두원관은 두골이 깨어지고 면모조차 못 알아볼 정도가 되어 죽었다. 모든 신하는 이 참혹한 광경을 보고 울음을 삼켰다.

이날, 동관오와 양오가 배우 시에게 속삭였다.

"공자 중이重耳와 공자 이오夷吾는 세자의 일당들이다. 세자는 이미 죽었으나 두 공자가 아직 살아남았으니 걱정이오."

배우 시는 곧 이 말을 여희에게 알렸다. 그날 밤에 여희가 진헌공에게 울며 호소한다.

"첩이 들으니 중이와 이오도 신생과 함께 이번 일을 모의했다고 하더이다. 중이·이오 두 공자는 첩이 신생을 죽인 걸로 생각하고 있습니다. 그래서 그들은 밤낮없이 군사를 조련하여 장차 이곳으로 처들어와서는 첩을 죽이고 대사를 도모하려고 서둔답니다. 상감께선 자세히 살피소서."

진헌공은 여희의 말을 그다지 믿지 않았다.

그런데 이튿날 아침, 근시近侍하는 신하가 들어와서 아뢴다.

"포蒲 땅에 있는 공자 중이와 굴屈 땅에 있는 공자 이오가 주공께 문안드리려고 이미 관關에까지 왔으나 세자가 죽었다는 변을 듣고 즉시 수레를 돌려 돌아갔다고 합니다."

이 말을 듣자, 진헌공은 눈을 크게 부릅떴다.

"음! 그래. 나를 보러 왔다가 하직 인사도 아니 하고 돌아갔다면 그놈들도 신생과 공모한 것이 분명하구나! 시인寺人 발제勃鞮는 군사를 거느리고 포 땅에 가서 공자 중이를 사로잡아 오고, 가화賈華는 군사를 거느리고 굴 땅에 가서 공자 이오를 잡아오너라!"

진헌공의 명령은 추상같았다.

이때 대부 호돌이 심복 부하로부터 궁중의 이 소식을 듣고 즉시 차자次子 호언狐偃을 불러 앞에 앉히고 분부한다.

"공자 중이는 준마 같은 체구와 눈에 눈동자를 두 개씩 가진 분으로서 그 외모도 비범하려니와 전부터 현명하셨다. 다음날 반드시 큰일을 성취할 어른이다. 더구나 세자가 세상을 떠나셨으니 그 다음 동생 되는 분이 군위에 올라야 한다. 네 급히 포 땅에 가서 공자 중이를 도와 타국으로 달아나거라. 그리고 너의 형 모毛와 함께 지성껏 그 어른을 섬겨 다음날에 대사를 성취하여라."

부친의 분부를 받고 호모·호언 두 형제는 말을 타고 밤길을 달려 포성蒲城으로 향하였다.

포성의 중이는 호모 형제가 와서 하는 말을 듣고 크게 놀랐다.

세 사람은 즉시 앞일을 상의하고 바야흐로 포성을 떠나려는데, 발제의 군사가 성밖에 당도했다. 수문장은 성을 닫아걸고 항거하려 했다.

공자 중이가 조용히 분부한다.

"어찌 감히 임금의 명령에 항거할 수 있느냐. 성문을 열어줘라."

성문이 열리자, 발제의 군사는 들어와 중이의 집을 에워쌌다. 이때 중이는 호모 형제와 함께 후원 쪽으로 달아나고 있었다. 발제는 칼을 뽑아들고 그들의 뒤를 쫓았다. 호모 형제가 먼저 담 위로 뛰어올랐다. 그들이 공자 중이를 담 위로 끌어올리는 참이었다. 그때, 발제는 뒤쫓아가 담 위로 끌려올라가는 중이를 칼로 쳤다. 그러나 참으로 천운이었다. 칼에 맞아 떨어진 것은 중이의 긴 소맷자락이었다. 마침내 호모 형제는 공자 중이를 모시고 포성을 탈출하는 데 성공했다. 발제는 중이의 소맷자락만 가지고 돌아갔다. 한편 세 사람은 책翟나라를 향하여 달아났다.

어느 날 책翟나라 임금은 푸른 용〔蒼龍〕이 성 위를 기는 꿈을 꾸었다. 이튿날, 책나라 임금은 진나라 공자 중이가 두 신하를 거느리고 온 걸 보고 흔연히 영접했다.

조금 뒤였다. 어디서 오는 것인지 수레들이 잇달아 책나라 성밖으로 모여들었다. 몰려든 사람들이 각기 수레 위에서,

"속히 성문을 열어주오!"

하고 외쳤다. 중이는 자기를 잡으러 온 병사들인 줄로 의심하고 성 위의 책나라 군사들에게 활을 쏘라고 분부했다. 화살이 날아내리자 성 아래 사람들이 큰소리로 부르짖는다.

"우리는 추격병이 아니오. 바라건대 공자 중이를 모시고자 따

라온 사람들이오."

그제야 중이는 성 위에 올라가서 성밖을 굽어보았다. 맨 앞 수레에 탄 사람은 성姓은 조趙요 이름은 쇠衰며 자字는 자여子餘란 사람으로서, 바로 대부 조위趙威의 동생이며, 그동안 진晉나라 대부 벼슬에 있던 사람이었다. 중이는 반색을 하며,

"조쇠가 왔으니 내 장차 걱정이 없겠구나."

하고 성문을 열어 영접하게 했다. 나머지 사람들은 위주魏犨 · 호사고狐射姑 · 전힐顚頡 · 개자추介子推 · 선진先軫 등 다 진나라에서 이름을 날리던 명사들이었다. 그 이외의 사람들은 말채찍이나 잡고 심부름이라도 하면서 충성을 다하겠다고 따라온 사람들이었다. 이외에도 호숙壺叔 등 수십 명이 성안으로 들어왔다.

중이는 자기 뒤를 따라온 사람들이 너무나 많은 데 놀랐다.

"그대들은 진나라 궁중에서 벼슬 사는 몸이거늘 어찌 이곳까지 오셨소?"

조쇠 등이 일제히 대답한다.

"주상主上이 덕을 잃고 요염한 계집을 총애하사 세자를 죽였으니, 장차 진나라에 큰 혼란이 일어날 것입니다. 우리는 원래 공자가 선비들에게 관인寬仁하심을 알므로, 장차 공자를 모시고자 고국을 떠나왔습니다."

책나라 임금은 궁문을 열게 하고 진나라에서 온 망명 인사들을 접견했다. 망명 온 진나라 인사들은 책나라 임금으로부터 성대한 환영을 받았다.

이날, 중이가 울면서 그들에게 말한다.

"그대들이 능히 협력하여 나를 돕겠다 하니 앞으로 우리는 서로가 살과 뼈나 다름없소. 내 어찌 생사간에 그대들의 덕을 잊겠소."

위주가 팔을 걷어붙이며 말한다.

"공자께서 포성에 수년 계시는 동안 백성들은 다 어진 덕을 입었으므로 이젠 공자를 위해서라면 죽는 것도 두렵지 않습니다. 만일 오랑캐 나라와 책나라 군사의 원조를 빌리고 포성의 많은 백성들을 거느리고서 진나라 궁중으로 쳐들어간다면 궁중에서도 그간울분을 참지 못하던 자들이 반드시 내응할 것입니다. 이리하여 요망한 것들을 다 없애버리고 사직을 편안케 하고 백성들을 무마하십시오. 우리가 타국을 떠돌아다니면서 얻어먹는 나그네 신세보다는 제 말대로 하시는 것이 백배나 나을 것입니다."

중이가 조용히 대답한다.

"그대의 말은 비록 장하나, 아버지인 임금을 괴롭히고 놀라게하는 것은 더구나 망명 중인 자식으로서 할 바가 아니오."

위주는 한갓 기운 좋은 사나이에 불과했다. 그는 중이가 자기말을 듣지 않는 걸 보고는 급기야 이를 갈고 발을 구르면서 소리쳤다.

"공자는 여희의 무리를 마치 맹호나 사갈蛇蝎처럼 무서워하시나이까. 그러고야 언제 능히 큰일을 성취하시겠소."

호언이 참다못해 위주를 타이른다.

"공자는 여희를 두려워하시는 것이 아니오. 명목과 대의를 존중하심이오."

그제야 위주는 아무 말도 못했다.

옛사람이 시로써, 중이를 따라 망명한 당대 인물들을 읊은 것이있다.

포성 땅 공자 중이는 뜻밖에 변을 당하여

수레를 타고 서쪽으로 번개처럼 달아났도다.

괴나리봇짐에 칼을 짚고 그를 찾아온 자가 어찌 이리도 많으냐

그들은 모두가 다 산서山西의 영웅이었도다.

이러한 영웅들이 다 다투어 공자 중이를 따르니

그들은 구름을 삼키고 비를 토하는 듯한 조화造化를 각기 가슴에 지녔도다.

문신文臣은 하늘 기둥을 높이 떠받든 듯하고

씩씩한 무신武臣은 바다의 무지개를 탄 듯하도다.

그대는 알겠지

조성자趙成子가 겨울날에 자기 온기로 사람의 골수까지 따뜻하게 감싸준 일을.

또 그대여 모르는가.

사공계司空季가 육도삼략六韜三略 병법으로 부국강병시킨 것을.

두 호씨狐氏는 부친의 뜻을 받아 깊은 지혜로

주인을 위해 변을 막으며 만사를 원만히 꾸려갔도다.

위주는 범처럼 씩씩한 장사였고

가타賈佗는 천근 무게도 가벼이 드는 역사力士였도다.

전힐은 높은 뜻 가슴에 품고 거칠 것이 없는 사람이었으며

총명하구나! 선진은 생각에 막히는 것이 없었도다.

그 누가 개자추의 절개와 견줄 수 있으리오.

백번 단련한 굳은 금金이 곱게 갈린〔磨〕거와 같았도다.

서로 어깨를 견주는 인물들이 다 중이의 팔과 다리 같아서

그들은 두루 진秦나라 제나라 초나라를 떠돌아다녔도다.

어디를 가거나 머물거나 자거나 식사를 하거나 서로 행동을 함께했고

갖은 고생을 겪는 중에 임금과 신하가 정해졌도다.
자고로 훌륭한 인물은 모든 신령이 돕는 바니
풍운을 부르는 용과 범은 외롭지 않은 법이로다.
오동나무에 봉황이 모여들었으니
어찌 궁중에서 잡초와 함께 마를 수 있으리오.

蒲城公子遭讒變

輪蹄西指奔如電

擔囊仗劍何紛紛

英雄盡是山西雄

山西諸彦爭相從

吞雲吐雨星羅胸

文臣高等擎天柱

武將雄誇駕海虹

君不見

趙成子冬日之溫徹人髓

又不見

司空季六韜三略饒經濟

二狐肺腑兼尊親

出奇制變圓如輪

魏犨矯矯人中虎

賈佗强力輕千鈞

顚頡昂藏獨行意

直哉先軫胸無滯

子推介節誰與儔

百鍊堅金任磨礪

頡頏上下如掌股
周流遍歷秦齊楚
行居寢食無相離
患難之中定臣主
古來眞主百靈扶
風虎雲龍自不孤
梧桐種就鸞鳳集
何問朝中菀共枯

원래 중이는 어려서부터 선비에게 겸손하고 공손했다. 열일곱 살 때부터 호언을 부친처럼 섬겼고, 조쇠를 스승으로 섬겼고, 자라서는 호사고를 섬겼기 때문에, 궁중이나 민간이나 간에 유명한 선비라면 다 교제가 있었다. 그러므로 비록 망명은 했으나 그를 따르는 호걸들이 많았다.

한편 공자 이오는 어떻게 되었는가.

원래 대부 극예郤芮와 여이생呂飴甥은 서로 의리를 맺은 바 있었고 괵사虢射란 사람은 공자 이오와 외척간이기 때문에, 그들 세 사람만은 굴 땅으로 달려가서 이오를 도왔다. 공자 이오는 그 세 사람이 와서 전하는 급한 소식을 듣고 서로 상의했다.

이때, 성밖엔 진헌공이 보낸 가화의 군사가 당도했다. 이오는 우선 병사들로 하여금 굴성屈城을 굳게 지키게 했다. 가화도 꼭 이오를 잡아갈 생각은 없었다. 그래서 군사를 거느리고 굴성을 포위했을 뿐 공격하진 않았다. 그리고 가화는 화살에 서신을 꽂아 성안으로 쏘아보냈다. 그 서신의 내용은 다음과 같았다.

공자는 속히 몸을 피하소서. 부군父君께서 보낸 군사가 계속해서 이곳으로 몰려오고 있습니다. 어서 타국으로 몸을 피하소서.

화살에서 서신을 뽑아 읽고, 이오가 극예에게 말한다.

"중이가 지금 책나라에 가 있으니 우리도 그곳으로 가는 것이 어떻겠소?"

극예가 머리를 흔든다.

"지금 상감은 두 공자가 공모했다는 이유로 군사를 보내어 잡아오라는 것입니다. 그런데 두 공자가 각각 달아나 결국 한곳에 가서 모이면 여희는 또 갖은 수단을 다 부릴 것이며, 그렇게 되면 진병晉兵은 책나라를 칠 것입니다. 그러니 우리는 양梁나라로 갑시다. 양나라는 지리적으로도 가깝고, 강성한 진秦나라와 통혼한 사이입니다. 공자께선 앞으로 양나라와 진나라 힘을 빌려 본국에 돌아가서 대사를 성취하도록 하십시오."

이에 이오는 세 사람을 거느리고 양나라로 달아났다. 가화는 공자 이오를 추격하는 체하다가 돌아갔다. 가화는 돌아가서 진헌공에게 이오를 놓쳤다고 보고했다.

진헌공이 몹시 노한다.

"두 놈을 잡으러 가서 한 놈도 못 잡다니 그 따위 군사를 어디다 쓰겠느냐! 듣거라! 가화를 결박하고 참하여라."

곁에서 비정보가 아뢴다.

"주공께서 포·굴에다 성을 쌓은 것은 강한 군사를 보내어 수비하게 하신 것입니다. 그러므로 공자 이오를 못 잡아온 것은 가화의 죄만도 아닙니다."

양오가 또한 아뢴다.

"이오는 보잘것없는 인물이니 족히 걱정할 것 없습니다. 그러나 중이는 명성이 높고 많은 인물들이 그를 따라갔기 때문에, 지금 궁중이 비다시피 되었습니다. 더구나 책나라는 우리 나라와 대대로 원수간입니다. 책나라를 쳐서라도 중이를 없애버리지 않으면 반드시 후환이 있지 않을까 두렵습니다."

마침내 진헌공은 가화를 용서하고 발제를 불러들였다. 발제는 가화가 죽게 되었다는 소문을 들었기 때문에 겁을 먹고 궁중에 들어가서 다시 병사를 거느리고 이번엔 책나라를 치겠다고 자진해서 청했다. 진헌공은 즉시 허락했다.

그리하여 발제는 군사를 거느리고 책나라를 향해 쳐들어갔다. 책나라에서도 군사를 채상採桑(진晉나라와 접경인 지명)으로 보내어 쳐들어오는 진군晉軍과 대진케 했다.

두 나라는 국경에서 서로 대진한 지 두 달이 지났으나 승부가 나질 않았다.

한편 진나라에선 비정보가 진헌공에게 아뢴다.

"부자간은 인연을 끊을래야 끊을 수 없습니다. 두 공자의 죄상이 뚜렷이 드러나지 않았고, 이미 나라 밖으로 달아났는데 뒤쫓아가서까지 그들을 죽인다는 것은 너무나 심한 처사입니다. 더구나 책나라를 완전히 무찌르지도 못하면서 우리 군사의 힘만 허비한다면 반드시 이웃 나라들이 비웃을 것입니다."

이땐 진헌공도 제법 마음이 진정된 뒤인지라, 비정보의 뜻을 받아들여 발제를 본국으로 소환했다.

진헌공은 공자 중이와 이오의 당黨이 이렇듯 많으니 반드시 해제奚齊의 앞날에 이롭지 못하리라 생각하고, 마침내 명령을 내려 자기 일가 친척들을 다 추방했다. 공족公族들은 오히려 잘되었다는 듯이 다 진나라를 떠났다. 드디어 진헌공은 여희의 소생인 해제를 세자로 세웠다.

동관오와 양오와 순식을 제외하고는 모두가 다 세상을 탄식했다. 많은 신하들은 늙고 병들었다 핑계하고 벼슬을 내놓고 두문불출했다. 이때가 주양왕周襄王 원년이며, 진헌공 26년이었다.

이해 가을 9월에 진헌공은 제환공齊桓公이 주도하는 규구葵邱 땅 대회大會에 갔다가, 이미 회가 끝난 뒤라 다른 나라 제후와도 만나지 못하고 다시 진나라로 돌아가던 도중에 병이 나서 간신히 귀국했다.

여희가 병들어 누워 있는 진헌공 앞에 앉아 울며 말한다.

"상감은 전처의 자식 복이 없어 엄청난 꼴을 당하셨고 그래서 친척들까지 추방하고 첩의 아들을 세자로 세우셨습니다. 만일 상감께서 세상을 떠나시면 첩은 여자 몸이며 해제는 아직 어리니 만일 다른 공자들이 타국 힘을 빌려 쳐들어온다면 첩은 누굴 믿고 살아가야겠습니까."

진헌공이 힘없는 목소리로 대답한다.

"부인은 너무 근심 마오. 태부太傅 순식이 있으니 그는 충신이라. 원래 충신은 두 가지 마음을 품지 않소. 내 어린 세자를 그에게 부탁하겠소."

다시 진헌공은 순식을 탑전榻前으로 들게 했다.

"과인이 듣건대 선비의 근본은 충忠과 신信이라 하니 무엇을 충과 신이라고 하오?"

순식이 대답한다.

"전력을 다하여 주인을 섬기는 것을 충이라 하며, 죽을지언정 약속을 어기지 않는 것을 신이라고 합니다."

"과인은 어린 세자를 태부에게 부탁하오. 태부는 나의 뜻을 저버리지 마오."

순식이 울며 머리를 조아린다.

"어찌 목숨을 걸고 충성을 다하지 않으리이까."

진헌공도 추연히 눈물을 흘렸다. 이때, 여희의 흐느껴 우는 소리도 장막 뒤에서 들려왔다.

수일이 지난 뒤 진헌공은 세상을 떠났다. 여희는 해제의 손을 잡고 나아가 그 어린 아들을 순식의 앞으로 보냈다. 이때 해제의 나이 겨우 열한 살이었다. 순식은 주공의 유명대로 해제를 상주로 모셨다. 모든 백관百官은 자기 위치에 각기 자리를 잡고 통곡했다.

여희는 진헌공의 유명대로 순식에게 상경 벼슬을 내리고 양오·동관오에게 좌우左右 사마司馬의 벼슬을 가하는 동시, 그들로 하여금 군사를 거느리고 국내를 순행하게 하여 장차 변이 일어나지 않도록 대비시켰다. 그리고 모든 일은 일단 관백關白 순식의 결재를 받도록 했다.

그 다음해를 새 군주의 원년으로 삼고, 모든 나라 제후에게 부고訃告를 보냈다.

두 고주孤主를 죽이는 이극

순식荀息이 공자 해제奚齊를 상주喪主로 세우자, 문무백관은 다 궁 안으로 들어가서 곡했다. 그런데 호돌狐突만은 병 들었다 핑계하고 궁중에 가지 않았다.

이극里克이 비정보조鄭父에게 묻는다.

"해제가 군위에 오르면 망명 중인 두 공자는 장차 어찌 되오?"

"무릇 이 일은 순식의 생각 여하에 매여 있소. 그러니 우리 함께 가서 순식의 뜻을 알아봅시다."

이극과 비정보는 한 수레를 타고 순식의 부중府中으로 갔다. 순식은 그들 두 사람을 방으로 안내했다.

이극이 묻는다.

"주상은 세상을 떠나셨고 중이·이오 두 공자는 타국에 있고, 그대는 지금 이 나라 대신이 되었소. 이제 장자인 중이를 모셔다가 군위에 모시지 않고 첩의 소생을 세우면 어느 누가 복종하겠소. 또 두 공자의 일당은 여희 모자 때문에 원한이 골수에 사무쳐 있소. 이제 주상께서 세상을 버렸으므로 그들은 반드시 계책을 세울 것이오. 마침내 진秦·책翟 두 나라가 밖에서 두 공자를 후원하고 백성들이 국내에서 응한다면 그대는 장차 어찌하려오?"

순식이 대답한다.

"나는 선군先君의 부탁을 받고 해제의 스승이 되었던 것이오. 그외의 것은 모르오. 만일 다른 사람들이 끝까지 나를 반대한다면 나야 별수 없이 죽음으로써 선군께 보답할 요량이오."

비정보가 딱하다는 듯이 충고한다.

"그래서 죽으면 뭘 하오. 생각을 돌리도록 하시오."

"나는 이미 충과 신을 선군께 맹세했소. 비록 죽는 것이 아무런 이익도 없을지언정 어찌 맹세를 저버릴 수 있겠소."

두 사람은 거듭거듭 권했으나 순식의 결심은 철석같았다. 하는 수 없이 두 사람은 순식의 부중을 나왔다. 돌아가는 길에 이극이 비정보에게 말한다.

"나와 순식은 오랫동안 잘 아는 터이므로 이해로써 거듭 충고했건만 그렇듯 고집을 부리니 이 일을 어쩌면 좋겠소?"

"그는 해제를 섬기고 우리는 중이를 섬기니 피차 결심이 각각 다를 뿐이오. 일이 이쯤 된 바에야 세상에 해서 못할 일이 어디 있겠소."

그러면서 비정보와 이극은 뭔가 비밀히 서로 속삭이었다.

그날 밤, 두 사람은 심복 부하인 역사力士 한 사람을 불러들여 은밀하게 지시를 내렸다.

이튿날, 그 역사는 변장하고 시위侍衛 졸개들 속에 끼여 궁중으로 들어갔다. 시위 졸개로 가장한 역사는 댓돌 아래서 잔심부름을 하며 바로 빈청殯廳 위에 있는 어린 해제를 노렸다.

어린 해제가 곡을 하려고 짚방석을 짚고 엎드렸을 때였다. 역사는 순간 나는 듯이 빈청으로 뛰어올라가며 품에서 비수를 뽑아들었다. 실로 눈 깜짝할 사이였다. 어린 해제는 곡소리 대신 비명을 질렀다. 역사는 해제의 등을 찌른 칼을 뽑아들고 다시 뒷덜미를 찍었다. 해제는 몸을 기우뚱거리며 짚방석 위에 피투성이가 되어 고꾸라졌다.

이를 본 배우 시가 칼을 뽑아들고 역사에게 대들었다. 그러나 한갓 배우가 어찌 역사를 당적할 수 있으리오. 배우 시는 칼 한번 제대로 쓰지 못하고 역사의 칼에 죽어자빠졌다. 상막喪幕 안에 일대 혼란이 일어났다.

이때 순식은 이미 곡을 마치고 궁을 나가려다가 변이 일어났다는 보고를 받고, 깜짝 놀라 황망히 빈청으로 뛰어들어갔다. 그리고 해제의 시체를 쓰다듬으면서 대성통곡한다.

"내 선군의 부탁을 받고 능히 세자를 보호하지 못했으니 이는 다 나의 죄로다."

순식은 일어나 죽기를 결심하고 기둥에다 자기 머리를 짓찧었다. 이를 본 여희가 급히 사람을 시켜 순식을 말렸다. 머리에 피를 흘리며 사람들에게 부축받고 오는 순식에게 여희가 말한다.

"임금의 널[棺]이 아직 궁중에 계시는데 대부는 어찌 자기만 아시오. 해제는 비록 죽었지만 아직 탁자卓子가 있으니 대부는 그를 돕도록 하오."

이날 순식은 상막喪幕을 잘 호위하지 못했다 해서 졸개 수십 명을 죽이고, 즉시 백관과 함께 회의를 열어 탁자를 군위에 올려모셨다. 이때 탁자의 나이 겨우 아홉 살이었다.

해제를 죽이게 한 이극과 비정보는 시침 떼고 집으로 돌아갔기 때문에 회의에 참석하지 않았다.

회의가 열리자, 양오梁五가 주장한다.

"이번에 세자가 죽은 것은 이극과 비정보 두 사람의 간계 때문입니다. 우리는 먼저 세자의 원수부터 갚아야 하오. 그들만 이 장소에 나타나지 않았다는 것을 봐도 그들의 죄상은 명백하오. 청컨대 병사를 거느리고 그 두 사람부터 칩시다."

순식이 대답한다.

"그 두 사람은 우리 진나라 노대신老大臣이며 그들의 당黨은 뿌리를 깊이 박고 있소. 그러니 우리가 섣불리 그들을 쳤다가 이기지 못하면 낭패요. 우리도 모르는 체 내색 말고 버려두어 그들을 안심시킨 뒤에 천천히 기회를 보아 일을 도모합시다. 우선 상례喪禮부터 마치고 개원改元하고 새 임금의 군위부터 바로잡고 그리고 밖으로 이웃 나라들과 우호를 맺고 안으로 그들의 당을 분산시킨 연후에 일을 시작해야 하오."

양오는 회의를 마치고 돌아가는 길에 동관오東關五에게 말했다.

"순식은 충성은 대단하지만 꾀가 없는 사람이오. 먼저 할 일과 뒤에 할 일을 분별하지 못하니 앞으로 무슨 일이든 믿을 수가 있어야지요. 이극과 비정보는 서로 동지간이지만 특히 이극과 세자는 전부터 서로 사이가 좋지 못했던 것도 사실이오. 그러니 이극만 없애버리면 비정보 따위야 저절로 시들어버릴 것이오."

동관오가 묻는다.

"어떡하면 이극을 없애버릴 수 있을까요?"

"장사지낼 날이 멀지않은데, 그날 무장병을 동문 밖에 매복시켰다가 이극이 상여를 전송하러 나오거든 불시에 덤벼들어 처치해버리면 한 사람의 힘으로도 넉넉하오."

"음, 그렇다면 내게 좋은 수가 있소. 내가 데리고 있는 자로 도안이屠岸夷란 자가 있소. 그자는 3,000근 무게가 나가는 것도 너끈히 등에 지고 발이 땅에 닿지 않을 정도로 달음박질을 할 수 있는 장사요. 그자에게 좋은 벼슬 한자리를 주기로 약속하면 능히 부릴 수 있소."

집으로 돌아가자, 동관오는 도안이를 밀실로 데리고 들어가서 앞으로 할 일을 일러주고 부탁했다. 그런데 도안이는 원래 대부 추단雛端과 잘 아는 처지였다. 도안이는 대부 추단의 집에 가서 동관오로부터 들은 것을 몽땅 고하고 이 일을 하는 것이 좋을지 그만두는 게 좋을지를 상의했다.

추단이 주저치 않고 대답한다.

"세자 신생이 억울하게 죽었을 때 백성들은 다 속으로 통곡했네. 이건 백성들이 다 여희와 해제 모자를 미워한 때문일세. 이번에 이극·비정보 두 대부가 여희 일당을 무찌르고 공자 중이를 임금으로 모시려고 해제를 죽인 것이니 이는 당당한 의거義擧란 걸 우선 알아두게. 자네가 만일 간악한 것들을 돕고 충성 있는 분을 죽인다면 이는 바로 불의不義라. 우리들이 자네를 용납하지 않을 것은 물론이거니와 후세 만대에 이르도록 사람들은 자네를 욕할 걸세. 그러니 이 일만은 결코 하지 말게."

"저는 소인이라 뭣을 알겠습니까. 그럼 오늘이라도 즉시 못하겠다고 거절하겠습니다."

"자네가 거절하면 공연한 의심만 받을 뿐 아니라, 그들은 다른 사람을 시켜서라도 일을 저지르고야 말 것이니, 자네는 도리어 하겠노라 하고 그들을 속이게. 그렇게 승낙해놓고 그대가 도리어 그 역적놈들을 처치해준다면 우리는 그대의 공로를 잊지 않음세. 자네는 앞으로 부귀를 누리고 천추에 이름을 떨치고 싶은가, 아니면 불의를 위해 몸을 망치겠는가. 어느 쪽을 원하는가?"

"대부께서 가르치시는 대로 하겠습니다."

"설마 자네 내게 약속은 해놓고 나중에 변절하진 않겠지?"

"대부께서 저를 의심하신다면 이 당장에서 맹세하겠습니다."

도안이는 칼을 뽑아 닭의 목을 쳐서 그 피를 입술에 바르고 맹세한 다음 돌아갔다.

추단은 곧 비정보 집에 가서 이 일을 알려주고 비정보는 다시 이극에게 이 사실을 전했다. 그들은 각기 집안 수하들을 무장시키고 선군 장사葬事하는 날만 기다렸다.

장례날이 되었다. 이날 이극은 병이라 핑계하고 장례에 나가지 않았다. 도안이가 동관오에게 말한다.

"모든 대부가 다 장례에 참석했건만 이극만이 나타나지 않으니 이는 하늘이 그의 목숨을 재촉하는 것입니다. 청컨대 무장 병사 300명만 제게 주십시오. 그 집에 쫓아가서 이극을 잡아죽이겠습니다."

동관오는 크게 기뻐하며 즉시 병사 300명을 내주었다. 도안이는 병사들을 거느리고 이극의 집 주위를 에워싸기만 했다.

이극은 도안이가 자기 집을 에워싸기 전에 일부러 사람을 장례 터로 보내어 자기가 위기에 놓여 있음을 순식에게 알렸다. 순식은 이 소식을 듣고 놀랐다.

"이극의 집이 포위당했다니 웬일이오?"

동관오가 의젓이 대답한다.

"이극이 기회를 얻어 난을 일으키려 하기에 집안 사람을 시켜 병사를 거느리고 가서 그 집을 에워싸게 했지요. 성공하면 이는 당신의 공로며 만일 실패한댔자 대부에겐 별 책임이 없을 것이니 안심하십시오."

순식은 이 말을 듣고 초조했다. 그는 바삐 서둘러 장례를 마치고 곧 동관오와 양오에게 병사를 거느리고 가서 이극을 치는 데 일조하도록 했다. 그리고 그는 궁으로 돌아가 탁자를 받들어모시고 조당朝堂에 앉아 좋은 소식이 오기만을 기다렸다.

한편 동관오가 병사를 거느리고 동시東市에 이르렀을 때였다. 저편에서 도안이가 급히 오면서 말한다.

"아뢸 것이 있어 왔습니다."

"어서 이리 오게. 그래 어떻게 되었나?"

도안이는 가까이 다가오더니 철퇴 같은 주먹을 번쩍 들어 번개같이 동관오의 목을 쳤다.

"카악!"

한 주먹에 동관오는 목이 부러져서 죽었다. 이 광경을 보고 병사들은 어쩔 줄을 몰랐다.

도안이가 피 묻은 주먹을 쳐들고 병사들에게 외친다.

"공자 중이께서 진秦나라와 책나라 병사를 거느리고 지금 성밖에 와 계신다. 나는 이극 대부의 명령을 받고 세자 신생의 원한을 갚기 위해서 간악한 무리부터 죽이고 중이를 군위에 모시려는 것이다. 너희들은 내 말을 자세히 들어라. 나를 따르려는 자는 오고 따르기를 원하지 않는 자는 각기 돌아가도 좋다."

병사들은 중이가 임금 자리에 오른다는 말을 듣고, 모두 기뻐서 날뛰었다. 양오는 도중에서 동관오가 맞아죽었다는 소식을 듣고 급히 방향을 바꾸어 조당으로 달렸다. 양오는 순식과 함께 탁자를 모시고 타국으로 달아날 생각이었다. 그러나 양오는 조당에 이르기 전에 도중에서 도안이의 추격을 당했다. 양오가 달아나며 일변 돌아보니 추격해오는 사람은 도안이만이 아니었다. 어느새 이극·비정보·추단이 각기 부하를 거느리고 뒤쫓아오지 않는가. 양오는 벗어날 길이 없었다. 양오는 칼을 뽑았다. 그러나 자기 목을 찌르지 못하고 주저했다. 순간 뒤쫓아온 도안이가 한칼에 양오의 목을 쳐서 거꾸러뜨렸다.

이때, 좌행대부左行大夫* 공화共華도 부하를 거느리고 도안이를 도우려고 달려왔다. 이에 그들은 다시 대열을 지어 이번엔 일제히 궁문으로 쳐들어갔다.

이에 궁중의 순식은 칼을 짚고 비장한 각오를 하고 앞장서서 걸어나왔다. 그러나 궁중 좌우 사람들은 이극 등이 쳐들어오는 걸 보자 대경실색하여 각기 달아났다. 그래도 순식의 표정만은 변하지 않았다. 순식은 왼팔로 어린 탁자를 안고 끔찍한 꼴을 보이지 않으려고 오른팔 소매로 탁자의 얼굴을 가렸다. 탁자는 무서워서 발버둥치며 울었다. 순식이 쳐들어오는 이극 앞으로 가까이 가서 말한다.

"이 어린 생명에게 무슨 죄가 있겠느냐. 차라리 나를 죽여라. 다만 바라는 것은 선군의 일점 혈육을 살려달라는 것이다."

이극이 날카롭게 반문한다.

"세자 신생은 지금 어디 계시는가? 신생은 선군의 맏아드님이시다."

도안이가 앞으로 나가며 외친다.

"여러 말 할 것 없다."

도안이는 순식의 품에 안겨 있는 탁자를 빼앗아 머리 위로 번쩍 쳐들어 전각 밑으로 내던졌다. 악! 소리인지 탁 하고 부서지는 소린지 야릇한 음향이 일어났을 뿐이었다. 탁자는 머리가 깨어져 댓돌 아래서 죽었다.

순식은 몹시 노하여 칼을 뽑아 이극에게 덤벼들었다. 그러나 도안이의 칼에 순식은 곧 두 동강이 나서 죽었다.

한편, 여희는 가군賈君(진헌공의 셋째부인)이 거처하는 궁으로 달아났다. 그러나 가군은 문을 굳게 닫고 그녀를 들여주지 않았다. 여희는 다시 후원으로 달아나다가 다리 위에 당도하자 눈물을 주르르 흘리면서 연못 속으로 몸을 던졌다. 이극은 여희의 시체를 끌어올려 다시 여러 토막으로 참했다.

여희의 친정 동생 소희少姬는 비록 탁자의 생모이지만 선군의 사랑도 받지 못했고 아무런 권리도 잡은 일이 없었다. 그래서 이극 등은 소희를 죽이진 않고 별실에 감금했다. 그리고 양오, 동관오, 배우 시 일족에겐 다 죽음을 내렸다.

염선髥仙이 시로써 여희를 탄식한 것이 있다.

신생을 모함해서 죽인 뜻이 무엇인가
결국 어린 아들에게 강산을 맡기고자 한 것이다.
하루아침에 그 어미와 자식이 죽음을 당했으니
우습구나, 그 당시의 어리석음이여!
譖殺申生意若何
要將稚子掌山河
一朝母子遭駢戮
笑殺當年暇豫歌

또 어지러운 시국에 서자庶子를 군위에 세우려다가 죽은 순식

210

을 비웃는 시가 있다.

어리석은 임금의 분부를 어쩌자고 받들어
오히려 죽음으로써 충성을 다하겠다고 맹세했는가.
지난날 괵·우 두 나라를 치던 때의 지혜는 어디다 버렸기에
임금과 신하가 다 쓸데없이 헛수고만 했느냐.
昏君亂命豈宜從
猶說硜硜效死忠
璧馬智謀何處去
君臣束手一場空

이극이 백관을 조당에 모아놓고 말한다.

"이제 서파庶派들은 다 죽었소. 공자들이 많으나 그중 중이가 가장 나이도 많고 어진 분이니 그분을 군위에 모시고자 하오. 나의 의견을 지지하는 대부들은 이 죽간竹簡에다 서명해주기 바라오."

비정보가 나서며 말한다.

"이 일은 우리가 결정할 게 아니오. 우리 나라 원로인 대부 호돌에게 여쭤보는 것이 좋을 줄로 아오."

이극은 즉시 사람을 시켜, 호돌을 모셔오도록 수레를 보냈다. 그러나 호돌은 수레를 가지고 온 사람을 창 밖으로 내다보면서 사양한다.

"나는 쓸모없는 늙은 사람이다. 그저 모든 대부가 하는 대로 좇겠다고 가서 전하여라."

사자가 돌아간 뒤, 호돌이 창문을 닫고 혼잣말로 중얼거린다.

"내 자식 둘이 다 공자 중이를 따라 망명했으니 만일 그들을 귀

국시키면 그들은 다 죽은 사람이다."

이에 이극은 공자 중이를 모셔오기로 하고 붓을 들어 죽간에다 맨 먼저 서명했다. 비정보 이하 공화共華 · 가화賈華 · 추단騅端 등 30여 명이 서명을 마쳤다.

일을 너무 급히 서둘러 뒤에 온 사람들 중엔 미처 서명을 못한 사람도 있었다.

이번 여희 일당을 소탕하는 데 공을 세워 상사上士 벼슬에 오른 도안이는 그 표문表文을 가지고 공자 중이가 망명 중인 책나라로 갔다.

중이는 도안이가 바치는 표문을 받아 죽 펴봤다.

그러나 호돌의 서명이 없었다.

"음! 이상하구나!"

하고 의심이 드는데, 곁에서 위주가 답답하다는 듯이 말한다.

"모시러 왔는데 고국에 돌아가시지 않는다면 언제까지 나그네 신세로 마치시렵니까?"

중이가 돌아보지도 않고 대답한다.

"너의 알 바 아니다. 나에겐 형제가 많거늘 하필 나라야만 될 것이 뭔가. 더구나 해제와 탁자가 죽음을 당한 지 얼마 되지 않았으니 반드시 그 일당으로 남아 있는 자도 많을 것이다. 본국으로 돌아가기는 쉬우나 다시 나와야 할 경우엔 어떻게 빠져나올 수 있으리오. 하늘이 만일 나를 도우신다면 내 어찌 나라 없는 걸 근심하랴."

호언狐偃이 공자의 마음을 알고 권한다.

"상중喪中에 일어난 변란을 기회로 삼고 본국에 돌아간다는 것은, 아름다운 일이라 할 수 없습니다. 그러니 공자는 가시지 마십시오."

공자 중이가 머리를 끄덕인 뒤 도안이를 불러들여 부드러운 말로 사양한다.

"나는 부친에게 죄를 짓고 사방으로 도망다니며 겨우 목숨을 부지하는 사람이다. 부친이 생존시엔 조석 문안과 수라상 앞에서 모시는 효성을 다하지 못했고, 돌아가신 뒤엔 곁에서 하늘을 부르며 통곡해야 할 예의마저 다하지 못한 몸이다. 이런 내가 어찌 변란이 일어난 기회를 엿보아 나라를 탐할 수 있는가. 너는 돌아가 모든 대부에게 다른 공자를 모시도록 하라고 전하여라. 나는 딴생각이 없다."

이에 도안이는 하는 수 없이 책나라를 떠나 진나라로 되돌아가서 이극에게 사실대로 보고했다.

이극은 다시 사신을 책나라로 보내자고 주장했다.

대부 양유미梁繇靡가 말한다.

"공자면 누구나 군위에 오를 수 있소. 그러지 말고 공자 이오를 모셔오도록 합시다."

이극이 대답한다.

"이오는 욕심이 많고 잔인한 사람이오. 욕심이 많으면 신의가 없고 잔인한즉 친할 수 없습니다. 그러니 중이를 모시는 것만 못하오."

양유미는 이극의 주장을 들으려 하지 않고 대답한다.

"중이는 오지 않겠다고 하니, 그래도 이오가 다른 공자보다 못할 거야 없지 않소?"

모든 대부도 이오를 모시는 것이 좋겠다고 서로 말했다. 이극은 하는 수 없었다. 이에 양유미는 도안이를 데리고 이오를 모셔오려고 양나라로 갔다.

한편, 양나라에 망명 중인 공자 이오는 그후 어떡하고 있었던 가. 공자 이오는 그간 양나라에 있으면서 양백梁伯의 딸과 결혼하 여 아들까지 하나 두었다. 그 아들의 이름을 어御라고 했다. 이오 는 양나라에서 편안히 세월을 보내며 본국에서 변란이 일어나기 만 바라고 있었다.

그는 기회를 보아 귀국할 요량이었다. 그러던 중 아버지인 진헌 공이 세상을 떠났다는 소문을 들었다. 이오는 즉시 여이생呂飴甥 에게 명하여 굴성屈城을 엄습했다. 여이생은 쉽사리 굴성을 점거 했다. 이때 진나라 순식은 한창 국정에 바빠 변방 일을 따질 겨를 이 없어 그냥 내버려두었다.

그 뒤, 이오는 다시 해제와 탁자가 피살되었다는 보고를 잇달아 들었다.

하루는 굴성을 점령하고 있는 여이생한테 서신이 왔다. 이오는 그 서신에서 비로소 본국 대부들이 중이를 데리러 갔다는 것을 알 았다. 이오는 즉시 괵사虢射·극예郤芮와 함께 어떻게 하면 나라 를 중이에게 뺏기지 않고 자기가 차지할 수 있을지를 상의했다. 날마다 상의를 거듭하던 참에 양유미 일행이 이오를 모시러 온다 는 소식이 들어왔다.

이 소식을 듣고 이오는 손을 이마에 대고 초조히 기다리며,

"하늘이 나라를 중이로부터 뺏어 내게 주심이로다!"

하고 일변 희색이 만면했다.

극예가 옆으로 다가서며 아뢴다.

"중이인들 어찌 나라를 탐내지 않을 리 있습니까. 그런데 그가 귀국하지 않고 거절했다는 것은 필시 의심할 만한 점이 있기 때문 입니다. 공자는 경솔히 저들을 믿지 마십시오. 대저 국내에 있는

자들이 국외에 있는 사람을 모셔다가 군위에 앉히려는 것은 그들이 다 큰 욕심을 갖고 있기 때문입니다. 지금 진晉나라에서 나랏일을 좌지우지하는 사람은 이극과 비정보 두 사람입니다. 공자께서는 앞으로 그 두 사람에게 뇌물을 담뿍 주어야겠지만 그래도 안심해선 안 됩니다. 대저 호랑이 굴에 들어가려면 반드시 날카로운 무기를 가져야 합니다. 공자도 본국에 돌아가시려면 반드시 어떤 강국의 도움을 받아야 할 것입니다. 우리 진나라와 가까운 나라 중에선 진秦나라가 가장 강합니다. 공자는 진나라로 사람을 보내어 원조를 청하십시오. 진나라가 원조를 허락하면 그땐 귀국하셔도 좋습니다."

이오는 극예의 말에 연방 머리를 끄떡이었다. 그 뒤, 양유미가 도안이를 데리고 당도했다. 이오는 이극에게 분양汾陽의 밭 100만 평과 비정보에게 부규負葵의 밭 70만 평을 각각 하사한다는 글을 써서 봉한 다음, 그 문서를 도안이에게 내주며 본국에 돌아가서 일단 알리라고 분부했다. 그리고 도안이를 데리고 온 양유미는 이오의 서신을 받아서 진秦나라에 가서, 진목공秦穆公에게 서신을 바치고 아뢰었다.

"우리 진晉나라에선 모든 대부들이 다 공자 이오를 임금으로 모실 생각입니다."

이에 진목공은 건숙蹇叔과 함께 이 일을 상의했다.

"지금 진晉나라는 과인의 힘을 빌려 질서를 잡으려는 모양이오. 뿐만 아니라 지난날 꿈에서 상제上帝께서 과인에게 징조를 보이신 일이 있소. 과인이 듣기엔 중이와 이오가 다 어진 공자라고 합디다. 과인이 그들 중에 한 사람을 골라서 도와줄 생각인데 누굴 도와주는 것이 좋겠소?"

"지금 중이는 책나라에 있고 이오는 양나라에 있으니 우리 나라에서 다 거리가 멀지 않습니다. 어이하사 주공께서는 사람을 보내어 그들을 조위弔慰하고, 두 공자의 인품에 관한 보고를 들으려 아니 하십니까?"

"옳은 말씀이오."

하고 진목공은 머리를 끄덕였다.

이에 공자 칩縶은 진秦나라 사자로서 책나라로 갔다. 공자 칩은 중이와 만나보고 진목공의 명으로써 조문弔問했다. 서로 예가 끝나자, 중이는 즉시 안으로 들어갔다.

공자 칩이 그곳 시자侍者에게 청한다.

"공자 중이께서 시기를 보아 본국으로 돌아가실 의향이 있으시다면 우리 주공이 원조하시겠다고 하셨소. 그러니 이 말씀을 좀 전해주오."

시자가 안으로 들어가서 공자 중이에게 진나라 사자의 말을 전하자, 공자 중이는 곧 조쇠趙衰와 함께 이 일을 상의했다. 조쇠가 대답한다.

"본국에서 모시러 왔을 땐 거절하고 지금에 와서 외국의 원조를 받아 돌아간다면 비록 고국에 돌아간댔자 수치스러운 일입니다."

공자 중이는 공자 칩이 있는 사랑채로 나갔다.

"귀국 군후께서 망명 중인 나 같은 사람을 조문하게 하시고 더구나 임금의 자리까지 마련해주시려 한다니 감사합니다. 그러나 나는 나라에서 쫓겨난 사람이라 지금 아무런 보물도 가지고 있지 않습니다. 그저 어진 사람과 친하는 것이 보배라고 생각하며 세월을 보내는 중입니다. 이제 부군父君이 별세하였으니 이 맘을 표현할 길이 없구려. 그러하거늘 내 어찌 딴 뜻을 두겠소."

말을 마치자 중이는 엎드려 통곡했다. 그는 겨우 울음을 멈추고 공손히 공자 칩에게 경의를 표하고서 말없이 안으로 들어가버렸다.

공자 칩은 중이의 맘이 반석 같음을 알았다. 그는 중이의 어진 맘을 찬탄하면서 책나라를 떠났다.

그 길로 공자 칩은 양나라에 가서 이번엔 이오를 조문했다.

서로 예법에 따라 인사가 끝나자 이오가 묻는다.

"대부께서 군명을 받들어 이처럼 나라 잃은 사람을 조문하시니 무슨 좋은 방도가 있으시면 지도해주십시오."

공자 칩은 이오에게 이런 좋은 기회에 본국으로 돌아가라고 권했다. 이오는 머리를 숙여 감사하다는 뜻을 표하고 곧 안으로 들어가서 극예와 상의했다.

"진秦나라에서 나를 본국으로 돌아갈 수 있도록 밀어주겠다는구려."

극예가 한동안 생각하다가 대답한다.

"진나라에서 왜 우리를 돕겠다는 걸까요? 앞으로 우리에게 무언가를 요구하려는 것입니다. 공자께선 본국 땅을 크게 떼어 그들에게 뇌물로 주는 것이 좋으리이다."

"크게 땅을 베어주면 우리 진晉나라의 손해가 아니겠소."

"이러다가 공자가 본국에 돌아가지 못하시면 결국 양나라에서 필부로 일생을 마칩니다. 그러면 진晉나라의 땅 한 조각도 차지 못하십니다. 지금 다른 사람이 본국을 다스리고 있는 참인데 공자는 무엇을 아끼십니까?"

이오가 다시 사랑채로 나가서 공자 칩의 손을 잡고 간청한다.

"본국에서 이극·비정보도 나에게 귀국하길 청했소. 그때도 그들에게 적지 않은 보답을 했습니다. 진실로 진후秦侯의 사랑에 힘입어 내가 본국에 돌아가 사직을 맡는다면, 하서河西 다섯 성城을 다 귀국에 바쳐 만분지일이나마 은혜를 갚겠습니다."

이오는 소매 속에서 다섯 성을 바치겠다는 문서를 내놓고 후덕한 표정을 지었다. 그러나 공자 칩이 슬며시 사양한다. 이오는 안타까웠다. 아니 초조했다.

"내게 황금 40일鎰과 백옥白玉 여섯 쌍이 있으니 받으십시오. 공자가 돌아가서 귀국 군후에게 말만 잘해주신다면 나는 공자의 은혜도 결코 잊지 않겠습니다."

지금까지 사양만 하던 공자 칩은 문서와 황금과 백옥을 말없이 받았다. 옛 사신史臣이 시로써 이 일을 읊은 것이 있다.

중이는 상주喪主가 된 것을 슬퍼하고
이오는 임금이 되고자 기뻐 날뛰네.
문상問喪 온 사람을 대하는 두 사람의 태도의 차이가
이미 두 사람의 성공과 실패를 밝혔도다.
重耳憂親爲喪親
夷吾利國喜津津
但看受弔相懸處
成敗分明定兩人

공자 칩은 진秦나라로 돌아가 중이와 이오를 만나보고 온 경과를 진목공에게 소상히 보고했다.

진목공이 말한다.

"중이가 이오보다 훨씬 어질구나. 내 반드시 중이를 진晉나라 군위에 앉히리라."

공자 칩이 묻는다.

"주공께서 진나라에 임금을 세우려는 것은 진나라를 위해서입니까, 아니면 천하에 이름을 들날리기 위해서입니까."

"진나라가 우리와 무슨 상관 있느냐. 천하에 과인의 이름을 들날리고 싶을 뿐이다."

"주공께서 진晉나라를 위해서라면 어진 임금을 앉히고 천하에 이름을 날리고자 하시면 어리석은 자를 택하십시오. 그래야만 그를 조종해서 주공의 이름을 들날릴 수 있습니다. 어진 자는 우리보다 뛰어날 염려가 있습니다. 오로지 어질지 못한 자라야 우리의 도움을 받습니다. 이 두 가지 중에서 어느 것을 취하시겠습니까?"

"그대의 말을 들으니 과인의 맘이 시원하다."

이에 진목공의 분부에 의해서 공손지公孫枝는 수레 300승을 거느리고 양나라에 갔다. 그는 다시 이오를 진晉나라로 데리고 가서 군위에 올려세웠다.

진목공의 부인 목희穆姬는 전에도 말한 것처럼 진晉나라 세자 신생의 여동생이다. 목희는 어렸을 때 진헌공의 차비次妃인 가군賈君의 궁에서 자랐다. 그녀는 가군의 양육을 받았으므로 덕성德性이 매우 높았다. 목희는 장수 공손지가 이오를 진나라 군위에 올리러 가는 편에 편지를 써서 보냈다. 이오가 목희의 친서를 받아보니 하였으되,

공자가 본국에 돌아가서 진晉나라 군위에 오르거든 우리 가군을 각별 후대하오. 지난날에 나를 사랑하고 길러주신 가군의 은혜를 잊을 수 없어 부탁하는 것이오. 그리고 듣자 하니 모든 공자가 타국에서 목숨을 보존한다는데 그들이 무슨 죄가 있소.

옛말에 잎이 무성해야만 뿌리가 번영한다고 했소. 모든 공자를 다 본국으로 불러들여 우애 좋게 지내시오. 그래야만 이 몸의 친정도 부강할 줄 아오.

이오는 목희의 비위를 맞추려고 명하신 대로 일일이 거행하겠다는 답장을 써서 보냈다.

한편, 제나라 제환공齊桓公은 진晉나라가 혼란에 빠져 있다는 소식을 듣고 모든 나라 제후를 모아 대책을 세우려고 친히 고량高梁 땅으로 갔다. 그곳에서 제환공은 진秦나라 군대가 이미 진晉나라를 위해 출동했다는 사실과 주혜왕周惠王이 대부 왕자 당黨과 군사를 역시 진晉나라로 보냈다는 소식을 들었다. 그래서 제환공은 공손습붕公孫隰朋을 보내어 주周 · 진秦 두 나라 군대와 합세하게 했다.

공손습붕은 고량을 떠나 주 · 진 두 나라 군사와 합세하여 이오를 진晉나라 군위에 앉히기로 합의했다. 또한 여이생도 굴성으로부터 군사를 거느리고 가서 그들과 합세했다. 진晉나라 일이 이렇게 일단락되는 걸 보고서야 제환공은 고량에서 제나라로 돌아갔다.

진晉나라에선 이극 · 비정보가 국구國舅인 호돌에게 등극하는 절차를 지시해주십소사 하고 청했다. 호돌은 모든 신하를 거느리고 법가法駕를 갖추어 진나라 경계까지 나가서 이오를 영접했다.

이오는 법가를 타고 강도絳都에 당도하는 즉시로 즉위했으니, 그가 바로 진혜공晉惠公*이다. 그리고 즉위한 그해를 진혜공 원년으로 삼았다. 이때가 바로 주양왕周襄王 2년이었다.

원래 진나라 백성들은 어질기로 이름 높은 중이를 사모했는지라 중이가 임금으로 추대되기를 바랐다. 그런데 백성들은 중이 대신 이오가 군위에 오르게 되자 매우 실망했다.

진혜공은 즉위하자, 곧 그의 아들 어御를 세자로 세웠다. 그리고 호돌·곽사를 상대부上大夫로 삼고, 여이생·극예를 중대부中大夫로 삼고, 도안이를 하대부下大夫로 삼았다. 그 나머지 신하들은 그전 벼슬 자리에 그대로 있게 했다.

진혜공은 양유미로 하여금 왕자 당을 따라서 주周로 가게 하고, 제齊로 돌아가는 공손습붕에겐 한간韓簡을 딸려보내어, 이번에 자기가 군위에 오르도록 도와준 두 나라에 대해서 각각 감사를 드렸다.

다만 진秦나라 공손지만이 약속된 하서의 다섯 성을 받으려고 남아 있었다.

그러나 진혜공은 약속은 했지만 다섯 성을 떼어주기가 싫어서 모든 신하를 불러놓고 상의했다. 곽사가 눈짓으로 여이생에게 암시를 보낸다.

여이생이 앞으로 나아가 아뢴다.

"상감께서 진나라에 뇌물을 주겠다고 약속한 것은 우선 귀국해야만 군위에 오를 수 있었기 때문입니다. 이젠 이미 귀국하사 이 나라가 상감의 것이 되었습니다. 그러니 진나라에 약속을 지키지 않는다고 진후秦侯가 상감을 어찌하겠습니까."

이극이 반대의 뜻을 말한다.

"주공께서 나라를 얻은 시초부터 이웃 강국에 신용을 잃어서는 안 됩니다. 기왕 약속한 바에야 다섯 성을 주어버리십시오."

극예가 눈을 가늘게 뜨며 반박한다.

"다섯 성을 내주면 우리 진晉나라 반쪽이 없어집니다. 진秦이 아무리 강한 병력을 가졌대도 우리에게서 다섯 성을 뺏지는 못할 것입니다. 더구나 선군께서 생명을 걸고 백전百戰하사 고초 끝에 비로소 마련한 땅인데 어찌 그냥 버릴 수 있습니까."

이극이 굽히지 않고 말한다.

"이미 선군의 땅인 걸 알았다면 왜 문서까지 내주셨소. 주겠다 하고 안 주면 진秦이 그냥 있겠소. 또 선군이 나라를 곡옥에 세웠을 땐 이 나라가 조그만 땅에 불과했소. 다만 몸소 정치에 힘쓰셨으므로 능히 다른 조그만 나라들을 정복해서 오늘날의 진晉나라를 세우신 것이오. 이제 주공께서 능히 정치에 힘쓰시고 이웃 나라와 의좋게 지내신다면 다섯 성쯤 없어지는 걸 걱정할 것이 있습니까?"

극예가 눈썹을 곧추세우면서 언성을 높인다.

"이극은 진秦나라에 대한 우리의 신의를 위해서 말하는 것이 아닙니다. 저 사람은 주공께서 준다고 하신 분양 땅 100만 평을 혹 받지 못할까 염려하고 공연히 진나라를 입에 올려 중언부언하는 것입니다."

이 말을 듣고 이극은 분이 솟아 극예에게 달려들려고 했다. 이 때 뒤에서 비정보가 재빨리 이극의 소매를 잡아당겨 참으라는 암시를 줬다. 이극은 행동을 자제하고 입술을 지그시 깨물었다.

진혜공이 뭇 신하를 향해 묻는다.

"안 주면 신신信을 잃고 주면 우리의 힘이 약해질 테니 이리도 저리도 못하겠구나. 그렇다고 그냥 있을 수 없으니 성을 하나나 둘쯤 주면 어떨꼬?"

여이생이 급히 대답한다.

"성을 하나나 둘쯤 준다고 우리가 신신을 지킨 것이 되지는 않습니다. 도리어 진秦나라 비위만 거스르고 맙니다. 그러니 차라리 딱 잘라 거절하십시오."

진혜공은 여이생에게 진나라로 보낼 국서를 쓰게 했다. 그 국서의 대략은 다음과 같다.

처음에 이오는 하서 다섯 성을 군후께 드리기로 하고, 이제 다행히 본국에 돌아와서 사직을 지키고 있습니다. 이오는 군후의 하해 같은 은혜를 잊을 수 없어 곧 약속한 바를 실천할 작정이었는데 대신들이 다 말하기를 국토는 선군의 땅이니 주공은 타국에 망명하여 어찌 맘대로 국토를 남에게 허락하셨나이까 하고 말을 듣지 않는지라. 과인이 대신들과 이 때문에 다투었으나 아직 뜻을 이루지 못하고 있습니다. 그러니 군후께선 앞으로 기한을 좀 늦추어주십시오. 과인은 하해 같은 은혜와 전날 약속한 바를 결코 잊지 않겠습니다.

진혜공이 묻는다.

"누가 능히 과인을 대신해서 이 국서를 가지고 진나라에 갔다 오겠느냐?"

이에 비정보는 자기가 가겠노라 자청하고 나섰다. 진혜공은 허락했다. 원래 진혜공은 귀국하기 전에 비정보에게도 부규 땅 70만 평을 주기로 약속했다. 이제 진나라에 대해서도 다섯 성을 주지 않을 터이니 어찌 이극과 비정보에게 약속을 지킬 리 있으리오. 비정보는 비록 말은 못하나 속으로 진혜공을 원망했다. 그래서 겸사겸사 진나라에 가서 여러모로 호소할 작정이었다.

비정보는 공손지를 따라 진나라로 가서 진목공에게 국서를 공손히 올렸다.

진목공은 국서를 다 읽자, 안상案床을 치며 호령했다.

"내 원래부터 이오가 임금 될 자격이 없다고 생각했더니 과연 그놈에게 속았구나. 이런 글을 가지고 온 저 진晉나라 사자놈부터 참하여라!"

공손지가 앞으로 나아가 아뢴다.

"이는 비정보의 죄가 아닙니다. 바라건대 주상께선 그를 용서하십시오."

"그럼 어떤 놈이 이오에게 과인을 배신하라고 시켰느냐. 내 그놈을 알아내어 한칼에 목을 참하리라."

비정보가 무릎을 꿇고 아뢴다.

"군후께선 좌우 사람들을 잠깐 물러나가게 해주십시오. 신이 아뢸 말씀이 있습니다."

진목공이 얼굴빛을 약간 부드럽게 하며 좌우 신하들을 둘러보고 분부한다.

"경들은 주렴 밖으로 물러나가오."

진목공이 비정보 앞으로 몸을 기울이며,

"무슨 말이냐?"

하고 묻는다.

"우리 진나라 모든 대부는 다 군후의 은덕에 깊이 감명하고 하서 다섯 성을 드리기로 했습니다. 그런데 여이생, 극예 두 사람만이 이를 반대하고 있습니다. 군후께선 많은 폐물을 보내고 좋은 말로 그 두 사람을 부르십시오. 그리고 두 사람이 오거든 잡아죽이십시오. 군후께서 중이를 밀어만 주신다면 신과 이극은 이오를 몰아내고 국내에서 군후와 호응하겠습니다. 저희들의 뜻이 이루어지면 대대로 군후를 섬기겠습니다. 뜻이 어떠하오신지요?"

진목공이 연방 머리를 끄떡이며 대답한다.

"그 계책이 묘하오. 실은 내가 원래부터 바라던 바이오."

진목공은 대부 영지冷至에게 많은 폐물을 가지고 비정보를 따라 진나라에 갔다 오도록 분부했다. 진목공은 여이생과 극예를 감언이설로 유인해서 장차 죽일 작정이었다.

군신群臣을 주살誅殺하는 진혜공

원래 이극里克은 공자 중이重耳를 모셔올 계획이었다. 그런데 중이는 사양하고 귀국하지 않았다. 그러던 참에 이오가 이극에게 많은 땅을 줄 테니 자기를 귀국시켜달라고 인편에 청해왔다. 이극은 모든 사람들의 의견도 있고 해서 이오를 받아들였다. 그런데 이오는 즉위한 뒤 전날 약속했던 땅은 전혀 주려고도 않을 뿐더러 괵사·여이생·극예 등만 중히 쓰고, 지난날의 중신들을 푸대접했다.

이극은 벌써부터 원망을 품기 시작했다. 그래서 그는 진혜공晉惠公에게 약속대로 하서河西 땅 다섯 성을 진秦나라에 주라고 권했던 것이다. 그는 적어도 국가 공사公事를 위해서 말한 것으로 생각하고 있었다. 그런데 극예는 이극이 자기 이해를 위해서 그런 소릴 한다고 반박했다. 이극은 억울한 생각이 들어서 분했다. 속에서 끓어오르는 울화를 참자 하니 속이 편치 않았다.

이극은 할말이 없지 않았으나 잠자코 조문朝門을 나와 집으로 돌아갔다. 그러니 이극의 안색이 좋을 리 없었다.

한편 극예 등은 비정보鄭父가 자청해서 진나라에 갔다 오겠다고 하는 데 대해서 의심했다. 혹 비정보와 이극이 무슨 공모라도 하지 않았을까 싶었던 것이다. 그들은 심복 부하를 보내어 그 두 사람의 행동을 감시시켰다.

한편 비정보도 극예 등이 사람을 보내어 자기 행동을 살피지나 않을까 하고 의심했다. 그래서 비정보는 이극을 만나보지 않고 바로 진秦나라로 떠났다.

그런데 이극은 비정보와 상의하려고 사람을 보내어 그를 청했다. 심부름 갔던 사람이 돌아와서 아뢴다.

"비정보께선 벌써 진나라로 떠나시고 없더이다."

이극은 말을 타고 비정보를 뒤쫓아갔다. 이극은 성밖까지 갔으나 비정보를 뒤따르지 못하고 돌아왔다. 이극의 일거일동을 감시하던 자가 즉시 극예에게 가서 이 사실을 보고했다.

극예가 즉시 관복으로 갈아입고 궁에 들어가서 진혜공에게 아뢴다.

"이극은 원래 상감을 섬기려던 사람이 아닙니다. 더구나 분양汾陽 땅을 받지 못해서 원망을 품고 있습니다. 신이 들으니 이극은 진나라로 길을 떠난 비정보의 뒤를 쫓아갔다가 이제 돌아왔다고 합니다. 왜 그랬겠습니까. 그들은 반드시 무슨 공모를 하고 있는 것입니다. 신이 듣건대 전날 이극은 중이를 군위에 모시려고 했습니다. 그러니 속으론 상감을 좋아할 리 없습니다. 만일 국내의 이극이 국외의 중이와 내통하고 들고일어난다면 어떻게 막으시렵니까? 즉시 이극에게 죽음을 내리십시오. 끊어야 할 후환은 뿌리째 뽑아버려야 합니다."

"과인이 군위에 오르는 데 이극의 공로가 없지 않았은즉 이제 무슨 말로써 죽일꼬?"

"이극은 해제를 죽이고 탁자를 죽이고 선군의 부탁까지 받은 대부 순식荀息마저 죽인 사람입니다. 그 죄는 비할 수 없이 큽니다. 상감이 귀국하도록 도운 것은 이극의 개인적인 수고였습니다. 임금을 죽인 죄를 벌하는 것은 공명정대한 처사입니다. 상감께선 그의 개인적인 수고만 생각하시고 공명정대한 처벌을 주저해선 안 됩니다. 청컨대 신이 상감의 명령을 받고 이극을 치러 가겠습니다."

진혜공이 허락한다.

"그럼 대부가 가서 그놈을 없애버리오."

극예는 즉시 이극의 집으로 갔다.

"상감의 명을 받들고 극예는 왔노라. 상감의 말씀을 전하니 들어보아라. '그대가 없었던들 과인은 군위에 오르지 못했을 것이다. 어찌 그대의 큰 공을 잊으리오. 그러나 그대가 지난날에 두 임금과 한 대신을 죽였은즉, 그대를 살려두고 군위에 앉아 있기도 곤란하구나. 과인은 선군의 남기신 뜻을 받들어야겠다. 그대의 개인적 수고만 생각하고 대의를 저버릴 수는 없다. 그러니 그대는 스스로 자결하라'는 분부이시다!"

이극이 머리를 앙연히 쳐들고 대답한다.

"해제와 탁자가 살아 있다면 상감이 어찌 지금 군위에 올랐을까 보냐! 그런데 이제 신에게 죄를 덮어씌우려 하니, 내 죽는 마당에 무슨 말을 못하리오."

극예가 추상같이 호통한다.

"군명君命이 지중하니 속히 자결하여라!"

이극이 칼을 뽑아들고, 땅을 박차고 솟아오르면서 크게 부르짖는다.

"하늘이여 원통하구나! 충성을 다한 것이 죄가 되다니. 그러나 죽어도 혼은 있으리라. 내 돌아가서 무슨 면목으로 순식을 대할꼬!"

이극은 칼을 물고 엎어졌다.

칼끝이 이극의 목뒤까지 꿰뚫고 나왔다. 극예는 궁으로 돌아가서 진혜공에게 이극의 죽음을 보고했다. 이 말을 듣고 진혜공은 기뻐했다.

염옹이 시로써 이극을 비난한 것이 있다.

이오를 데려와놓고 곧 죽음을 당했으니
그럴 바에야 왜 애당초에 신생을 위해서 죽지 않았더냐.
원래 중립이란 완전한 계책이 아니니
오히려 순식荀息만도 못한 결과가 되고 말았구나.
纔入夷吾身受兵
當初何不死申生
方知中立非完策
不及荀家有令名

진혜공이 이극을 죽이자 많은 신하가 분노했다.

기거祁擧 · 공화 · 가화 · 추단 등은 다 진혜공을 원망했다. 눈치를 챈 진혜공은 그들마저 없애버리기로 했다.

극예가 간한다.

"비정보가 지금 사자로 진나라에 가고 없는데, 그 일당을 많이

죽이면 비정보가 여러모로 의심한 끝에 모반할지도 모릅니다. 상
감께선 우선 참으십시오."

진혜공이 묻는다.

"진부인秦夫人이 과인에게 가군賈君을 잘 대우하라는 것과 국
외에 망명 중인 모든 공자를 다 불러들이라는 서신을 보냈는데 어
찌할꼬?"

"모든 공자 중에 군위를 마다할 사람이 누가 있겠습니까. 그러
니 국내로 불러들이지 마십시오. 다만 가군을 특별히 대우하는 것
은 진부인의 부탁에 보답하는 것도 되니 무방하리이다."

진혜공은 가군의 거처로 갔다. 이때 가군은 나이에 비해서 아직
도 아리따운 모습을 지니고 있었다. 진혜공은 가군을 보자 문득
음탕한 생각이 솟았다.

"군부인君夫人은 과인에게 소속된 것에 불과하니, 우리 함께 기
쁨을 나눕시다. 그러니 나를 거역 마오."

진혜공은 다짜고짜 가군의 허리를 끌어안았다. 문밖에 있던 궁
녀들은 소리 없이 서로 웃으면서 그곳을 피해 딴 곳으로 갔다.

어머니뻘 되는 가군은 자식뻘 되는 진혜공의 험상궂은 표정에
질려서 시키는 대로 옷을 벗었다.

잠시 후 일이 끝났을 때였다. 가군이 눈물을 흘리면 말한다.

"나는 팔자가 기박해서 선군을 섬기던 몸으로 죽질 못하고 이
제 또 주공에게 몸을 버렸으니, 이 몸은 아까울 것이 없지만 바라
건대 전 세자 신생의 원통한 죽음이나마 세상에 밝혀주오. 나는
생전에 진부인秦夫人을 만나게 되면 수절 못한 죄를 호소하려오."

"해제와 탁자가 다 죽음을 당했으니 이미 세자의 억울한 원한
은 풀린 셈이다."

"듣자니 세자의 시체가 아직도 신성新城에 백성만도 못한 무덤 꼴로 묻혀 있다고 합디다. 주상은 세자의 무덤을 좋은 곳으로 옮기고 시호諡號를 내리어 그 원통한 원혼을 위로해주시오. 이건 비단 나만이 아니라 이 나라 온 백성이 주공에게 바라는 바일 것이오."

진혜공은 그렇게 하기로 승낙했다. 진혜공은 극예의 종제從弟 극걸郤乞과 태사太史에게 각각 명령했다.

"경은 곧 곡옥에 가서 좋은 자리를 골라 전 세자 신생을 천장遷 葬하고 오너라. 그리고 전 세자에게 시호를 내려야겠으니 태사는 잘 상의해서 정하라."

신하들은 전 세자의 효孝와 경敬을 참작하여 시호를 공세자共世 子라고 지었다. 그리고 공세자를 새로 이장移葬하고 나면 즉시 호 돌狐突이 그곳에 가서 제사를 올리도록 결의했다.

이에 극걸은 곡옥 땅에 가서 가장 좋은 재료로 널〔棺〕와 옷〔衣〕과 이불과 명기冥器와 목우木偶 등속을 마련하고 무덤을 파게 했다.

역군役軍들은 끌어낸 신생의 시체를 보고 모두 놀랐다. 죽은 신 생의 얼굴은 살아 있을 때와 조금도 다름이 없었다. 그런데 시체 에서 흉악한 냄새가 났다. 역군들은 그 냄새를 견딜 수 없어 코를 움켜쥐고 먹은 걸 토했다. 그래서 시체에 손을 댈 수 없었다.

극걸이 시체 앞에 향을 피워올리고 재배하고 아뢴다.

"세자께선 살아생전에 그다지도 결백하시더니 죽어선 어찌 이 다지도 불결하시나이까. 이 불결한 냄새가 세자의 것이 아니라면 이렇게 모든 역군들을 놀라게 마시옵소서."

극걸이 말을 마쳤을 때였다.

지금까지 코를 들 수 없던 악취가 씻은 듯 없어지면서 아름다운 향내로 변했다.

극걸은 신생을 다시 염하고 입관까지 마친 뒤 고원高原으로 모셨다. 이날, 곡옥 백성들은 성안을 비우다시피 성밖까지 따라나가 공세자의 상여를 전송하면서 울었다.

공세자를 고원에다 천장한 지 사흘이 지났다. 호돌은 모든 제품祭品을 갖추어가지고 묘지로 가서 진혜공의 명으로서 제사를 올렸다. 호돌은 묘비에다 '진공세자지묘晉共世子之墓'라고 제제題했다.

제사를 마치고 호돌은 산을 내려갔다. 호돌의 눈앞에 저편 산모퉁이에서 양편으로 정기旌旗를 쌍쌍이 들고 갑옷을 입고 창검을 든 군졸 1대隊가 거마車馬를 모시고 이쪽으로 오는 것이 보였다. 호돌은 그들이 웬 군대인지 알 수가 없어서 황망히 길을 피하려 했다.

그때 군대의 행진 속에서 수레 한 대가 달려나왔다. 그 수레 위에 탄 사람은 모발이 반백班白이고 말쑥이 도포를 차려입고 단정히 홀笏을 들고 있었다. 그 머리가 반백인 사람이 조용히 수레에서 내려와 호돌에게 읍하며 말한다.

"세자께서 하실 말씀이 있대서 모시러 왔소. 청컨대 국구國舅는 잠시 나와 함께 갑시다."

호돌이 보니 그는 다른 사람이 아닌 바로 태부 두원관杜原款이었다.

호돌은 정신이 황홀해서 그가 이미 죽은 사람이란 것도 잊고 물었다.

"세자가 어디 계시오?"

두원관이 뒤편의 큰 수레를 가리키면서 대답한다.

"저것이 바로 세자의 수레입니다."

호돌은 두원관을 따라 그 수레 앞으로 갔다. 세자 신생이 구슬을 꿴 갓[冠] 끈을 매고 허리에 칼을 차고 수레 위에 버젓이 앉아 있지 않은가! 그 얼굴은 완연히 생전과 같았다. 신생이 어자御者에게 분부한다.

"내려가서 국구國舅를 이 수레 위로 모셔라."

호돌이 수레에 오르자 세자가 추연히 말한다.

"국구는 그간 이 신생을 잊지나 않았소."

호돌이 눈물을 흘리며 아뢴다.

"세자의 원통한 원한을 길 가는 사람도 다 슬퍼하고 울었거늘, 이 호돌이 어찌 잊었겠습니까?"

"천상 옥제玉帝께서 내 살아생전에 인仁하고 효孝했음을 어여삐 여기사, 이미 나에게 교산喬山의 주인이 되라는 명을 내리셨소. 전번에 이오가 서모 가군에게 무례한 짓을 했음이라. 나는 그의 짐승 같은 소행이 미워서 이번에 이장移葬되는 것을 거절하려 했으나, 백성들이 섭섭해할까 해서 참았소이다. 오늘날 진秦나라 군후가 매우 어진지라, 내 이제 진晉나라를 떠나 진秦나라로 가서 장차 그곳 백성들이 올리는 제사를 받을 생각이오. 그러니 국구의 뜻은 어떠하오?"

"세자께서 아무리 진군晉君이 미우실지라도 진나라 백성들이야 무슨 죄가 있습니까. 이제 세자가 동성同姓을 버리고 타국에 가서 제사를 받겠다 하시니 이는 인하고 효하신 덕德에 어긋남이 아닌가 합니다."

"국구의 말도 그럴 법하오. 그러나 내 이미 이 일을 옥제玉帝께 아뢴지라. 그럼 다시 한번 아뢰어보겠소. 국구는 앞으로 7일 간만 이곳에 머물렀다가 돌아가오. 신성 서쪽 마을에 무당이 하나 살고 있소. 내 장차 그 무당을 통해서 국구에게 차후 경과를 알리겠소."

이때 수레 밑에서 두원관이,

"국구는 세자와 이별할 때가 되었소."

하고 호돌을 수레 밑으로 끌어내린다. 호돌은 수레 밑으로 내려서다가 실족하여 그냥 땅바닥에 자빠졌다. 순간 군대도 수레도 말도 간곳없이 사라졌다. 동시에 호돌은 정신을 잃고 눈을 감았다.

얼마나 지났는지 호돌이 정신을 차려보니, 어느새 신성 외관外館에 누워 있었다.

그가 깜짝 놀라 좌우 사람에게 묻는다.

"내가 어째서 이곳에 누워 있느냐?"

좌우 사람이 대답한다.

"국구께선 제사를 마치고 축문을 불사르고 마지막 절을 하시다가 갑자기 자리에 쓰러지셨습니다. 저희들이 주물러도 깨어나지 않기로 수레에 싣고 이곳까지 돌아왔습니다. 천만다행히 별고 없으신 듯하니 저희들도 이제야 마음을 놓겠습니다."

호돌은 속으로 짐작이 갔다.

'내가 꿈을 꿨구나. 참 이상한 일이다.'

그러나 그는 아무에게도 말하지 않고 다만 몸이 아프다는 핑계만 대고서 드러누웠다.

외관 뜰에 호돌의 수레가 머문 지도 7일이 지났다. 그러니까 바로 7일째 되던 날이었다. 미시未時와 신시申時 중간쯤 되었을 때였다. 아랫사람이 들어와서 호돌에게 아뢴다.

"지금 문밖에 성 서쪽에 사는 무당이라면서, 국구를 뵙겠다고 찾아온 사람이 있습니다."

호돌은 두말 아니하고 그 무당을 데리고 들어오게 했다. 그리고 좌우 사람을 다 물러나가게 했다. 무당이 들어와서 호돌에게 절하고 자기 소개를 한다.

"저는 귀신과 말할 줄 아는 사람입니다. 지금 교산의 산신山神은 지난날의 진晉나라 세자 신생이십니다. 그 세자가 국구께 말씀을 전해달라기에 제가 왔습니다. 그 전하란 말씀은 다름이 아니옵고, '이제 상제께 다시 아뢰었으니 다만 그자의 몸을 욕되게 할 것이며, 그 자손을 참斬함으로써 그 죄에 대한 벌을 내릴 것이다. 진晉나라엔 해가 없을 것이니 안심하라' 하시더이다."

호돌이 일부러 모르는 체하고 묻는다.

"어떤 사람의 죄를 벌하신다더냐?"

"세자께선 이 말만 전하라 하셨습니다. 그러니 저는 무슨 뜻인지 모르겠습니다."

"이 말을 일체 입 밖에 내지 말아라."

호돌은 주의를 시키고 좌우 사람을 불러 무당에게 황금과 비단을 주도록 분부했다. 무당은 무수히 머리를 조아리고 물러갔다.

호돌은 귀국하자, 비정보의 아들 비표丕豹를 자기 집으로 청하고 몽사夢事와 무당에게서 들은 것을 말했다.

비표가 말한다.

"임금의 거동이 사리에 어긋나니 어찌 천명을 누릴 수 있겠습니까. 우리 진나라 주인은 바로 공자 중이인가 합니다."

호돌과 비표가 서로 앞날을 이야기하고 있는데 섬돌 밑에서 발자국 소리가 났다. 이윽고 바깥에서 헛기침 소리가 나면서 문지기가 아뢴다.

"진秦나라에 가셨던 비정보께서 돌아오사 지금 궁성에서 경과를 보고 중이라고 합니다."

비표는 부친이 귀국했다는 소식을 듣고 호돌의 집을 나와 돌아 갔다.

여기서 이야기는 조금 전으로 돌아간다.

한편 비정보는 진秦나라 대부 영지冷至와 함께 예의로 보내는 폐물을 실은 수레들을 거느리고 본국으로 돌아오는 중이었다. 비정보는 강성絳城 교외까지 당도했을 때 비로소 이극이 죽음을 당했다는 소문을 들었다.

비정보는 가슴이 울렁거렸다. 섣불리 들어갔다간 자기도 죽는 거나 아닐까. 그는 진秦나라로 다시 돌아갈까 하고 생각했다.

강성엔 아들 표豹가 있다. 이대로 진으로 달아나면 아들 표는 어찌 되노! 이럴 수도 저럴 수도 없었다. 아무 결정도 못하고 주저하는 참에 마침 교외에 나온 대부 공화共華와 만났다. 그들은 반갑게 서로 인사를 나누었다. 그런 뒤에 비정보는 이극이 죽음을 당한 연유를 물었다. 공화가 자초지종을 일일이 말했다.

비정보가 묻는다.

"내가 강성으로 들어가야겠소? 아니면 타국으로 달아나는 게 좋겠소?"

"죽은 이극과 뜻을 같이하던 사람들이 다 남아 있소. 나 같은 사람도 살아 있지 않소. 상감은 이극 한 사람만을 죽이고 다른 사람들은 내버려두는 모양이오. 더구나 그대는 진나라에 사자로 갔다 왔으니 그동안에 일어난 일과 관련될 것이 없소. 만일 미리 겁을 먹고 타국으로 달아나면 이건 스스로 자기 죄를 인정하는 것밖에 안 되오."

비정보는 그 말을 옳게 여기고, 수레를 재촉해서 강성으로 들어갔다. 그는 먼저 궁성에 들어가서 진나라에 갔다 온 보고부터 마치고, 다시 진나라 대부 영지를 데리고 진혜공 앞에 가서 국서와 예물을 바쳤다. 진혜공이 진秦나라 국서를 받아보니 다음과 같은 내용이었다.

진晉과 진秦 두 나라는 인척간입니다. 그러니 우리 두 나라는 네 땅이니 내 땅이니 하고 다툴 처지가 아닙니다. 모든 대부가 각기 자기 나라에 충성을 다하고 있음이라. 과인이 어찌 귀국의 땅을 굳이 얻어 귀국의 모든 충성스런 대부의 마음을 상하게 할 수야 있으리오. 다만 과인은 앞으로 천하사天下事를 생각하는 바 있으니 귀국의 여이생과 극예 두 대부와 만나 서로 간곡히 의논하고 싶소이다. 청컨대 일간 그들 두 대부를 우리 나라에 보내어 과인의 이 간절한 뜻을 위로해주기 바라오. 지난날 귀국이 과인에게 주겠다고 약속한 그 땅에 대한 지권地券을 돌려보냅니다. 앞으로 우리 두 나라가 더욱 친숙해지길 바랍니다.

원래 진혜공은 소견이 좁은 사람이었다. 그는 진秦나라에서 보내온 많은 예물과 돌려보내준 지권을 보자 몹시 기뻤다. 그는 즉시 여이생과 극예를 진나라에 보내기로 했다.

극예가 여이생에게 말한다.

"이번에 진秦나라 사자가 온 것을 호의로 생각해선 안 되오. 예물은 많고 국서 내용은 너무나 은근했소. 이것이 다 무슨 수작인 것 같소. 우리 진晉나라를 유인하자는 것입니다. 우리 두 사람이 진나라에 가기만 하면 우리는 갖은 협박을 받고 땅을 빼앗기고야 마오."

"내 생각도 그러하오. 진秦이 우리 진晉을 두려워해서 이러는 것은 아니오. 이건 반드시 비정보가 이극이 죽었다는 소문을 듣고 자기도 죄를 벗어나지 못할까 두려워서 진나라와 함께 무엇을 공모하고 온 모양이오. 놈은 진나라의 손을 빌려 우리 두 사람을 죽이고, 난을 일으킬 작정이오."

"옳은 말이오. 원래 비정보와 이극은 오장이 서로 맞붙은 사이였소. 그러니 이극이 죽었는데 비정보가 겁이 나지 않을 리 없지요. 지금 조정 신하들의 거개가 이里·비조의 당이니, 만일 비정보에게 어떤 음흉한 계책이 있다면 반드시 서로 일을 꾸미는 사람들도 있을 것이오. 그러니 우선 진나라 사자부터 돌려보내고, 그리고 나서 차차 비정보의 뒤를 살펴보기로 합시다."

"그렇게 합시다."

이에 여이생은 진혜공에게 가서 아뢨다.

"먼저 영지를 진나라로 돌려보내십시오. 아직 진晉나라가 안정이 덜 되어서, 앞으로 두 신하가 좀 여유를 갖게 되면 곧 귀국에 보내드리겠다고 하십시오."

이래서 진秦나라 사자 영지는 홀로 본국으로 돌아갔다.

여이생과 극예의 심복은 밤마다 비정보의 집 근처에 숨어서 빈틈없이 비정보의 동태를 살폈다. 이런 줄은 모른 채 비정보는 여이생과 극예가 전혀 진나라에 갈 기색이 없음을 보고, 어느 날 밤에 비밀히 기거·공화·가화·추단 등을 자기 집으로 초청했다. 비정보 집에서 그들은 북소리가 다섯번째 울리는 새벽까지 의논을 하고 각기 돌아갔다. 그들이 모였다 흩어지는 것을 비정보 집 근처에 숨어서 소상히 본 심복은, 즉시 극예에게 가서 이 사실을 보고했다.

"여러 놈이 모였다는 것은 무슨 큰일이 있기 때문일 것이다. 곧 역모逆謀가 아니면 무엇이겠느냐!"

극예는 여이생과 함께 무엇을 한참 의논하고,

"너는 곧 도안이屠岸夷에게 가서 좀 다녀가라고 하여라."

하고 아랫사람에게 분부했다.

얼마 후에 도안이가 들어왔다.

"부르신다기에 어디 좀 가려다가 말고 허둥지둥 왔습니다."

극예가 엄숙한 얼굴로 말한다.

"그대에게 큰일이 났네. 이걸 어쩌야 좋담!"

도안이가 눈이 휘둥그레지면서 묻는다.

"제게 큰일이 났다니 무슨 일입니까?"

극예가 대답한다.

"그대가 지난날 이극을 도와 어린 임금을 죽인 것이 탈이 났네. 그 이극이 나라 법에 의해 죽었으니 어찌 그댄들 무사할 수 있겠나. 상감께서 이번엔 그대를 법으로 다스리려 하시네. 그러나 우리는 그대가 상감을 군위에 모시는 데 공로가 있는 걸 알므로 차마 그대가 죽는 꼴을 볼 수 없단 말이야."

도안이가 눈물을 흘리며 사정한다.

"이 몸은 한갓 힘만 셀 뿐 보잘것없는 사람입니다. 그래서 남의 말만 듣고서 시키는 대로 한 것뿐입니다. 무엇이 죄가 되는지도 모르고 날뛴 것이니 그저 대부께서 저를 살려주십시오."

"상감의 진노를 풀 순 없네. 그대가 죽음에서 살아날 길이라곤 단 한 가지 계책밖에 없네."

도안이가 무릎을 꿇고서 그 계책을 묻는다.

극예가 황망히 도안이를 부축해 일으키고 조그만 소리로 속삭인다.

"지금 비정보가 이극의 당을 거느리고 새로운 임금을 모시려 하네. 그래서 그는 일곱 대부와 함께 반란을 일으키려 음모하는 중일세. 곧 지금 상감을 내쫓고 공자 중이를 데려올 생각이지. 그대가 진정 죽는 걸 두려워한다면 비정보가 음모하는 속으로 끼여들라는 거야. 그리고 그놈들의 비밀을 다 알아내서 나에게 알려달라는걸세. 그래만 준다면 내 상감께 말해서 지난날 비정보에게 주기로 한 부규 땅의 전답 70만 평을 그대의 공로에 대한 상급으로 내리게 하겠네. 그나 그뿐인가. 상감께서 반드시 그대에게 좋은 벼슬도 내리실 것일세. 그러고 보면 지난날의 잘못쯤은 전혀 두려워할 것이 없단 말이야."

도안이의 얼굴에 기쁨이 떠올랐다.

"이 몸이 죽음에서 살아난 것은 다 대부의 은덕입니다. 힘을 아끼지 않고 분부대로 하겠습니다만 워낙 아는 것이 없어서 염려스럽습니다."

이번엔 곁에서 여이생이 대답한다.

"그건 염려 말게. 내가 다 가르쳐줄 테니 시키는 대로만 하게."

여이생은 도안이에게 경우에 따라서 여러모로 문답問答하는 법을 낱낱이 일러주었다. 도안이는 열심히 그 문답에 관한 지시를 외웠다.

그날 밤이었다. 도안이는 비정보의 집으로 가서 대문을 두드렸다. 도안이는,

"주인 대부께 비밀히 아뢸 일이 있어 왔다."

하고 말했다.

비정보는 사람을 시켜 지금 술이 취해서 잠이 드셨으니 만날 수

없다고 하라고 일렀다. 그러나 대문 안에 들어선 도안이는 주인이 잔다는대노 돌아가지 않았다. 밤은 점점 깊어갔고, 도안이는 대문 앞에서 서성거리고만 있었다.

비정보는 마땅치 않았으나 하는 수 없이 도안이를 불러들였다.

도안이가 비정보 방에 들어가서는 무릎을 꿇고 큰절을 한다.

"대부께선 저의 목숨을 구해주십시오."

비정보가 놀라 묻는다.

"그게 무슨 말인가?"

"지난날에 제가 이극을 도와 탁자를 죽였대서 상감이 저를 죽이려 하니 어쩌면 좋겠습니까?"

"지금 여이생과 극예가 권세를 잡고 있는데 그대는 왜 그들에게 가서 사정하지 않는가?"

"저를 죽이라고 상감에게 고해바친 자가 바로 그 두 놈입니다. 그 두 놈의 살을 씹지 못하는 것이 한이온데 그들에게 사정한들 무슨 소용이 있겠습니까?"

비정보는 그 말을 믿을 수 없어 슬며시 물어본다.

"그럼, 그대 생각엔 어떻게 하면 좋겠다는 방도라도 있는가?"

"예, 있습니다. 공자 중이는 어질고 효도가 대단해서 참된 선비들의 인심을 얻었고 그러기에 백성들도 다 그 어른을 임금으로 모시고자 원합니다. 지금 진秦나라도 이오가 지난날의 약속을 지키지 않아서 몹시 분개하고 있기 때문에 실은 진목공도 다시 중이를 군위에 세울 생각입니다. 진실로 제가 생각하는 것은 이때에 대부께서 친서 한 장만 써주시면 제가 밤낮없이 책나라에 가서 중이께 드리고 다시 책·진秦 두 나라 군사를 동원시키겠습니다. 밖에선 타국 군대가 들어오고 안에선 대부께서 세자의 당을 규합하여 들고 일어나 우선 여이생·극예 두 놈의 목부터 베십시오. 그러면 이오를 군위에서 내쫓고 중이를 상감 자리에 모시기는 어렵지 않습니다."

비정보는 도안이의 말에 귀가 솔깃한다.

"그대의 뜻이 앞으로도 변치 않겠는가?"

도안이는 즉시 손가락 하나를 입으로 깨물었다. 그는 피가 흐르는 손가락을 들어 보이며 맹세한다.

"만일 도안이에게 두 가지 맘이 있다면, 하늘이여 이 도안이의 일가친척을 다 도륙하십시오."

비정보는 비로소 그를 믿었다.

"그럼 내일 삼경三更에 다시 만나 결정하기로 하세."

도안이는 다시 일어나 비정보에게 큰절을 하고 돌아갔다.

이튿날 삼경이었다.

도안이는 시간을 어기지 않고 비정보 집에 갔다. 비정보 집엔 기거·공화·추단·가화 등이 이미 와 있었다.

조금 뒤에 숙견叔堅·누호欙虎·특궁特宮·전기田祈 네 사람도 왔다. 그들은 다 지난날 세자 신생의 문하門下 사람들이었다. 비정보, 도안이까지 합치면 그들은 도합 열 사람이었다.

그들 열 사람은 다시 앞일을 의논하고 각각 짐승의 피를 입술에 바르고 다 같이 공자 중이를 모셔다가 임금으로 받들기로 맹세했다.

뒷사람이 시로써 이 일을 읊은 것이 있다.

구원 청하는 도안이를 의심은 했을망정

이것이 다 여이생, 극예의 간특한 계책인 줄이야 누가 알았으리오.

242

기는 놈 위에 나는 놈이 있으니

한 놈의 거짓말 때문에 아홉 사람이 위태롭구나.

只疑屠岸來求救

誰料奸謀呂郤爲

强中更有强中手

一人行詐九人危

서로 맹세를 마친 뒤, 비정보는 동지들을 극진히 대접했다. 열 사람은 다 취해서 헤어졌다.

비정보의 집에서 나온 도안이는 곧 극예에게로 갔다. 극예는 도안이의 보고를 냉정히 듣고 나서,

"네 말이 사실이냐. 사실이라면 증거가 있어야 믿을 수 있지 않나. 어떻든 자네는 비정보의 편지를 가져와야만 죄를 면할 줄 알게."

하고 말했다.

이튿날 밤에 도안이는 다시 비정보의 집으로 갔다.

"대부께서 친서를 다 쓰셨거든 주십시오. 하루 속히 책나라에 다녀와야겠습니다."

비정보는 이미 중이에게 보내는 편지를 써놓고 있었다. 편지 끝엔 열 사람의 서명이 있었는데 아홉 사람의 화압花押은 먼저 찍혀 있었다. 열번째가 도안이였다. 도안이는 비정보에게 붓을 달래서 자기 이름 밑에다 화압을 쳤다. 그제야 비정보는 정중히 봉함을 하고 밀서를 도안이 손에 꼭 쥐여주면서,

"도중 조심하고 조심하게. 이 일이 누설되지 않도록 조심하게."

하고 신신당부했다.

비정보의 친서를 받은 도안이는 첫째에서 첫째가는 보배를 얻

은 것만 같았다. 도안이는 나는 듯이 극예의 집에 가서 그 밀서를 바쳤다. 극예가 그 편지를 뜯어보니 틀림없는 진짜였다.

극예는 도안이를 자기 집에 감춰두고 편지를 소매 안에 넣고, 여이생과 함께 국구國舅 칭호를 받는 괵사에게 갔다. 그들은 그 편지를 괵사에게 내보이고 자세히 설명하고 나서 다시 말을 이었다.

"만일 비정보 일당을 조속히 없애버리지 않으면 당장 무슨 변이 일어날지 예측할 수 없습니다."

이에 괵사는 그날 밤으로 궁문宮門에 들어가서 진혜공에게 비정보의 음모를 소상히 고했다.

이 말을 듣고 깜짝 놀란 진혜공은,

"내일 아침 일찍이 그놈들의 죄를 다스려야겠다. 그것이 비정보의 편지인 건 틀림없겠지?"

하고 치를 떨었다.

이튿날이었다.

진혜공은 아침 일찍이 정전正殿에 나와 자리를 잡았다. 벌써 여이생·극예 들의 지휘로 벽 뒤엔 무사들이 매복하고 있었다. 백관百官의 행례行禮를 받고 진혜공이 비정보에게 묻는다.

"이놈! 네가 과인을 몰아내고 중이를 데려올 생각이라지. 내 너의 죄를 다스려야겠다."

비정보는 변명을 하는데 극예가 칼을 짚고 추상같이 호령한다.

"도안이에게 편지를 줘서 중이에게 보냈지. 그러나 우리 상감께서 복이 많으사 도안이는 이미 성밖에서 잡혔고, 그 품속에서 나온 밀서엔 열 사람의 이름이 낱낱이 적혀 있었다. 이제 도안이를 끌어내어 면대시킬 테니 너희들은 굳이 변명할 것 없다."

진혜공은 비정보의 밀서를 탑하榻下에 던졌다. 여이생은 그 밀서를 주워들고 열 사람 이름을 차례로 불렀다. 무사들은 이름이 불린 사람을 차례로 잡아내어 꿇어앉혔다.

그때, 공화는 휴가를 받고 집에 있던 참이어서 조례朝禮에 나오지 않았다. 무사들은 공화를 잡으러 그의 집으로 갔다.

궁중 뜰 아래 꿇어앉은 여덟 사람은 서로 얼굴만 마주 쳐다볼 뿐 유구무언이었다. 땅속이라도 들어가고 싶은 심정이었다. 진혜공이 큰소리로 분부한다.

"저놈들을 빨리 조문 밖에 끌어내어 참하여라!"

끌려나가는 여덟 사람 가운데 가화가 뒤돌아보며 큰소리로 외친다.

"신이 지난날 명을 받들어, 그 당시 상감이 피신 중이던 굴 땅을 쳤을 때, 신이 일부러 상감을 살려드렸는데 그 공을 잊으셨나이까? 그때를 생각하사 이 몸을 살려주십시오!"

여이생이 꾸짖는다.

"너는 그 당시 전 임금을 섬기면서 우리 주공을 살려줬고, 이젠 우리 주공을 섬기면서 중이와 내통했다. 이 반복무상反覆無常한 소인小人아! 속히 나가서 죽음을 맞이하라."

가화는 할말이 없었다.

여덟 사람은 머리를 산발하고 고랑을 찬 채 서릿발 휘날리는 칼날 아래서 차례로 죽음을 당했다.

집에 있던 공화는 비정보를 비롯한 동지들의 비밀이 누설되어서 모두 죽음을 당했다는 소식을 들었다. 그는 황망히 가묘家廟에 들어가서 하직 인사를 드렸다. 그리고는 궁에 가서 형벌을 받기로 결심했다. 그의 동생 공사共賜가 권한다.

"형님, 가시면 죽습니다. 타국으로 달아나십시오."

공화가 처연히 대답한다.

"비대부조大夫가 이번 일을 꾸민 데엔 나의 권고도 많았다. 남을 죽음에 빠뜨려놓고 자기만 산다는 건 대장부가 할 짓이 아니다. 나는 이 세상에 살기 싫어서 죽으러 가는 것이 아니다. 다만 죽은 비정보를 저버릴 수 없어서 가는 것이니 말리지 마라."

이리하여 공화는 무사들이 오기 전에 자진해서 궁에 나아가 죽음을 당했다.

비표는 부친이 죽음을 당했다는 소식을 듣고 즉시 변장하고 진秦나라로 달아났다. 진혜공은 이극 · 비정보 일족을 모조리 죽여버릴 작정이었다.

극예가 간한다.

"죄는 그 처자에게까지 미치지 않는다는 것이 옛 법입니다. 이제 그들을 다 죽였으니 이만하면 세상에 훌륭한 본보기가 되었습니다. 공연히 많은 목숨을 죽여 여러 사람의 마음을 공포로 몰아넣을 것까진 없습니다."

진혜공은 머리를 끄덕이고 그들 일족을 죽이지 않았다. 동시에 도안이의 공로는 높이 평가되었다. 도안이는 중대부의 벼슬에 오르고 상으로 부규 땅 70만 평을 받았다.

한편 진秦나라로 달아난 비정보의 아들 비표는 그후 어떻게 되었는가.

그는 진나라에 이르러 진목공을 보자 땅에 엎드려 방성통곡했다. 진목공은 그 우는 까닭을 물었다.

비표는 그의 부친이 살해당하기까지의 자초지종을 일일이 고했다. 그리고 진목공에게 계책을 아뢰었다.

"진후晋侯는 귀국의 태산 같은 은혜를 저버리고, 국내의 많은 원한만 사고 있습니다. 궁성 안 모든 신하는 겁에 질려 마음을 놓지 못하는가 하면, 백성들은 불평을 가득 품고 있습니다. 만일 군후께서 군사를 거느리고 가서 치시면 진晉나라는 내란으로 뒤집힐 것입니다. 그러면 진나라 군위에 누구를 세우느냐는 것은 군후께서 맘대로 정할 수 있습니다."

진목공은 이 일을 많은 신하에게 문의했다.

건숙이 대답한다.

"비표가 진나라를 치자고 말하니, 이는 그 나라의 신하가 자기 나라를 치자는 것입니다. 우선 의리상으로도 그자의 말은 옳지 못합니다."

백리해가 아뢴다.

"만일 진나라 백성이 임금을 미워한다면 반드시 안에서 변란이 일어날 것입니다. 그러니 상감께서는 그 변란이 일어날 때를 기다려서 일을 도모하십시오."

진목공이 머리를 끄덕이며 말한다.

"과인도 비표의 말에 의심이 없지 않소. 하루아침에 아홉 대부가 죽었는데 백성이 평소부터 불평을 품고 있었다면 그냥 있을 리 없소. 하물며 우리 군대가 쳐들어갈지라도 진나라 안에서 우리를 호응하지 않으면 우리의 공로도 빛날 수 없소."

마침내 비표는 진나라 군대를 출동시키지 못하고, 진나라 대부 벼슬에 있으면서 세월을 보냈다. 이는 진혜공 2년, 주양왕 3년 때 일이었다.

대臺에 올라 진후晉侯를 구하는 목희穆姬

　같은 해에 주나라 왕자 대帶는 이伊·낙雒 땅 오랑캐에게 비밀히 뇌물을 보내고 오랑캐들로 하여금 왕성을 치게 했다. 그리고 왕자 대는 쳐들어오는 오랑캐와 서로 내응內應하기로 했다.

　이에 오랑캐들은 물밀듯 왕성을 쳐들어가 포위했다. 그러나 주공周公 공孔과 소백召伯 요廖는 전력을 기울여 오랑캐를 막고 성을 지켰다. 그래서 왕자 대는 감히 오랑캐와 호응하질 못했다.

　주양왕周襄王은 지체하지 않고 모든 나라 제후에게 사자를 보내어 왕실의 위기를 알리는 동시 구원을 청했다. 진목공秦穆公과 진혜공晉惠公은 주양왕에게 충성을 보이기 위해 각기 군사를 거느리고 가서 오랑캐를 쳤다. 이에 오랑캐들은 동문東門을 불사르고 달아났다.

　진혜공은 싸움터에서 진목공과 서로 만났을 때 부끄러운 기색을 감추지 못했다.

　한편 진목공은 아내 목희穆姬의 편지를 진혜공에게 전했다. 그 내용은 가군假君을 강간한 진후晉侯의 짐승 같은 행위를 무수히 꾸짖고, 모든 나라에 망명하고 있는 여러 공자를 본국으로 소환하지 않는 데 대한 책망이었다. 그러면서 속히 지금까지의 잘못을 고치고 진秦과 진晉 간에 지난날의 우호를 회복하라는 부탁을 하면서 끝을 맺었다.

편지를 다 읽고 난 진혜공은 이곳에서 진목공이 혹 자기에게 앙갚음을 하려 들지나 않을까 하고 겁이 났다. 그래서 진혜공은 급급히 군사를 휘몰아 본국으로 출발했다.

그때 비표조豹가 진목공에게 권한다.

"진군晉軍은 달아나듯 돌아가고 있습니다. 오늘 밤에 진군을 추격하여 무찔러버립시다."

진목공이 비표를 돌아보며,

"서로가 다 천자天子를 도우려고 이곳에 왔으니 비록 사사로운 원한이 있을지라도 경솔히 군대를 움직여선 안 된다."

하고 역시 군사를 거느리고 진秦나라로 돌아갔다.

이때 제환공齊桓公도 관중管仲에게 속히 주 왕실에 가서 오랑캐를 무찌르고 천자를 돕도록 분부했다. 관중이 군사를 거느리고 주周에 이르렀을 때는 이미 오랑캐는 달아나고 없었다. 관중은 즉시 사람을 오랑캐 나라로 보내어 융주戎主를 크게 꾸짖었다.

융주는 제나라 위세에 겁이 나서 곧 사람을 보내어 사과했다.

"우리 오랑캐들이 어찌 감히 자의로 왕성을 범할 리 있겠습니까. 왕자 대가 여러모로 왕성을 치라고 하기에 그만 그런 짓을 저질렀을 뿐입니다."

주양왕은 그제야 이번 사변이 일어나게 된 원인이 다 왕자 대에게 있음을 알고 놀랐다.

주양왕은 즉시 왕자 대를 국외로 추방했다. 왕자 대는 쫓겨나자, 제나라로 달아났다.

오랑캐 나라 융주는 제나라 위세에 질려, 다시 사람을 왕성에 보내어 용서를 빌고 우호를 청했다. 미약한 주 왕실은 오랑캐를 용서하고 그들의 청을 승낙했다.

주양왕은 관중이 오랑캐를 꾸짖고, 오랑캐로 하여금 다시는 반심叛心을 품지 못하게 한 그 공로를 잊을 수 없었다. 주양왕은 크게 잔치를 베풀고 관중을 청했다. 그리고 상경 벼슬에 대하는 예의로써 관중을 우대했다. 관중이 굳이 겸양한다.

"신臣보다 고귀한 분이 많은데 어찌 신이 과도한 대우를 받을 수 있겠습니까."

끝내 관중은 하경下卿의 자리에 앉아 천자의 융숭한 대접을 받고서 돌아갔다.

이해 겨울에 관중은 병으로 눕게 되었다. 제환공은 친히 관중의 집에 가서 문병했다. 관중은 병으로 너무나 수척해 있었다.

제환공이 관중의 손을 잡고서 묻는다.

"중부仲父의 병이 이렇듯 심한 줄은 몰랐소. 불행히 중부가 다시 일어나지 못한다면 과인은 장차 이 나라 정사를 누구에게 맡겨야겠소?"

이땐 영척寧戚, 빈수무賓須無도 앞서거니 뒤서거니 다 세상을 떠난 뒤였다. 관중이 길이 탄식한다.

"아깝고 아까운 것은 영척입니다."

"죽은 영척만한 인물도 지금 없단 말이오? 포숙아에게 정치를 맡기면 어떻겠소?"

"포숙아는 군자여서 정치를 못합니다. 그는 선악을 대하는 태도가 지나치게 분명합니다. 물론 선을 좋아하는 것은 훌륭한 일입니다. 탈은 그가 그만큼 악을 미워한다는 것입니다. 그러한 포숙아 밑에서 누가 견뎌낼 수 있겠습니까. 만일 어떤 사람이 나쁜 짓을 하면 포숙아는 그 사람을 평생 미워합니다. 이것이 포숙아가 정치를 할 수 없는 결점입니다."

제환공이 초조히 묻는다.

"그럼 습붕이면 어떻겠소?"

"습붕이면 무던하리이다. 습붕은 아랫사람에게 묻는 것을 부끄럽게 생각하지 않고, 집에 있을 때에도 공사公事를 잊지 않는 사람입니다……"

관중이 다시 한 번 탄식하고 말을 계속한다.

"하늘이 습붕을 세상에 내보내어 신의 혓바닥 노릇을 하게 했습니다. 이제 신이 죽으면 어찌 혀만 홀로 남아서 살 수 있겠습니까. 주공은 나랏일을 습붕에게 맡길지라도 오래 부리지는 못하시리이다."

"그럼, 역아易牙에게 맡기면 어떻겠소?"

관중이 손을 휘저으며 대답한다.

"주공은 더 묻지 마소서. 신이 다 말하겠습니다. 저 역아·초貂·개방開方 세 사람을 가까이 마소서."

"지난날 내가 입맛을 잃었을 때 역아는 제 자식을 삶아서 나에게 바친 사람이오. 그는 자기 자식보다도 과인을 사랑한 사람인데 그래도 의심해야겠소?"

"자식에 대한 사랑보다 더 큰 사랑은 없습니다. 그러하거늘 그는 제 자식을 죽였습니다. 그런 사람이 임금에게 무슨 도움이 되겠습니까."

"초는 처음부터 과인을 섬긴 사람인데 나는 그가 자기 몸보다도 과인을 더 사랑한다는 것을 알고 있소. 그래도 그를 의심해야겠소?"

"사람에겐 자기 몸보다 귀중한 것이 없습니다. 그러하거늘 그는 자기 몸을 천하게 취급했습니다. 그런 사람이 임금에게 무슨 도움이 되겠습니까."

"衛위나라 공자 개방은 세자世子의 몸으로서 천승千乘의 나라까지 버리고 과인에게 와서 신하로 있는 사람이오. 그는 과인 밑에 있는 것을 그 무엇보다도 영광으로 생각하오. 그러기에 그는 부모가 죽어도 본국에 돌아가질 않았소. 그가 친부모보다도 과인을 더 사랑한다는 것은 누구나 다 아는 사실이오."

"사람은 자기 부모보다 더 가까운 것이 없습니다. 그러하거늘 그는 자기 부모에겐 불효했습니다. 그런 사람이 임금에게 무슨 도움이 되겠습니까. 사람이 천승의 임금이 되고 싶다는 것은 욕심 중에서도 큰 욕심입니다. 그런데 그는 임금이 될 수 있는 천승의 나라를 버리고 주공 밑에 와 있습니다. 왜 그럴까요. 그는 천승보다 더 큰 것을 노리고 있기 때문입니다. 주공은 반드시 그를 멀리하고 가까이 마소서. 가까이하시면 반드시 이 나라가 어지러울 것입니다."

"이상 말한 세 사람은 과인을 섬긴 지 오래되었는데 중부는 어째서 지금까지 아무 말도 아니 하다가 그런 말을 하오?"

관중이 대답한다.

"신이 지금까지 말하지 아니한 것은 주공의 뜻을 맞추기 위해섭니다. 그것은 비유컨대 물과 같습니다. 신은 그 흐르는 물에 둑이 되어 넘지 않게 한 것뿐입니다. 이제 그 둑이 무너지게 되었습니다. 장차 물이 넘는 재앙이 없도록 주공은 그들을 멀리하소서."

제환공은 말없이 관중의 집을 나와 궁으로 돌아갔다. 필경 관중의 목숨이 어찌 될 것인가.

제환공을 따라갔던 사람들도 관중이 병상에서 역아·초·개방 세 사람을 혹평하고 습붕을 추천하는 걸 곁에서 들었다. 그중 한 사람이 그날 들은 말을 역아에게 죄 고자질했다.

역아가 포숙아에게 말한다.

"관중이 이 나라 승상丞相이 된 것은 누구의 덕입니까. 그를 우리 주공께 천거한 것은 바로 포숙아 당신이 아닙니까. 이번에 주공이 관중을 문병 가셨을 때 그는 주공에게 말하길 '포숙아는 정치를 못합니다' 하고 습붕을 천거했답니다. 참 한심한 일입니다. 우리 같은 사람도 그런 소릴 들으니 분하군요."

이 말을 듣고 포숙아가 웃으면서 대답한다.

"그대 말과 같도다. 관중을 승상으로 주공께 천거한 것은 바로 나였소. 그러나 관중은 나라에 충성만이 있을 뿐, 친구나 자기 개인을 위해서 나랏일을 잘못 판단할 사람은 아니오. 만일 관중이 나에게 사구司寇 벼슬만 시켰더라면 내가 벌써 이 나라 간신들을 다 내쫓아버렸을 것이오. 당신 뜻엔 어떠하오? 나도 이걸 생각하면 참 분하구려."

역아는 포숙아의 말에 얼굴이 따끈했다. 역아는 슬며시 포숙아에게서 물러갔다.

하루 걸러서 제환공은 다시 관중의 집으로 갔다. 이미 병상의 관중은 말을 못했다. 포숙아와 습붕은 관중의 손을 잡고 눈물만 흘렸다.

이날 밤에 관중은 세상을 떠났다. 제환공이 방성통곡하며 부르짖는다.

"애달프구나, 중부여! 하늘이 과인의 팔을 빼앗았구나!"

상경 벼슬에 있는 고호高虎가 장례도감葬禮都監으로 지명되었다. 제환공은 관중의 장사를 극진히 모셨다. 그리고 관중이 살아생전에 녹으로 받던 땅과 전답을 다 그 아들에게 주었다. 뿐만 아니라 관중의 자손에게 대대로 대부 벼슬을 주도록 했다.

역아가 대부 벼슬에 있는 백씨伯氏에게 말한다.

"지난날에 주공께서 대부가 받았던 땅 300평을 도로 빼앗어 관중에게 준 일이 있지 않습니까. 이제 관중이 죽었는데 대부는 왜 주공께 말해서 지난날의 그 300평 땅을 도로 찾지 않습니까. 정 말하기 곤란하다면 내가 주공께 말씀해드릴까요?"

백씨가 울면서 대답한다.

"나는 원래 공이 없는 사람이오. 그래서 땅을 잃었을 뿐이오. 중부는 비록 죽었으나 그의 공로는 영원히 남을 것이오. 그러하거늘 내 무슨 면목으로 주공께 옛 땅을 도로 찾겠다고 청할 수 있겠소."

역아가 길이 탄식한다.

"관중은 죽었건만 살아 있는 백씨가 저렇듯 심복心服하고 있구나. 참으로 우리 같은 사람은 소인이구나!"

그 뒤, 제환공은 관중의 유언대로 공손습붕에게 나랏일을 맡겼다. 그런데 습붕은 국사를 맡아본 지 한 달도 못 되어 병이 나서 세상을 떠났다. 제환공이 길이 탄식한다.

"우리 중부는 성인聖人이었던가. 습붕이 과인을 오래 섬기지 못할 것을 어찌 알았던고!"

제환공은 포숙아를 기용해서 다시 나랏일을 맡기기로 했다. 그러나 포숙아는 굳이 사양했다. 제환공이 간곡히 부탁한다.

"이제 조정에 경卿만한 사람이 없거늘 그렇다면 경은 누구를 천거할 생각이오."

포숙아가 대답한다.

"신이 지나치게 선을 좋아하고 악을 미워한다는 것은 주공께서도 잘 아시는 바입니다. 청컨대 주공께서 역아·초·개방 등을 멀리하시겠다면 분부대로 거행하겠습니다."

"중부도 전에 그런 말을 했소. 과인이 어찌 경의 말을 따르지 않을 수 있으리오."

그날로 제환공은 역아·초·개방 세 사람을 밖으로 내쫓고 다시 궁중에 들어오지 못하게 했다. 이리하여 포숙아는 제나라 정사를 맡아봤다.

이때 오랑캐 회이淮夷가 기杞나라를 침범했다. 기나라 사람은 곧 제환공에게 가서 구원을 청했다. 제환공은 즉시 송宋·노魯·진陳·위衛·정鄭·허許·조曹 칠국 군후君侯를 소집해서 거느리고 위기에 빠진 기나라에 친히 가서 오랑캐 회이를 쳐 무찔렀다. 그리고 기나라 도읍을 연릉緣陵 땅으로 옮겨주었다.

이렇듯 모든 나라 제후諸侯가 아직도 제환공의 명령에 복종한 것은 제나라가 포숙아를 기용하고 지난날 관중의 정치를 버리지 않았기 때문이었다.

한편 진晉나라는 진혜공이 즉위한 뒤로 해마다 흉년이 들었다. 그것도 무려 5년 동안이나 흉년이 들었다. 창고는 텅 비고 백성들은 먹을 것이 없었다. 이젠 타국의 곡식을 꿔들이는 수밖에 없었다. 암만 생각해야 이웃 나라인 진秦나라에 청하는 것이 가장 좋을 것 같았다. 더구나 진나라와는 인척간이 아닌가. 그러나 진혜공은 지난날에 주기로 언약했던 하서 지방 다섯 성을 진나라에 주지 않고 있는 터라 감히 아쉬운 청을 할 수 없었다.

극예가 진혜공 앞에 나아가 아뢴다.

"우리가 진秦나라에 한 언약을 배반한 것은 아닙니다. 다만 약속한 기한을 좀 늦춰달라고 청한 것뿐입니다. 이제 우리가 곡식을 꿔달래서 진나라가 꿔주지 않는다면 이건 진이 우리를 먼저 막보려는 것입니다. 그럼 우리가 하서 지방 다섯 성을 진에 주지 않아도 명목이 섭니다."

진혜공이 무릎을 치며 말한다.

"경의 말이 옳다."

진晉나라 대부 경정慶鄭은 보물을 가지고 진秦나라로 갔다. 경정은 진목공에게 보물을 바치고 곡식을 꿔주십소사 하고 청했다.

진목공은 모든 신하를 불러들여 회의를 열었다.

"진晉나라가 약속한 다섯 성은 우리에게 주지 않으면서 이제 흉년이 들어 곡식을 꾸러 왔으니 줘야 하겠소 아니면 주지 말아야 하겠소?"

건숙과 백리해가 이구동성으로 대답한다.

"천재天災란 것이 어느 나라엔들 없겠습니까. 이웃 나라 불행을 구조하는 것은 떳떳한 일입니다. 모든 일을 순리로써 하면 하늘이 우리에게 복을 주십니다."

진목공이 불쾌한 기색으로 말한다.

"내가 지금까지 진晉나라를 도운 것만 해도 적지 않소."

공손지가 아뢴다.

"이번에 또 그들을 도우면 앞으로 받을 것이 그만큼 더 많아집니다. 우리 진秦나라로선 아무 손해도 없습니다. 만일 그들이 받아만

가고 돌려주지 않으면 잘못은 그들에게 있습니다. 이리하여 진晉나라 백성들까지 그들의 임금을 미워하게 되면 누가 우리를 당적하겠습니까. 그러니 상감께서는 그들에게 곡식을 꿔주십시오."

아무 말 없이 머리만 숙이고 있던 비표가 갑자기 주먹으로 자리를 치며 말한다.

"오죽 못됐기에 하늘이 진후晉侯에게 흉년이란 재앙을 내렸겠습니까. 그들이 기아에 허덕이는 이 기회를 놓치지 말고 쳐들어가서 진나라를 무찔러버리십시오. 하늘이 주신 이 기회를 놓쳐선 안 됩니다."

비표는 죽은 아버지 비정보의 원수를 갚고자 이렇게 외쳤다.

요여가 조용히 말한다.

"어진 사람은 상대의 위기를 기회로 삼아 이익을 취하지 않으며, 지혜 있는 사람은 요행수를 믿고 성공을 노리지 않습니다. 그러니 진에 곡식을 꿔주는 것이 마땅합니다."

진목공이 머리를 끄덕인다.

"나를 저버린 자는 진후晉侯며, 죄 없이 배고파 우는 것은 진나라 백성이다. 내 진후를 미워할지언정 죄 없는 그 나라 백성까지 괴롭힐 수야 없다."

드디어 진秦나라는 곡식 수만 석을 위수渭水로 운반하여 바로 진晉나라 도읍 강성으로 수송했다. 곡식을 운반하는 뱃머리와 배 끝이 서로 잇닿아 열을 지어 떠나갔다. 진秦나라에선 이 곡식 운반을 범주지역泛舟之役•이라고 했다.

진晉나라에 진秦나라 곡식이 쏟아져 들어왔다. 진晉나라 백성은 기뻐하고 감격했다.

사관이 시로써 진목공의 자선을 칭송한 것이 있다.

하늘이 무도한 진晉나라 임금에게 재앙을 내렸으나
진秦나라 배가 서로 잇닿아 곡식을 갖다주도다.
누가 미운 자에게 은혜 베풀기를 좋아하리오만
진목공의 큰 덕과 도량은 과연 비범했도다.
晉君無道致天災
雍絳紛紛送粟來
誰肯將恩施怨者
穆公德量果奇哉

그 다음해 진秦나라는 크게 흉년이 들고, 이와 반대로 진晉나라는 크게 풍년이 들었다. 진목공이 건숙과 백리해에게 말한다.

"이제야 과인은 경들이 작년에 한 말이 새삼 생각나는구려. 흉년과 풍년은 어느 나라고 간에 있구려. 작년에 진晉나라 청을 거절했더라면 금년 같은 흉년에 어찌 진나라 곡식을 청할 수 있겠소."

비표가 앞으로 나서며 퉁명스레 말한다.

"진군晉君은 욕심만 많고 신의가 없습니다. 주공께서 청할지라도 곡식을 보내주지 않을 것이니 두고 보십시오."

"설마 그럴 리가 있으리오."

진목공은 영지에게 보물을 주어 진晉나라로 보냈다. 영지는 진나라에 가서 보물을 바치고 곡식을 청했다. 진혜공은 하서 지방에서 소출된 곡식을 진秦나라에 보내기로 약속했다.

극예가 앞으로 나아가 아뢴다.

"주공은 진나라에 곡식을 보내실 작정이십니까. 그렇다면 하서 다섯 성도 진나라에 줘야 하지 않습니까?"

"과인은 곡식만 보낼 생각이다. 어찌 땅까지 줄 수 있으랴."

"그럼 곡식을 준다는 건 무엇 때문입니까?"

"작년에 진나라가 우리를 도와준 데 대해 보답하기 위함이다."

"작년에 우리에게 곡식을 준 것이 진秦나라의 은덕이라면, 지난날에 주공을 우리 나라 군위에 올려준 진나라 은덕은 더 크지 않습니까. 주공이 큰 것을 버리고 작은 것에 보답하려는 뜻은 무엇입니까?"

곁에서 경정卿鄭이 참다못해 아뢴다.

"작년에 신이 주공의 명을 받고 진秦나라에 가서 곡식을 청했을 때 진후秦侯는 두말 아니하고 승낙했습니다. 그때 신은 매우 감격했습니다. 이제 우리가 곡식을 보내지 않으면 진은 얼마나 우리를 원망하겠습니까."

여이생呂飴甥이 말한다.

"진이 곡식을 보낸 것은 우리 나라를 좋아해서 보낸 것은 아니오. 진은 우리의 하서 지방 다섯 성을 기어이 받기 위해서 곡식을 보낸 것입니다. 곡식을 보내지 않아도 진은 우리를 원망할 것이고, 곡식만 보내고 땅을 주지 않아도 진나라는 역시 우리를 원망할 것이오. 이러나저러나 원망을 듣긴 마찬가진데 곡식을 뭣 하러 준단 말이오?"

경정이 조용히 대답한다.

"남의 불행을 다행으로 아는 사람은 어질지 못하고, 남의 은혜를 배반하는 사람은 의롭지 못함이라. 의롭지 못하고 어질지 않으면 어떻게 나라를 지키겠소."

한간韓簡이 말한다.

"경정의 말이 옳습니다. 작년에 진秦나라가 우리에게 곡식을 주지 않았다면 그때 주공의 마음이 어떠했겠습니까."

곽사虢射가 앞으로 나아가 혜살을 놓는다.

"지난해는 하늘이 진晉에 흉년을 내려 진秦나라 소속을 삼으려고 했습니다. 그때 진이 우리 나라를 쳐서 뺏지 않고 곡식을 꿔줬다는 것은 그들이 하늘의 뜻을 몰랐기 때문입니다. 그런데 금년은 하늘이 진秦나라에 흉년을 내려 우리 진晉나라의 소속을 만들어 주려 하고 있습니다. 우리가 하늘의 뜻을 거스르면서까지 진秦나라를 뺏지 않는다면 우리도 그들과 같은 바보가 되고 맙니다. 그러니 이런 기회에 양梁나라와 우호를 맺고 함께 힘을 합쳐 진을 쳐서 무찌른 뒤 그 땅을 반씩 나눠갖는 것이 상책일까 합니다."

경정과 한간은 몰염치한 그들의 말에 어이가 없었다.

이익이라면 사족을 못쓰는 진혜공은 만면에 웃음을 띠고 곽사의 말을 들었다.

진혜공이 진秦나라 사자 영지를 불러 말한다.

"우리는 5년 동안 흉년이 들어서 백성들이 산지사방으로 흩어져 방황하다가 금년에야 겨우 풍년이 들어 백성들이 하나 둘 고향으로 돌아오고 있는 형편이니 겨우 자급자족할 곡식밖에 없소. 그러니 귀국에까지 보내줄 만한 곡식이 없구려."

영지가 말한다.

"우리 주공께선 하서 다섯 성을 받지 못했지만 귀국과 인척 관계임을 생각하시고 책망하지 않았고, 작년에 곡식을 귀국에 꿔주실 때도 말씀하시길 이웃 나라가 굶주리는데 어찌 돕지 않을 수 있느냐고 하셨습니다. 우리 주공께서는 군후의 위기를 구해주셨는데 군후는 그 은덕을 갚으려 않으시니 빈손으로 돌아가서 이 사실을 고하기가 난처합니다."

극예와 여이생이 큰소리로 영지를 꾸짖는다.

"너는 지난날 비정보와 함께 공모하고 많은 예물을 가지고 와서 우리를 유인하려 하지 않았느냐. 하늘이 우리를 돌보사 다행히 너희들의 간악한 계책에 빠지지 않았다만, 이제 와서 너는 또 헛바닥을 놀리느냐. 네, 곧 돌아가서 너의 임금에게 말하여라. 만일 우리 진晉나라 곡식이 먹고 싶거든 잔말 말고 군사를 거느리고 와서 뺏어가보라고 하여라."

영지는 간신히 분함을 참고 물러갔다.

이날 경정이 궁문을 나가며 태사 벼슬에 있는 곽언에게 탄식한다.

"진후晉侯가 배은망덕하여 이웃 나라를 노하게 했으니 재앙이 눈앞에 닥쳐오리라."

"금년 가을에 사록산沙鹿山이 무너지고 초목이 죄 쓰러졌다고 하오. 대저 산천은 나라의 주인이오. 그러니 장차 우리 진晉나라에 큰 불행이 일어날 것이오."

하고 곽언도 대답했다.

사신이 시로써 진혜공을 비난한 것이 있다.

> 먼 길에 배를 띄워 곡식을 보내줬건만
> 진秦나라가 흉년 드니 본 체도 않네.
> 자고로 배은망덕한 사람이 적지 않으나
> 진목공을 저버린 진혜공 같은 사람은 없었다.
> 泛舟遠道賑饑窮
> 偏遇秦饑意不同
> 自古負恩人不少
> 無如晉惠負秦公

영지가 귀국하여 진목공에게 보고한다.

"진쯥은 곡식을 못 주겠다고 했습니다. 뿐만 아니라 그들은 양 나라와 함께 군사를 일으켜 우리 나라를 칠 작정입니다."

진목공이 몹시 노한다.

"그가 이렇듯 무도無道할지는 몰랐구나. 과인이 먼저 양나라부 터 쳐부순 뒤에 진나라를 치리라!"

백리해가 아뢴다.

"양백梁伯은 토목土木으로 뭐든 짓기를 좋아하는 사람입니다. 넓은 양나라 땅 곳곳에 성을 쌓고 집을 지어서 백성들은 부역에 멀미를 내고 있습니다. 백성들의 원망을 사고 있으니, 양백은 진 쯥을 도와 우리를 치지는 못할 것입니다. 한편 진군쯥君은 무도한 사람인데다가 여이생 · 극예 등이 또한 자기네 힘을 과대평가하고 있습니다. 이제 그들이 강주絳州의 군사를 일으키면 반드시 이웃 나라들도 두려워하고 놀랄 것입니다. 병법에 이르기를 남이 시작 하기 전에 먼저 상대를 눌러야 한다는 말이 있습니다. 이제 주공 의 현명한 힘으로써 모든 대부에게 할 바를 맡기시고 친히 진쯥나 라에 가서서 진후쯥侯의 배은망덕한 죄를 꾸짖으시면 반드시 이 길 수 있습니다. 그 승리한 기세를 돌려 양나라를 치면 적은 마른 나뭇잎처럼 떨어지고 말 것입니다."

"경의 말이 옳소."

마침내 진목공은 대대적으로 삼군을 일으켰다. 건숙蹇叔, 요여 繇余, 세자 앵罃은 나라를 지키고, 맹명孟明은 군사를 거느리고 변경을 순찰하며 모든 오랑캐를 탄압하기로 했다.

이에 진목공은 친히 백리해와 함께 중군을 거느리고, 서걸술西 乞術과 백을병白乙丙은 진목공의 거가車駕를 호위하고, 공손지公

孫枝는 우군을 거느리고, 공자 칩縶은 좌군을 거느리고 하여 병거 400승은 진晉나라로 호호탕탕히 쳐들어갔다.

진晉나라 서쪽 변경의 파발군은 진군秦軍이 쳐들어오는 걸 보고 밤낮없이 말을 달려가서 진혜공에게 위급함을 고했다.

진혜공이 모든 신하를 불러들여 묻는다.

"진秦이 무고히 군사를 일으켜 경계를 쳐들어온다 하니 어떻게 이를 막아야 할꼬?"

경정이 아뢴다.

"진군이 쳐들어오는 것은 주공이 그들의 은혜를 저버렸기 때문입니다. 어찌 무고히 쳐들어온다 하십니까. 신의 생각으론 솔직히 사죄하고 전날 주기로 했던 다섯 성을 주어 신의를 표하고 싸움을 면하는 것이 상책일까 합니다."

진혜공이 대로하여 외친다.

"당당한 천승千乘의 나라로서 땅을 베어주고 청화請和를 하다니, 그럼 과인이 무슨 면목으로 군위에 앉아 있겠느냐. 빨리 저 경정의 목을 참하여라. 연후에 내 군사를 일으켜 적을 맞이하리라."

괵사가 아뢴다.

"군사를 일으키기 전에 먼저 장수를 참하는 것은 군軍에 이롭지 못합니다. 잠시 용서하시고 싸움에 나가서 공을 세우고 죄를 씻으라고 하십시오."

진혜공은 큰 인심이나 쓰는 듯이 경정에게 종군從軍하도록 분부했다.

그날로 진晉나라는 크게 병거와 군마를 사열하고 그중 600승을 골라 극보양郤步揚·가복도家僕徒·경정·아석蛾晳 등 장수를 좌우로 나누어 각각 거느리게 했다.

곽사는 중군을 거느리고, 도안이가 선봉이 되어 강주絳州를 출발하여 서쪽을 향해 진군했다.

이때 진혜공이 탄 말의 이름은 소사小駟였다. 이 말은 지난날에 정鄭나라가 진晉나라에 바친 것이었다. 소사는 영리하고, 털과 갈기에 윤기가 흐르며, 걸음은 빠르고도 조용했다. 진혜공이 평소 몹시 사랑하던 말이었다.

경정이 또 간한다.

"자고로 싸움에 나가는 것은 큰일 중의 큰일입니다. 반드시 본국에서 출산出産한 말이라야 그 나라 사람의 마음을 알고, 그 나라 훈련을 받아야 그 나라 길을 잘 알기 때문에, 싸움 마당에서 용맹을 떨칠 수 있습니다. 이제 주공께서 큰 적을 맞이하는데, 타국 말을 타고 가는 것은 이롭지 못할까 두렵소이다."

진혜공이 벌컥 화를 내며,

"이 말은 내가 항상 타던 말이니 잔말 마라!"

하고 꾸짖었다.

한편 진秦나라 병사는 이미 하동河東을 건너와, 세 번 싸워 세 번을 이겼다.

진晉나라 변경 수장守將들은 다 쥐구멍을 찾다시피 달아나버렸다.

진군秦軍은 무인지경을 달리듯이 바로 한원韓原 땅에 이르러 영채를 세웠다.

진혜공은 이미 진군秦軍이 한원까지 왔다는 보고를 받고, 이맛살을 찌푸렸다.

"적이 벌써 깊이 들어왔으니 어찌할꼬!"

경정이 볼멘소리로 대답한다.

"주공께서 스스로 불러들인 적인데, 또 무엇을 물으십니까?"

"이 무례한 놈아! 과인 앞에서 썩 물러가거라."

하고 진혜공은 경정을 꾸짖었다.

이날, 진군晉軍은 한원에서 10리쯤 떨어진 곳에 영채를 세웠다.

그리고 한간을 시켜 진병秦兵의 동정을 보고 오게 했다.

한간이 적진을 두루 살펴보고서 돌아와 보고한다.

"진군秦軍은 우리보다 수효는 적으나 그 투기鬪氣는 우리보다 열 배나 더하더이다."

진혜공이 묻는다.

"어째서 그렇다고 생각하는가?"

"지난날에 주공께서는 처음에 진秦과 친했으므로 양나라에 가서 피신할 수 있었고, 다음은 진나라의 도움을 받아 진국晉國 군위에 오를 수 있었고, 진나라 곡식을 꾸다가 굶주림을 면했습니다. 이렇듯 세 번이나 진나라 은혜를 입고도 주공은 그들에게 한 번도 보답하질 않았습니다. 진나라 임금과 신하들은 울분이 쌓이고 쌓여서 쳐들어온 만큼, 그들 삼군의 예기銳氣는 대단합니다. 그러니 자연 우리 군사들보다는 열 배나 강할 수밖에 없습니다."

진혜공이 또 화를 낸다.

"이건 경정의 말본새로구나. 경도 그런 소릴 하느냐. 과인은 진과 싸워 사생을 결정하리라."

하고 마침내 한간에게 명하여, 진군에게 가서 싸움을 청하도록 했다.

한간이 진군에게 가서 진혜공의 말을 전한다.

"과인의 무장한 병거 600승이 지금 진후秦侯를 기다리고 있다. 진후가 만일 군사를 몰고 돌아간다면 과인은 굳이 그 뒤를 쫓지 않겠으나, 만일 물러가지 않고 버틴다면 과인은 진후를 피하지 않으리라."

이렇듯 외치는 소릴 듣고 진목공이 웃으면서,

"어리석은 놈이 어찌 저다지도 교만한가."

하고 공손지에게 대신 나가서 대답하게 했다. 공손지가 나가서 진목공을 대신해서 외친다.

"과인의 말을 자세히 듣거라. 지난날에 네가 본국으로 돌아가고자 하기에 너를 진국晉國 군위에 올려줬고, 네가 곡식을 꿔달라기에 너에게 곡식을 보냈고, 이제 네가 싸우길 원하니 내 어찌 너의 소원을 들어주지 않을 수 있겠느냐."

이 말을 듣고, 한간이 혼잣말로 탄식한다.

"진후秦侯의 말이 다 이치에 맞으니 내 장차 어디서 죽게 될지 그 장소마저 모르겠구나."

한편 진혜공은 곽언에게 지휘를 맡기려 했다.

좌우 장수들이 태사 벼슬에 있는 곽언에게 지휘를 맡기는 것은 적절한 조치가 아니라고 간했다.

경정만이 앞으로 나아가 찬동한다.

"지휘를 곽언에게 맡기는 것이 좋겠습니다."

그러나 진혜공은 대뜸 비위에 거슬린다는 듯이 경정을 노려보며 말한다.

"경정은 진秦나라 편이니 내가 어찌 너의 말을 따르겠느냐!"

마침내 가복도에게 지휘를 맡기고, 극보양으로 하여금 수레를 몰게 했다.

드디어 진秦·진晉 두 나라는 한원에서 대결하게 되었다. 백리해가 진루陣壘에 올라가서 적진을 바라보았다. 진晉나라 군사는 엄청나게 많은 것 같았다.

백리해가 진목공을 돌아보며 말한다.

"진후晉侯는 이제 우리 손에 죽습니다. 주공께서는 친히 나가서 싸우지 마시고 구경만 하십시오."

진목공이 손가락을 들어 하늘을 가리키며 대답한다.

"진晉이 나를 저버림이 너무나 심했도다. 만일 하늘에 이치가 없다면 모르거니와, 하늘에 이치가 있다면 과인은 반드시 이길 것이오."

진군秦軍은 용문산龍門山 아래서 정렬하고 적을 기다렸다.

곧 진군晉軍도 포진했다.

양편 군대는 둥그렇게 서로 대치했다.

양쪽 중군이 각기 북을 울리며, 서로 적군을 향해 나아갔다.

진晉나라 선봉 도안이는 힘만 믿고, 100근 이상 되는 혼철창渾鐵槍을 잡고 앞섰다. 도안이는 진군秦軍의 정면을 뚫고 들어가 닥치는 대로 적을 찔렀다. 진군秦軍의 중심부가 약간 흔들렸다. 백을병이 수레를 몰고 도안이를 향해 나는 듯이 달려가 서로 어울려 50여 합을 싸웠다. 그들은 서로 살기가 등등했다. 마침내 두 사람은 수레에서 뛰어내려, 서로 달라붙어 움켜잡았다.

도안이가 눈을 부릅뜨고 호통한다.

"내 너와 단둘이서 사생을 결단하리라. 만일 다른 사람의 도움을 받는다면 이는 사내자식이 아니다."

"맨손으로 너를 사로잡아야만 내가 비로소 영웅이 될 수 있다."

그들은 아무도 가까이 못 오도록 분부했다. 두 사람은 주먹과 다리를 서로 치고 받았다. 누가 누군지 분별할 수 없을 만큼 어지러이 싸웠다. 이윽고 백을병은 도안이의 목을 틀어안고 뒷걸음질을 쳐서 자기 진으로 끌고 가기 시작했다.

진혜공은 언덕 위에서 도안이가 적진에 끌려가는 걸 보고, 급히 한간을 불렀다. 명을 받은 한간은 양유미와 함께 군사를 거느리고 진군秦軍의 왼편을 향해서 쳐들어갔다. 동시에 진혜공도 가복도 등을 거느리고 진군의 오른쪽을 쳐들어갔다. 이를 보자 진晉나라 중군中軍도 적의 정면을 향해 나아갔다.

진목공은 진晉나라 군대가 세 줄기로 나누어 쳐들어오는 걸 보고 즉시 군대를 두 가닥으로 나누어 적을 맞이했다.

진혜공은 수레를 몰고 앞을 달리다가 바로 앞에서 달려오는 공손지와 만났다. 진혜공은 즉시 가복도로 하여금 공손지를 맞이해서 싸우게 했다.

공손지의 만부부당지용萬夫不當之勇을 한낱 가복도가 어찌 당적할 수 있으리오.

진혜공은 괵사에게 수레를 몰게 하고, 가복도를 도우려고 달려갔다. 공손지가 가까이 오는 진혜공을 보자 창을 높이 비껴들고 크게 소릴 질렀다. 그 소리는 벽력과 같아서 일시에 하늘이 진동하는 듯했다. 공손지의 그 소리에 수레를 몰던 괵사는 기겁을 하고 수레 속에 푹 엎드렸다.

이때, 괵사보다 놀란 것은 진혜공이 타고 있던 말 소사였다. 소사는 전쟁 경험이 없는 말이었다. 진혜공이 아무리 고삐를 잡아당겨도 소용이 없었다. 소사는 앞발을 허공에 높이 쳐들고 몸을 꼿꼿이 세웠다. 진혜공은 말을 전진시키려고 힘껏 채찍질을 했다. 그럴수록 말은 더욱 앞발질을 하며 미친 듯 몸을 곤추세웠다. 말이 날뛰는 바람에 진혜공은 하늘과 땅이 큰 파도처럼 빙글빙글 돌기 시작했다. 말은 비틀비틀하더니 진흙 구덩이 속에 모로 쓰러졌다. 진혜공은 더욱 매질을 하여 말을 일으키려고 서둘렀으나 말은 다리에 힘이 빠져서 일어나질 못했다.

참으로 진혜공은 위기일발에 놓여 있었다.

이때, 마침 경정이 탄 병거가 진흙에 쑤셔박힌 진혜공 앞을 지나간다. 진혜공이 목이 찢어져라 외친다.

"경정은 속히 과인을 구출하라!"

경정이 돌아보며 심술궂게 대답한다.

"똑똑한 괵사는 어디 있기에 나를 부르십니까."

"경정은 속히 와서 그 병거에 나를 태워다오."

"주공은 소사를 타는 것이 가장 좋다고 하였으니, 신은 다른 사람에게 주공을 구출하라고 시키겠습니다."

경정은 수레를 왼편으로 몰고서 더 이상 돌아보지도 않고 가버렸다.

괵사는 다른 병거를 불러 진혜공을 구출하려고 했으나, 어찌하리오. 이미 진병秦兵이 주위를 에워싸고 쳐들어오지 않는가. 진혜공은 빠져나갈 길이 없었다.

한편 한간은 이런 줄도 모르고 군사를 거느리고서 진군秦軍 속으로 쳐들어갔다. 한간은 적의 중군 속에서 진목공과 맞닥뜨렸다. 한간이 진목공을 치려고 달려가는데, 바로 곁에서 진장秦將 서걸술이 나타나 앞을 가로막으며 덤벼든다. 그들은 서로 30여 합을 싸웠으나 승부가 나질 않았다.

이때, 진장晉將 아석이 군사를 거느리고 나는 듯이 달려와 한간과 함께 서걸술을 앞뒤로 공격했다. 마침내 서걸술은 앞뒤에서 치는 공격을 당할 수 없어 한간의 번쩍이는 창에 맞아 달리는 수레 아래로 굴러떨어졌다.

이쪽으로 달려오던 진장晉將 양유미가 한간을 향해 큰소리로 부르짖는다.

"쓰러진 적장을 취할 때가 아니다. 속히 저 진후秦侯를 사로잡아라!"

한간은 쓰러진 서걸술을 돌아보지도 않고 나는 듯이 말을 달려가 즉시 진목공에게 육박肉迫했다.

한간의 뒤를 따라 진晉나라 군졸들도 새까맣게 달려들었다. 융로戎輅 위에 앉아 있던 진목공은 피할 수 없는 위기에 직면했다.

진목공이 하늘을 우러러 탄식한다.

"내, 오늘날 도리어 진晉나라에 사로잡히는 몸이 되는구나. 슬프다. 하늘에 이치가 없느냐!"

진목공이 벌 떼처럼 몰려드는 적군을 보며 슬피 탄식할 때였다. 바로 서쪽 언덕 위로 난데없이 300여 명의 1대隊 용사가 일제히 고함을 치면서 나타났다.

"우리 은주恩主께 손을 대지 마라!"

진목공은 고함 소리 나는 곳으로 돌아봤다. 서쪽 언덕을 넘어서 달려오는 300여 명은 다 봉발蓬髮을 휘날리며 소매 없는 저고리를 입고 짚신을 신었는데, 뛰는 것이 나는 것 같고, 각기 손엔 큰 칼을 들고 허리엔 화살을 차고 있었다. 마치 혼세混世의 마왕魔王 아래 있는 귀병鬼兵들이 쏟아져나온 듯, 그들은 진병晉兵을 닥치는 대로 쳐죽였다. 한간과 양유미는 진목공을 사로잡으려는 순간에 황망히 몸을 돌려 난데없이 나타난 적과 싸워야만 했다.

이때, 북쪽에서 한 사람이 나는 듯이 병거를 달려왔다. 그는 바로 경정이었다. 경정이 높은 소리로 외친다.

"지금 이곳에서 싸울 때가 아니오. 주공이 용문산 수렁 속에서 진병秦兵에게 포위되어 있소. 속히 가서 구출하오!"

한간 등은 크게 놀라 300여 명의 장사壯士들과 싸우다 말고 진혜공을 구출하려고 용문산을 향해 달려갔다.

누가 알았으랴. 진혜공은 이미 공손지에게 사로잡힌 몸이 되어 있었다. 가복도·괵사·극보양 등도 다 진군秦軍에게 사로잡혀 어디로 끌려갔는지 대채大寨에 없었다. 한간이 원통해서 발을 굴렀다.

"진후秦侯를 사로잡았던들 주공과 서로 바꿀 수 있었는데! 허, 경정이 도리어 일을 망쳐놓았구나."

양유미가 말한다.

"주공이 없으니 우리들은 장차 어디로 돌아갈꼬!"

마침내 그들은 무기를 버리고 진채秦寨에 가서 투항했다. 이리하여 진晉나라 임금과 신하가 다 한곳에 감금당했다.

한편 300여 명의 장사들은 진목공을 구출하고, 서걸술西乞術을 구출했다. 진병秦兵은 승세를 이용해서 진병晉兵을 크게 무찔렀다. 용문산 아래엔 진晉나라 군졸의 시체가 산처럼 쌓였다. 진晉나라 병거 600승 중에서 무사히 탈출한 것은 겨우 열에 두셋에 불과했다.

경정은 진혜공이 사로잡혔다는 걸 듣고, 몰래 진군의 포위를 뚫고 나가다가 땅바닥에 쓰러져서 신음하는 아석을 봤다. 그는 부상당한 아석을 자기 수레에 태우고 진晉나라로 돌아갔다.

염옹이 시로써 한원대전韓原大戰을 읊은 것이 있다.

용문산 아래 가득히 쓰러진 시체들을 탄식하노니
어리석은 임금이 은혜를 몰랐기 때문이다.
누가 옳고 누가 그른가는 승부로써 밝혀졌으니
밝고 밝은 하늘의 이치를 속일 수 없구나.

龍門山下嘆輿屍
只爲昏君不報施
善惡兩家分勝敗
明明天道豈無知

대채大寨로 돌아간 진목공은,

"내 경의 말을 듣지 않았다가 하마터면 진晉나라의 웃음거리가 될 뻔했소."

하고 백리해에게 말했다.

이때, 300여 명의 장사들이 일제히 영채 앞에 이르러 진목공에게 절하고 머리를 조아렸다.

"너희들은 어이한 사람이관데 과인을 죽음의 마당에서 구출했느냐?"

한 장사가 대답한다.

"주공께서는 지난날에 주공이 사랑하시던 말을 잃었던 일을 기억하시나이까? 저희들은 그때 주공이 사랑하시던 그 말들을 잡아먹은 도적놈들입니다."

오래 전 일이었다. 언젠가 진목공은 신하들을 거느리고 양산梁山에서 사냥을 한 적이 있었다. 그날 밤, 나무 밑에 비끄러매둔 좋은 말 여러 마리가 없어졌다. 진목공은 관리들을 시켜 말을 찾아오게 했다. 관리들이 기산崎山 아래 이르렀을 때였다. 산 아래 계곡에서 들사람 300여 명이 모여앉아 말고기를 먹고 있었다. 관리들은 이 광경을 숨어서 보고, 돌아가서 진목공에게 아뢰었다.

"속히 군사를 보내면 그놈들을 모조리 잡아올 수 있습니다."

이 말을 듣고서 진목공은 길이 탄식했다.

"말은 이왕 죽었으니와 말 때문에 사람까지 죽일 수야 있느냐. 과인은 짐승을 소중히 생각하고 사람을 천시할 순 없다. 좋은 술 수십 독을 수레에 싣고 가서 그 들사람들에게 주고 오너라."

관리들은 진목공의 분부대로 술 수십 독을 수레에 싣고 기산 아래로 갔다.

관리들은 진목공의 말씀을 그 들사람들에게 전했다.

"우리 주공께서 말씀하시길 '과인이 듣건대, 말고기를 먹고 술을 마시지 않으면 사람이 상한다 하기로 이제 좋은 술을 너희들에게 하사하노라' 하셨으니, 그리 알아라."

관리들을 보고 달아나려던 들사람들은, 이 의외의 분부를 듣고 모두 꿇어엎드려 머리를 조아렸다.

그들은 술을 나눠 마시면서,

"우리가 말을 몰래 끌고 와서 잡아먹었는데 벌을 내리지 않으시고 도리어 우리들이 상할까 염려하사 좋은 술까지 하사하셨으니 이 막대한 주공의 은혜를 무엇으로 갚으리오."

하고 일제히 찬탄했다.

지난날의 그 300여 명은 이번에 진목공이 진晉나라를 친다는 소문을 듣고 다들 목숨을 버릴 각오로써 싸움을 도우려고 한원에 왔다. 그들이 한원에 이르렀을 때 마침 진목공이 적에게 포위됐던 참이어서 그들은 일제히 용맹을 들날려 진목공을 구출한 것이었다.

이 일이야말로 다음과 같은 옛 시와 같다고 하겠다.

　　외 심은 곳에 외가 나고
　　팥 심은 곳에 팥이 나네.

가는 말이 박하면 오는 말이 박하고
후하게 대접하면 후한 갚음을 받네.
은혜를 입고도 갚을 줄 모르면
날짐승이나 네발짐승과 다를 게 무엇이리오.

種瓜得瓜

種豆報豆

施薄得薄

施厚報厚

有施無報

何異禽獸

진목공이 하늘을 우러러 탄식한다.

"들사람도 오히려 옛 은혜를 잊지 않거늘, 도대체 진후晉侯는 어찌 된 사람인고!"

진목공이 다시 들사람들에게 묻는다.

"너희들 중에 벼슬을 살고 싶은 자가 있거든 자원하여라. 과인이 벼슬을 주리라."

300여 명의 장사들이 일제히 아뢴다.

"저희들은 들사람으로 주공께 은혜를 갚고자 온 것뿐입니다. 벼슬은 저희들의 원하는 바가 아닙니다."

진목공은 그들에게 각기 황금과 비단을 하사했다. 그러나 들사람들은 받지 않고 돌아갔다.

진목공은 더욱 찬탄하여 마지않았다.

후세 사람이 시로써 이 일을 읊은 것이 있다.

한원 산 아래서 싸움은 벌어져

진晉나라 군사가 겹겹이 진목공을 에워쌌도다.

지난날에 만일 말 도적들을 죽였더라면

어찌 오늘날 진목공이 살아날 수 있으리오.

韓原山下兩交鋒

晉甲重重困穆公

當日若誅收馬士

今朝焉得出樊籠

　이윽고 진목공은 장수들을 점검했다. 백을병 한 사람만이 보이지 않았다.

　진秦나라 군사는 사방으로 흩어져 백을병을 찾기 시작했다. 이상한 신음 소리가 토굴 속에서 들려왔다. 모두 그 토굴로 들어가 보았다. 굴속엔 백을병과 도안이가 쓰러져 있었다. 두 사람은 다 기진맥진해서 꼼짝하지 않았다. 그래도 서로 손을 놓지 않고 움켜잡고 있었다. 군사들은 두 장수를 각각 떼어놓았다. 그리고 두 장수를 각기 두 대의 수레에 나누어 싣고 본채本寨로 돌아갔다.

　진목공은 백을병을 위로했으나 백을병은 말을 못했다. 가히 죽은 사람이나 다름없었다.

　한 장수가 진목공에게 두 장수를 다 살렸으면 좋겠다고 진언했다. 진목공은 연방 머리를 끄떡이며,

　"둘 다 용감한 장수다."

하고, 좌우 사람에게 묻는다.

　"이 진晉나라 장수의 성명을 아는 자 있느냐?"

　공자 칩이 수레 속에 쓰러져 있는 장수의 얼굴을 들여다보고는

아뢴다.

"이는 역사力士 도안이라는 사람입니다. 신이 지난날에 진晉나라 두 공자의 죽음을 조상하러 갔을 때, 이 도안이가 본국 대신의 명령을 받고 우리를 마중하러 나왔습니다."

"이 사람을 과인 밑에 두기로 하고 우리 진나라에서 쓰면 어떠할지?"

공자 칩이 대답한다.

"진晉나라 탁자와 이극을 죽인 것이 바로 저 도안이의 손입니다. 하늘의 이치를 따라 그를 참하는 것이 정당한 조처일까 합니다."

진목공은 드디어 장수들에게 도안이를 참하도록 명을 내렸다.

군졸들은 눈을 반쯤 뜨고 누워 있는 도안이를 수레에서 멧돼지 끌어내듯 끌어내어 그 당장에 목을 끊었다.

진목공은 친히 비단 곤포를 벗어 백을병의 몸에 덮어주고, 백리 해에게 명하여 백을병을 병거에 싣고 먼저 귀국하게 했다.

진秦나라로 돌아간 백을병은 의원의 치료를 받고 두 말[斗]의 피를 토하고 반년 뒤에야 겨우 일어났다. 그러나 이는 다 다음날의 이야기다.

크게 승리한 진목공이 영채를 뽑고 일제히 본국으로 돌아갈 즈음 해서 아랫사람에게 분부한다.

"갇혀 있는 진후晉侯에게 가서 과인의 말을 전하여라. '그대가 과인과 서로 겨루는 걸 피하지 않겠다고 했으니 이제 과인도 그대를 피할 수 없는 처지에 이르렀다. 우리 본국에까지 그대를 데리고 가서 그대를 처벌하리라'고 말하라."

명을 받은 사람이 갇혀 있는 진후에게 가서 진목공의 말을 전하자, 진혜공은 목을 푹 숙이고 아무 대답도 없었다.

공손지는 병거 100승을 거느리고 진혜공을 진秦나라로 압송했다. 압송당하여 가는 진혜공 뒤에 괵사·한간·양유미·가복도·극보양·곽언·극걸 등 진晉나라 장수들이 머리는 산발하고 때묻은 얼굴로 묵묵히 뒤따라 걸었다. 그들은 발이 부르트고 밤이면 이슬을 맞으며 갔다. 포로가 된 임금과 신하들은 흡사 상주喪主들 같았다.

진목공은 다시 아랫사람을 시켜 그들에게 이런 말을 전했다.

"너희들 군신君臣이 과인에게 말하기를 '진晉나라 곡식이 먹고 싶거든 군대를 몰고 와서 뺏어가라'고 했다. 과인이 너희들 임금을 잡아가는 것은 우리 나라가 흉년이 들어 곡식이 필요하기 때문이다. 내가 너희 임금에게 심하게 군다고 생각하느냐. 너희는 임금이 없다고 과도히 슬퍼 마라."

한간 등 진晉나라 장수들은 두 번 절하고 머리를 조아리며,

"군후께서 우리 임금의 어리석음을 불쌍히 생각하사 여러 번이나 너그러이 다스렸으니 어찌 심히 군다고 생각하겠습니까. 황천후토皇天后土도 우리 임금이 말한 걸 들으셨으니 신들은 더 뭐라고 아뢸 말이 없습니다."

하고 전갈 온 신하에게 대답했다.

진군秦軍은 진晉나라를 떠나 본국 옹주雍州 접경에 이르렀다.

진목공은 모든 신하들과 함께 회의를 열었다.

"과인이 상제上帝의 명을 받아 진晉나라 내란을 평정하고 이오夷吾를 진나라 군위에 올렸으나 그는 진후晉侯가 된 뒤 누차 과인의 은덕을 배반했으니 웬일인가. 이는 진후가 바로 상제에게 죄를 지은 것이나 다름없다. 과인은 이제 진후를 죽여서 상제께 제물로 바치고 교사郊祀를 지내어 하늘의 뜻에 보답할까 하노라."

공자 칩이 아뢴다.

"주공의 말씀이 지당한 줄로 아뢰오."

공손지가 앞으로 나아가 아뢴다.

"무슨 그런 말씀을 하십니까. 진晉은 큰 나라입니다. 우리는 그들을 포로로 잡아두고 있으므로 벌써 진의 원망을 받고 있는 셈입니다. 만일 진후를 죽이면 그들의 분노는 더할 것입니다. 다음에 진나라가 우리에게 보복할 때는 우리가 이번에 진에 보복한 것보다 더 심하리이다."

공자 칩이 대항해 말한다.

"신이 아까 말한 것은 그저 진후를 죽이자는 것이 아닙니다. 공자 중이重耳를 그 대신 진나라 군위에 세우자는 뜻입니다. 곧 무도한 자를 죽이고 어진 사람을 올려세우면 진나라 백성들이 다시 우리의 은혜에 감복할 것인데, 무슨 원망이 있겠습니까."

이에 공손지가 자기 생각을 말한다.

"물론 공자 중이는 어진 사람입니다. 자고로 부자 형제 간이란 종이 한 장 같습니다. 지난날 중이는 그 아버지가 세상을 떠났대서 그걸 기화로 삼아 임금 자리에 앉을 순 없다 하고 사양한 사람입니다. 그러한 사람이 어찌 동생 이오가 죽는대서 그걸 기화로 이익을 취하려 하겠습니까. 만일 중이가 군위에 앉기를 거절하면 결국 다른 사람을 세워야 할 것이니, 그렇다면 지금 이오와 그 다른 사람이 얼마만한 차이가 있겠습니까. 그렇지 않고 중이가 만일 기꺼이 군위에 앉는다면 그는 반드시 죽은 동생의 원수를 갚으려고 언젠가는 우리 진秦을 노릴 것입니다. 주공께서는 전날 이오에게 누차 베푼 그 덕을 버리고서 새로이 중이를 세워 다시 원수를 사시렵니까. 신은 아무리 생각해도 공자 칩의 생각이 옳지 못한 줄로 압니다."

두 사람의 말을 다 듣고 나서 진목공이 신하들에게 묻는다.

"그럼 진후 이오를 축출하랴 아니면 무한정 감금해두랴. 그도 아니면 다시 군위에 올려주는 게 좋을까. 이 세 가지 중에서 어떤 것이 우리에게 이로울까?"

공손지가 대답한다.

"감금해둔댔자 진후는 보잘것없는 사람입니다. 그런 필부가 우리에게 무슨 소용이 있겠습니까. 또 타국으로 추방하면 그는 반드시 다시 군위에 돌아가려고 살아 있는 한 갖은 짓을 다 꾸밀 것입니다. 그러니 그를 도로 임금 자리에 앉혀주는 것만 못합니다."

"그럼 우리가 이번에 피를 흘려서까지 싸워 이긴 것은 하등의 의미도 없지 않느냐?"

"신은 덮어놓고 그를 복위시키자는 것은 아닙니다. 첫째 진후로 하여금 하서 다섯 성을 우리에게 바치게 하고, 둘째 그의 아들 세자 어御를 우리 나라에 볼모로 갖다두게 한 뒤에 그를 돌려보내야 합니다. 그렇게 하면 진후는 죽을 때까지 감히 우리에게 못된 짓을 못할 것이며, 뒷날 그가 죽고 그의 아들 어가 군위를 계승했을 때, 그때 우리가 또 어에게 덕을 배풀면 진나라는 대대로 우리 진秦에 충성을 다할 것입니다."

"자상子桑(공손지의 자)의 계책이 몇 대代 앞까지 내다보고 있으니 과인은 그대의 말을 좇으리라."

하고 진목공은 드디어 머리를 끄덕이었다.

마침내 진혜공은 영대산靈臺山 이궁離宮에 수감되었다. 그 이궁을 1,000명의 진秦나라 군졸이 지켰다.

진목공은 진혜공을 영대산으로 보낸 다음 도성을 향해 떠나려던 참이었다. 이때, 뜻밖에 도성에서 한 떼의 내시들이 상복喪服을 입고 왔다. 진목공은 뜻밖에 내시들이 입고 온 상복을 보고서 깜짝 놀라,

'부인이 세상을 떠났구나.'

생각하고 까닭을 물으려는데, 내시들이 진목공께 절하고 아뢴다.

"저희들은 부인의 말씀을 전하옵니다. '하늘이 재앙을 내리사, 나의 시집인 진秦나라와 나의 친정인 진晉나라가 우호를 잃고 서로 싸워 이제 친정 동생인 진후晉侯가 사로잡혔다니, 이는 이 몸의 수치로소이다. 만일 진후가 아침에 도성으로 끌려들어온다면 이 몸은 아침에 죽을 것이며, 저녁에 끌려들어오면 이 몸은 저녁에 죽을 작정입니다. 이제 내시들에게 상복을 입혀 주공과 대군大軍을 영접하러 보내니, 진후를 용서해주시면 이는 이 몸을 용서하심이라. 주공은 이를 양해하옵소서'."

진목공이 적이 놀라 묻는다.

"부인은 지금 궁중에서 어찌하고 계시느냐?"

그중 내시 한 사람이 아뢴다.

"부인께선 진후가 사로잡혔다는 소식을 들으신 뒤 상복을 입으시고 세자를 데리고 궁실을 나오사, 후원 숭대崇臺 위에다 초막을 지어 지내고 계십니다. 그리고 숭대 아래엔 장작을 수십 층 쌓아 올려서 조석 수라를 올리는 사람들은 그 장작을 밟고 오르내리는 형편입니다. 지금 부인께선 진후晉侯가 옹성으로 끌려들어오기만 하면 대상臺上에서 장작에 불을 놓아 당신 몸을 불살라버림으로써 형제의 정을 표시할 생각이십니다."

진목공은,

"공손지가 진후를 죽이지 말라고 과인에게 권했기 망정이지 그

렇지 않았다면 나는 부인을 잃을 뻔했구나."

탄식하고, 내시들에게 평소 때 옷으로 갈아입게 하고 부인에게 보내는 전갈을 한다.

"너희들은 속히 돌아가서 부인께 전하여라. '과인은 머지않은 날에 진후를 본국에 돌려보낼 생각이니 부인은 추호도 상심 마오'."

내시들은 즉시 출발하여 다시 도성으로 돌아갔다.

돌아온 내시들로부터 진목공의 전갈을 듣고야, 목희는 비로소 숭대의 초막에서 나와 내궁으로 돌아갔다.

이때 내시 한 사람이 무릎을 꿇고 목희에게 묻는다.

"진후는 욕심만 많고 의리가 없어 우리 주공을 거듭 배신했고, 또 부인의 간곡한 부탁을 여러 번 저버렸으니 오늘날 그는 스스로 곤욕을 취한 거나 다름없습니다. 그런데 부인은 어찌하사 이번에 그렇듯 상심하셨나이까?"

목희가 조용히 대답한다.

"어진 사람은 비록 원한이 있을지라도 부모 형제를 잊지 않으며, 비록 노할지라도 예의를 버리지 않는다. 만일 진후가 우리 진秦나라에 잡혀와 죽는다면 어찌 나에게도 죄가 없겠느냐."

이 말을 듣고 내시들은 군부인君夫人의 어진 덕을 칭송하지 않는 자가 없었다.

개자추, 허벅지 살을 떼어 주인을 먹이다

진혜공晉惠公은 영대산靈臺山에 갇혀 있었으므로 그간 목희穆姬가 초당에 물러앉고 내시들에게 상복을 입힌 가지가지 일을 모르고 있었다. 진혜공이 한간韓簡에게 말한다.

"지난날에 진秦나라가 우리에게 청혼했을 때 태사 소가 점을 쳤는데, 그때 점괘가 '서쪽에서 말썽이 일어나리니 혼인하는 것이 이롭지 않다'고 나왔었다. 그때 과인의 누이가 진후秦侯와 결혼만 하지 않았더라도 오늘날 같은 일은 없었으리라."

한간이 어이가 없어 멀거니 진혜공을 바라보다가 대답한다.

"주공이 이 지경에 이른 것이 어찌 진秦나라와 통혼한 때문이겠습니까. 만일 진나라와 서로 혼인한 관계가 아니었다면 주공이 지난날에 어찌 본국에 돌아와서 군위에 오를 수 있었겠습니까. 주공이 군위를 얻은 뒤 도와준 사람을 배신하고 친한 사이를 원수로 삼지 않았던들 진은 우리를 이 지경으로 몰아넣지 않았을 것입니다. 주공은 지난날을 잘 생각해보십시오."

진혜공은 대답 없이 머리를 숙이고 한숨만 몰아쉬었다.

한편 진목공秦穆公이 공손지公孫枝에게 분부한다.

"경은 영대산에 가서 진후晉侯에게 안부를 묻고 그를 진나라로 돌려보내라."

그날로 공손지는 영대산으로 갔다.

"우리 나라 문무백관들은 군후께 별로 호감이 없으나, 다만 군부인께서 숭대崇臺에 오르사 죽음을 청하신 때문에 인척간의 정리를 생각지 않을 수 없어 다음과 같이 결의했습니다. 곧, 지난날 약속했던 하서河西 지방 다섯 성을 즉시 우리에게 내주고 또 귀국의 세자 어御를 볼모로 우리 나라에 보내기만 하면 언제든지 군후는 본국으로 돌아갈 수 있습니다."

그제야 진혜공은 비로소 누님인 목희가 얼마나 자기를 위해 애썼는가를 알고 차마 얼굴을 들지 못했다.

진혜공이 극걸郤乞에게 말한다.

"그대는 먼저 본국에 가서 여이생呂飴甥에게 진秦나라 요구 조건을 말하고 속히 과인이 귀국할 수 있도록 조처하라고 일러라."

그 뒤 극걸은 진晉나라로 돌아가 여이생에게 그간 경과를 알렸다. 이에 여이생은 즉시 진秦나라 옹성雍城으로 갔다.

여이생은 진목공 앞에 나아가서 오랫동안 말썽 많았던 하서 지방 다섯 성의 지도와 그곳 곡식 수량數量, 호구戶口를 기록한 땅문서를 바쳤다.

"원컨대 세자를 이곳으로 데려오는 동시 우리 주공을 모셔갈까 합니다."

진목공이 묻는다.

"왜 이번에 세자를 데리고 오지 않았느냐?"

여이생이 대답한다.

"지금 국내가 어지럽기 때문에 잠시 세자를 본국에 두고 왔습니다. 우리 주공께서 입경入境하시는 날 바로 세자는 출경出境할 예정입니다."

"진晉나라는 어째서 늘 상하가 화합하지 못하고 혼란이 그치지 않느냐?"

"군자君子는 우리 나라가 저지른 죄를 알기 때문에 진秦나라의 덕德만 생각하고, 소인小人은 우리 나라가 저지른 죄를 모르기 때문에 그저 진秦나라에 대해서 원수를 갚겠다고 설치는 중입니다. 그래서 국내가 늘 화합하지 못하고 있습니다."

"그럼 너희 나라에선 너희 임금이 돌아오기를 원하고들 있느냐?"

"군자들은 우리 주공이 반드시 돌아오실 줄 믿고 있습니다. 그래서 세자를 보내어 진秦나라와 친선하기를 소원하고 있습니다. 그러나 소인들은 우리 주공이 반드시 돌아오지 못할 것이라고 생각하고 있습니다. 그래서 그들은 세자를 군위君位에 세워 진秦나라에 끝까지 항거하자는 것입니다. 그러나 신의 어리석은 소견으론 군후君侯께서 지금까지 우리 주공을 잡아두셨으니 이는 위엄을 세우신 것이며, 앞으로 우리 주공을 놓아주시면 바로 덕을 세우심인가 합니다. 원래 덕과 위엄을 갖춰야만 백주伯主로서 천하의 모든 나라 제후를 거느리는 근본이 섭니다. 군자의 마음을 슬프게 하고, 소인의 분노를 격동시킨다면 과연 진秦나라에 무슨 이익이 있겠습니까. 지금까지 쌓은 공덕을 버린다면 이는 하루아침에 패업을 버리는 거나 다름없습니다. 군후께서는 이런 때일수록 사리를 판단하십시오."

진목공은 여이생이 백주니 패업이니 하고 자기를 추켜세워주는데 기분이 좋았다.

"과인의 뜻이 바로 여이생의 뜻과 같도다!"

하고 진목공은 빙그레 웃었다.

이에 진秦나라 관리들은 곧 진晉나라 하서 지방에 가서 다섯 성에 각각 관청을 설치하고 새로 진晉나라와의 경계를 정했다.

이런 연후에야 진목공은 진혜공을 교외 공관公館으로 데려오게 했다. 그리고 진목공은 국빈國賓에게 대하는 예의로써 칠뢰七牢로 진혜공을 대접했다. 한바탕 크게 진혜공을 대접한 뒤, 공손지로 하여금 군사를 거느리고서 진혜공과 여이생 일행을 국경까지 전송하게 해주었다.

대저 소와 염소와 돼지 한 마리씩을 일뢰一牢라고 한다. 칠뢰란 것은 융숭한 대접을 했다는 뜻이다. 이는 오로지 진목공이 진혜공과 새로이 우호를 맺고자 한 때문이었다.

진혜공은 9월에 패전하여 진秦나라에 수감됐다가 동짓달에야 겨우 석방되어 수하 장수들과 함께 귀국했다.

함께 잡혀가서 수감됐던 장수들 중에 다만 괵사虢射만이 진나라에서 병으로 죽었다.

한편 진晉나라에서 아석蛾晳은 진혜공이 돌아온다는 소문을 듣고, 경정慶鄭에게 권했다.

"그대가 주공을 구출하려고 한간에게 가서 소식을 전하는 사이에 주공은 진군秦軍에게 사로잡혔던 것이오. 이제 주공이 돌아오면 그대 신상에 해가 미칠 것이니 타국으로 달아나 위기를 모면하도록 하오."

"자고로 군법에 군사가 패하면 죽는 것이 정칙正則이며, 장수가 적에게 사로잡히면 죽는 것이 정칙이오. 더구나 내 실수하여 임금께 큰 곤욕을 끼쳤으니, 이건 죄 중에도 큰 죄라. 만일 주공이 돌아오지 않는다면 나는 집안 식구를 데리고 진秦나라에 가서 죽을 작정이었소. 그러던 차에 주공이 이제 귀국하게 되었음이라. 내 어찌 형벌을 피할 생각이 추호인들 있겠소. 나는 이곳에 머물러 있다가 형벌을 받음으로써 우리 주공의 마음을 만족시켜드리기로 각오했소. 이리하여 벼슬 사는 자가 죄를 지으면 벗어날 길이 없다는 걸 모든 사람에게 알려줄까 하오. 그러하거늘 내 어찌 몸을 피하리오."

아석은 이 말을 듣고, 연방 탄식했다.

진혜공은 강성絳城 가까이 이르렀다. 세자 어가 호돌·극예·경정·아석·사마설司馬說·시인寺人 발제勃鞮 등을 거느리고 교외로 나가서 진혜공을 영접했다. 수레 속에서 진혜공은 경정을 내다본 순간 속에서 울화가 치밀었다. 진혜공이 가복도家僕徒에게 분부한다.

"저 경정을 이리로 불러오너라."

경정은 수레 앞으로 불려갔다. 진혜공이 묻는다.

"네 무슨 면목으로 나를 영접하려고 여기까지 나왔느냐?"

경정이 침착한 목소리로 대답한다.

"처음에 신이 아뢴 대로 주공께서 곡식을 보냈던들 진秦나라는 우리 나라에 쳐들어오지 않았을 것입니다. 다음에 신이 아뢴 대로 화평을 청하셨던들 결코 싸움은 일어나지 않았을 것입니다. 또 신이 소사小駟를 타지 마시라고 간했을 때 그 말을 들으셨던들 그런 끔찍한 곤욕은 당하지 않았을 것입니다. 신은 세 번이나 주공께

목숨을 걸고 옳은 말을 했습니다. 주공께 바친 신의 충성이 누구보나노 지극했는데 왜 주공을 뵈올 수 없겠습니까."

"너는 그래도 오히려 입을 놀리느냐."

"할말은 끝까지 해야겠습니다. 있다면 신이 죽어야 할 세 가지 죄가 있습니다. 신의 충성스런 말을 주공께서 들어주시질 않았으니 듣도록 못한 것이 신의 죄며, 곽언을 지휘관으로 삼아야 한다고 말씀드렸건만 주공께서 그를 쓰지 않았으니 쓰도록 못한 것이 신의 죄며, 주공을 구출하려고 다른 장수를 부르러 갔다가 그동안에 주공께서 적에게 사로잡혔으니 적에게 붙들리지 않도록 못한 것이 신의 죄입니다. 이런 억울한 세 가지 죄라면 신은 형벌을 받을 수밖에 없습니다. 자아, 어서 신의 죄를 밝히십시오."

진혜공은 대답할 말이 없었다. 그러나 진혜공은 비겁한 사람이었다.

"말 못할 놈이로구나. 양유미梁繇靡는 과인을 대신해서 저놈의 죄를 다스려라."

양유미가 경정 앞에 가서 꾸짖는다.

"너의 대답은 죽음을 피하기 위한 변명에 불과하다. 그러나 너는 죽어야 할 세 가지 죄가 있다. 너는 네 죄를 알겠느냐! 진흙 속에 빠진 주공께서 때마침 지나가는 너를 급히 부르셨건만 너는 돌아보지도 않고 가버렸으니 네 마땅히 죽어야 할 죄 그 하나며, 우리들이 진후秦侯를 막 사로잡으려는 참이었는데 네가 와서 주공을 구출해야 한다는 바람에 큰일을 잡쳤으니 네 마땅히 죽어야 할 그 죄 둘이며, 다른 장수들은 다 적에게 결박을 당하고 끌려갔는데 너는 힘써 싸우지도 않고 얼굴 하나 다친 곳 없이 도망해버렸으니 네 마땅히 죽어야 할 죄 세 가지다."

경정이 다 듣고 나서 정색하고 대답한다.

"이제 삼군三軍이 이 자리에 있으니 이 경정의 한마디 말을 들어주오. 내가 다른 나라로 도망가지 않고 지금까지 앉아서 죽음을 기다렸는데 능히 싸우지도 않았고 상하지도 않았다고 할 수 있는가."

곁에서 이 광경을 보다가 아석이 진혜공에게 간한다.

"경정은 죽음을 두려워 않고 있습니다. 그는 참으로 용기 있는 사람입니다. 바라건대 주공께서는 그를 용서하시고 이번 한원韓原에서 진 원수를 갚도록 그에게 기회를 다시 한번 주십시오."

양유미가 진혜공을 대신해서 대답한다.

"싸움은 이미 졌소. 이제 죄인을 등용해서 원수를 갚는다면 진晉나라엔 이렇듯 사람이 없느냐고 천하가 다 우리를 비웃을 것이오."

이번엔 가복도가 간한다.

"조금 전 경정의 답변엔 세 가지 충성스런 점이 확실히 있었습니다. 그것만으로도 그를 살려줄 수 있다고 생각합니다. 그를 죽여서 임금의 법法을 실행하느니보다는 그를 용서해서 임금의 어진 덕을 선양하는 것이 옳은 처사라고 생각합니다."

또 양유미가 대신 대답한다.

"나라가 강하려면 오직 법을 잘 시행해야 하오. 형벌이 분명치 않고 법이 문란하면 누가 겁을 내겠소. 경정을 죽이지 않으면 이후에 다시 군사軍士를 부릴 수 없을 것이오."

진혜공이 사마설을 돌아보며 재촉한다.

"속히 경정의 목을 참하여라!"

사마설은 칼을 뽑았다. 경정은 단정히 앉아 목을 내밀었다. 추호도 두려워하는 기색이 없었다. 칼이 백일하에 한 번 번쩍이자 경정의 목은 피를 뿜으며 땅바닥에 굴러떨어졌다.

염옹이 시로써 경정을 죽인 진혜공의 좁은 도량을 탄식한 것이 있다.

누가 곡식을 거절하고 진秦나라의 은혜를 저버리라고 시켰던가
간신의 말만 듣고서 마침내 충신을 죽였구나.
진혜공은 참으로 임금 될 자격이 없으니
그저 영대산에서 평생 갇혀 있어야만 할 인물이었다.
閉糴誰教負泛舟
反容奸佞殺忠謀
惠公褊急無君德
只合靈臺永作囚

그럼 양유미는 어째서 경정을 그처럼 미워했을까. 양유미는 적을 에워쌌을 때 자기가 꼭 진목공을 사로잡을 것으로 확신했는데, 그때 경정으로부터 주공을 구출하라는 급보를 받아 큰 공을 세우지 못했다고 생각하고 있었다. 그는 그때 일이 원통해서 경정을 증오했던 것이다.

경정이 죽음을 당하자 하늘이 갑자기 어두워졌다. 난데없이 바람까지 불어 산천도 처량했다. 조금 전까지 밝던 해는 간 곳이 없고 검은 구름만 가득히 모여들었다. 대부들 사이에서 흐느껴 우는 소리가 여기저기 일어났다.

이날, 아석은 경정의 목과 시체를 수습해서 산기슭에다 잘 묻었다.

"지난날 싸움터에서 쓰러져 있던 나를 병거에 싣고 돌아와서 살려준 그대의 은혜를 내 이렇게 갚을 줄이야 몰랐소."

아석은 경정의 무덤을 떠나며 길이 탄식하고 울었다.

진혜공은 본국에 돌아오고, 동시에 세자 어는 공손지를 따라 볼모로 진秦나라로 들어갔다. 곧 잡혀간 것이나 다름없었다.

그후 진혜공은 진목공에게 사자를 보내어 도안이屠岸夷의 시체를 청해서 받아오게 하고, 다시 그 시체를 상대부上大夫에 대한 예의로써 장사지내고, 그 아들에게 중대부의 벼슬을 주었다.

어느 날 진혜공이 극예에게 말한다.

"과인이 진秦나라에 석 달 동안 잡혀 있었을 때 늘 중이重耳 때문에 걱정했다. 혹 나 없는 동안에 중이가 기회를 노리고 귀국할까 봐 무서웠다. 이제야 겨우 마음이 놓이는구나."

극예가 속삭인다.

"중이가 죽지 않고 외국에 망명하고 있는 한, 주공께서는 한시도 안심할 수 없습니다. 곧 중이를 죽여야만 이 나라에 후환이 없어집니다."

진혜공이 귀가 솔깃해서 묻는다.

"그럼 누가 과인을 위해서 능히 중이를 죽일 수 있을까? 과인은 그자에게 많은 상금을 아끼지 않겠노라."

"시인寺人 발제는 지난날 포성蒲城을 치러 가서 달아나는 중이의 옷소매를 칼로 끊어온 사람입니다. 그래서 그는 중이가 귀국하는 걸 제일 두려워하고 있습니다. 두말할 것 없이 중이가 귀국하면 그는 목숨을 부지할 수 없기 때문입니다. 만일 중이를 죽이려면 아마 발제를 보내는 것이 가장 좋을 줄 압니다."

진혜공은 즉시 발제를 불러들여 중이를 없애버리도록 분부했다. 발제가 대답한다.

"중이는 지금 책翟나라에 있은 지 12년이나 되었습니다. 지난날 책나라 임금이 구여咎如를 쳤을 때 그곳 여자 둘을 데리고 왔습니다. 하나는 이름이 숙외叔隗라 하며, 또 하나는 계외季隗라고 하는데 둘 다 천하절색입니다. 책나라는 계외를 중이의 아내로 내주고, 숙외를 중이의 심복 신하인 조쇠趙衰와 결혼시켰습니다. 그 뒤 두 여자는 각기 남편을 섬기며 아들까지 낳았습니다. 그들 주인과 신하는 지금 가정살이 재미를 보는 중입니다. 그런데 이번 일을 하려면 한 가지 염려되는 바가 있습니다. 신이 책나라를 치면 책나라는 반드시 군사를 일으켜 우리에게 대항할 것입니다. 서로 싸움이 벌어지면 일은 더욱 곤란해집니다. 그러니 청컨대 역사力士 몇 명만 구해주십시오. 그러면 신이 그들을 거느리고 소문 없이 책나라로 들어가서 중이가 성밖에 놀러 나오는 때를 기다렸다가 그를 찔러죽이겠습니다."

진혜공이 찬동한다.

"그 계책이 참으로 묘하다."

진혜공은 역사를 구하는 데 쓰도록 즉석에서 황금 100일鎰을 내주었다.

"네 이것으로 역사들을 구하되 사흘 안에 책나라로 떠나거라. 일만 순순히 성취하고 돌아오는 날이면, 내 너에게 높은 벼슬을 주리라."

자고로 다음과 같은 말이 있다.

애당초에 알고 싶지 않거든 묻지를 말고, 듣고 싶지 않거든 말하지 말라.

진혜공의 부탁이 비록 발제 한 사람에게 비밀히 내려진 것 같지만, 원래 궁중 내시內侍들 중엔 엿듣기를 좋아하는 자가 있는 법이다.

이때 국구國舅 호돌狐突은 발제가 황금을 모래 뿌리듯 뿌리면서 힘센 장사를 구한다는 소문을 듣고 수상하다는 생각이 들었다. 호돌은 반드시 무슨 일이 있는 줄 짐작하고 사방으로 수소문했다.

원래 호돌은 진晉나라의 유명한 노재상이었던 만큼 궁중 내시들 중에도 그를 존경하는 사람이 많았다. 진혜공과 발제 사이에 꾸며진 간특한 계책은 곧 호돌에게 알려졌다.

이 비밀을 안 호돌은 깜짝 놀랐다. 그는 즉시 밀서를 한 통 써서 심복 부하에게 내주었다. 그 심복 부하는 밀서를 가지고 밤낮을 가리지 않고 책나라로 달렸다.

한편 책나라에 망명 중인 중이는 이날 책나라 임금과 함께 위수渭水 가에서 사냥을 하고 있었다. 그런데 느닷없이 한 사람이 말을 타고 달려와 몰이터를 넘고 뛰어들어왔다. 그 사람이 전신에 땀을 흘리면서 군졸에게 말한다.

"나는 진晉나라에서 온 사람입니다. 국구 호돌 대감의 서신을 가지고 왔습니다."

호모狐毛 · 호언狐偃 형제가 군졸로부터 이 보고를 듣고 서로 쳐다보며 말한다.

"아버지는 여간해선 편지를 쓰시는 성미가 아닌데 이렇듯 사람까지 보내신 걸 보면 반드시 국내에 무슨 일이 생긴 모양이다."

그들 형제는 즉시 진나라에서 온 사람을 데려오게 했다. 진나라에서 온 사람이 호모 · 호언 형제에게 호돌의 서신을 바치고 절하고서 말한다.

"자세한 내용은 서신에 씌어 있다고 합니다. 저는 남의 의심을 받지 않기 위해서 곧 돌아가야 합니다."

그 사람은 곧 말을 타고 오던 길로 달려가버렸다. 호모 형제는 급히 봉한 걸 뜯고 부친의 편지를 읽었다. 편지 내용은 지극히 간단했다.

지금 주공이 공자를 암살하려고 시인寺人 발제를 시켜 사흘 안에 이곳을 출발하게 한다 하니, 너희 형제는 곧 이 일을 공자께 알리고 속히 타국으로 피신토록 하여라. 만일 머뭇거리면 돌이킬 수 없는 화를 당하리라.

편지를 읽고 호모 형제는 크게 놀랐다. 그들은 편지를 공자 중이에게 바치고 사세가 급함을 아뢰었다.

중이가 한참 만에 대답한다.

"나의 처자가 다 책나라에 있으니 이곳이 바로 나의 집이다. 간다면 장차 어디로 간단 말이오."

호언이 아뢴다.

"공자가 책나라에 오신 것은 가정을 갖기 위해서가 아닙니다. 장차 본국으로 돌아가기 위한 큰 포부를 품고 와 있는 것입니다. 지금 해가 저무는데 곧 멀리 가실 수 없다면 이곳에서 잠시 쉬셨다가 내일 어디고 큰 나라를 향해 떠납시다. 발제가 온다는 것은 바로 하늘이 공자를 속히 떠나시도록 재촉하시는 것입니다."

"그래, 간다면 어느 나라로 간단 말인가?"

호언이 잇달아 아뢴다.

"제후齊侯는 비록 늙었지만 그가 천하 모든 나라 제후諸侯를 거느리던 패업이 아직 무너지지 않고 있습니다. 그는 모든 나라에 대한 아량도 있거니와 어진 사람을 알아볼 줄 아는 능력도 있다고 합디다. 요즘 관중管仲과 습붕隰朋이 잇달아 죽었으므로 이젠 제후를 도울 만한 어진 신하가 없습니다. 이럴 때 공자가 제나라에 가시면 제후는 반드시 우리를 예禮로써 반가이 맞이할 것입니다. 또 진晉나라에서 변이 일어난다 할지라도 우리는 제후의 힘을 빌려 곧 일을 도모할 수 있습니다."

중이가 머리를 끄덕이며 대답한다.

"가장 이치에 합당한 말이오. 즉시 사냥을 파하고 돌아갈 채비를 차리오."

이에 중이가 사냥을 파하고 돌아가서 아내인 계외에게 말한다.

"오늘 들은 소식에 의하면 진晉나라 임금이 나를 암살하려고 사람을 보낸다 하오. 나는 그 독한 손을 피하기 위해서 이곳을 떠나 어디든지 큰 나라로 가야겠소. 지금 생각으론 진秦·초 두 나라와 손을 잡고 고국에 돌아갈 수 있는 계책을 세울 요량이지만 장차 어떻게 될지…… 당신은 나 없는 동안일지라도 이 자식 둘을 잘 길러주오. 그리고 넉넉잡고 앞으로 25년 동안만 나를 기다려주오. 25년이 지나도 돌아오지 않거든 죽은 줄 알고 다른 데로 개가改嫁를 하오."

계외가 울면서 대답한다.

"원래 대장부는 뜻을 천하에 두는 것이므로 첩이 어찌 떠나시는 걸 만류할 수 있겠습니까. 그러나 지금 첩의 나이가 스물다섯 살입니다. 앞으로 다시 25년이 지나면 첩은 늙어서 죽을지 모릅니다. 그러하거늘 어찌 다른 사람에게 또 살러 갈 수 있겠습니까. 첩은 목숨이 붙어 있는 한 자식들을 데리고 돌아오실 날만 기다리겠습니다. 그러니 첩일랑 염려 마시고 가셔서 부디 성공하십시오."

조쇠도 그의 아내 숙외에게 떠나게 된 사정을 말하고 이별을 고했다.

이튿날 아침, 중이는 호숙壺叔에게 타고 갈 수레를 준비하게 하고, 신변 잡무를 맡아보는 두수頭須에게 얼마 안 되는 황금과 비단이나마 챙기게 했다.

이런 것 저런 것을 분부하고 있는데 호모 · 호언 형제가 허둥지둥 들어왔다.

"부친이 보낸 사람이 조금 전에 또 왔다 갔습니다. 그 심부름 온 사람의 말에 의하면 진후晉侯의 명을 받고 발제가 내일 진나라를 떠나 이곳으로 온다고 합니다. 부친은 아직 공자가 떠나지 않으셨다면 그들의 독수에서 벗어나기 어려울까 염려하시고 다시 사람을 시켜 우리에게 이 급한 소식을 알린 것입니다. 이것저것 채비 차리실 여가가 없습니다. 곧 떠납시다."

중이는 매우 놀랐다.

"발제가 이다지도 빨리 진晉나라를 출발한단 말인가!"

공자 중이와 그 신하들은 아무 준비도 없이 걸어서 성밖으로 나갔다. 수레를 정비하던 호숙은 공자가 이미 떠난 것을 알고 다만 송아지가 이끄는 조그만 수레를 몰고서 공자의 뒤를 쫓아갔다. 이리하여 공자만 그 수레에 타고 조쇠, 구계臼季 등 모든 신하는 다 걸었다.

중이가 호숙을 돌아보고 묻는다.

"두수는 어째서 뒤쫓아오지 않느냐?"

호숙이 황공하다는 듯이 허리를 굽힌다.

"두수는 공자께서 떠나신 걸 알자 중요한 물건을 죄 싸가지고 어디론지 도망쳐버렸습니다."

중이는 몸 하나 의지할 곳도 없지만 수중에 노자 한푼 없는 신세가 되었다. 이렇듯 중이 일행의 신세는 비참했다. 자기를 죽이려는 손이 뻗쳐오니 떠나지 않을 수도 없었다.

살길을 찾아 바삐 걸어가는 그들의 행색은 문자 그대로 초라하기 상갓집 개와 같고, 그 당황한 걸음걸이는 마치 그물을 벗어난 고기와 다름없었다.

공자 중이가 책성翟城을 떠난 지 반나절 만에야 책나라 임금은 그들이 떠났다는 걸 알았다. 그는 떠나간 공자에게 노자를 보내려고 사방으로 사람을 보내어 뒤를 쫓게 했으나, 그들은 결국 중이 일행을 보지 못하고 돌아갔다.

사신史臣이 시로써 이 일을 증명한 것이 있다.

오랑캐 나라로 망명한 지 12년
곤궁한 용은 아직 하늘로 오르지 못하였도다.
형제간이 어째 서로 죽이려고 으르렁대느냐
길은 아득한데 정처 없이 달아나는 그들 모습이 처량하도다.
流落夷邦十二年
困龍伏蟄未昇天
豆箕何事相煎急
道路於今又播遷

원래 진혜공은 발제에게 사흘 안에 떠나 책나라에 가서 거사하게 했다. 그런데 발제는 하루 앞당겨 진나라를 출발했다. 물론 그만한 이유가 있었다. 발제는 한낱 시인寺人으로서 아첨이나 떨며 임금의 총애를 얻으려는 그런 보잘것없는 인물이었다. 지난날에 그는 진헌공의 명령을 받고 포성을 쳤을 때도 중이를 죽이지 못하고 겨우 그의 소매만 끊어갔던 것이다. 그런 일이 있은 이후로 발제는 늘 중이가 자기를 얼마나 미워할까 생각했다. 그러던 차에 그는 이번에 또 진혜공의 분부를 받은 것이었다. 이번에 가서 중이를 죽여버리면 공로도 크거니와 무엇보다 지금까지 염려해오던 걱정을 놓을 수 있었다. 그래서 그는 황금을 뿌려 역사 몇 사람을 구해가지고 기일보다도 하루 앞서 떠난 것이었다. 곧 중이가 아무것도 모르는 사이에 가서 그를 죽여버리는 것이 성공의 지름길이라고 생각했다.

그러나 국구 호돌이 이 계책을 미리 알고 사람을 두 번이나 보내어 만단 조처를 취했을 줄이야 어찌 알았으리오.

책나라에 당도한 발제는 공자 중이에 대한 소식을 여러모로 알아봤다. 그러나 공자 중이는 책나라를 떠나고 없었다.

책나라 임금은 공자 중이의 신상을 위해 관關과 나루〔津〕마다 가고 오는 행인을 엄중히 검문하게 했다. 그러나 이미 공자 중이는 멀리 떠나간 뒤였다.

발제가 진나라에 있을 땐 임금을 가까이 모시는 환관宦官이지만 오늘날 책나라에서는 간특한 일개 자객에 불과했다. 공연히 돌아다니다가 경계가 심한 관이나 나루에서 책나라 관헌에게 취조나 당하게 되면 야단이었다. 그래서 그는 책나라에서 공자 중이의 행방을 조사하기 위해 오래도록 머물 순 없었다. 그는 우울한 심사로 아무 성과 없이 진나라로 돌아갔다.

발제의 보고를 듣고 진혜공도 더 이상 어떻게 해볼 도리가 없었다. 그래서 중이에 관한 것은 잠시 덮어두기로 했다.

한편 공자 중이는 곧장 제나라로 향해 갔다. 제나라로 가려면
아무래도 위衛나라를 경과해야만 했다. 무릇 높은 곳에 오르려면
반드시 낮은 곳에서 출발해야 하고, 먼 곳을 가려면 반드시 가까
운 곳에서 시작해야 하는 법이다.

책나라 경계를 벗어난 뒤로 중이 일행의 고생이란 이루 다 말할
수 없었다. 그들은 며칠이 지난 뒤에야 겨우 위나라 경계에 당도
했다.

관關을 지키던 위나라 관리가 그들의 신분을 묻는다. 조쇠가 공
자를 대신해서 대답한다.

"우리 주인은 바로 진晉나라 공자 중이입니다. 타국에서 피난
하시다가 이제 제나라로 가시는 길인데 귀국의 길을 잠시 빌리고
자 왔습니다."

이 말을 듣고 관을 지키던 위나라 관리는 즉시 관문을 열어 그
들 일행을 영접해들이고, 곧 말을 타고 궁宮으로 달려가서 위후衛
侯에게 이 사실을 보고했다. 이에 위나라에선 상경上卿 벼슬에 있
는 영속寧速을 내보내어 중이 일행을 성안으로 영접해들이기로
했다.

그러나 위문공衛文公은 갑자기 생각이 달라졌다.

"과인은 초구楚邱 땅에다 나라를 세웠으나 그간 진晉나라로부
터 눈곱만한 힘도 빌린 일이 없다. 우리 위衛와 진晉은 비록 동성
同姓이지만 아직 동맹을 맺은 적도 없다. 더구나 망명 다니는 사
람이 우리와 무슨 관계가 있단 말인가. 만일 그들을 불러들인다면
체면상 잔치도 베풀어야 하고 떠날 땐 하다못해 노자라도 줘야 할
테니 그냥 쫓아버리는 것이 낫겠다."

이렇게 말하고 위문공은 곧 수문장守門將을 불렀다.

"네 속히 가서 진나라 사람을 입성시키지 말아라."

중이 일행은 영속을 따라 궁으로 가다가 도중에서 다시 성밖으로 쫓겨나왔다. 쫓겨난 중이 일행은 성벽城壁을 따라 힘없이 걸었다.

위주魏犨가 공자에게 말한다.

"위衛는 들어오라느니 나가라느니 하고 우리를 놀렸습니다. 세상에 이런 무례한 일이 어디 있습니까. 이러고 그냥 이곳을 떠나갈 것이 아니라, 공자는 다시 성문으로 가셔서 그들의 무례한 소행을 꾸짖으셔야 합니다."

조쇠가 공자에게 아뢴다.

"용龍이 때를 만나지 못하면 남이 보기엔 한갓 지렁이나 다름없습니다. 공자는 만사를 꾹 참으시고 위나라의 무례함을 꾸짖지 마십시오."

위주가 투덜거린다.

"위나라가 주인으로서 손님에 대한 예절을 베풀지 않았으니 우리가 촌가를 약탈해서 배고픈 걸 면한대도 그가 우리를 책망하진 못할 것입니다."

이 말을 듣자 중이가 웃으면서 비로소 대답한다.

"남의 물건을 강제로 뺏는 자를 도적이라고 한다. 내 차라리 배고픈 걸 참을지언정 어찌 도적이 될 수야 있으리오."

이날 공자와 신하들은 아침도 못 먹은 처지였다. 그들은 시장한 배를 움켜쥐고서 걸었다. 한낮이 지나서야 그들은 오록五鹿이란 곳에 당도했다. 농부들이 논둑에 늘어앉아 점심밥을 먹느라고 한창이었다. 중이가 호언을 돌아보며 말한다.

"저 농부들에게 가서 밥을 좀 달라고 청해보구려."

농부가 가까이 온 호언에게 묻는다.

"나그네는 어디서 오셨소?"

"우리는 진晉나라 사람입니다. 송아지가 이끄는 저 수레 위에 타신 분이 바로 우리 주인이십니다. 갈 길은 먼데 양식이 없으니 원컨대 요기를 좀 시켜주십시오."

중이 일행은 완전히 거지가 된 셈이었다.

농부가 껄껄 웃으면서 대답한다.

"당당한 사내대장부들이 제 손으로 벌어먹을 생각은 않고 그래 밥을 얻어먹으러 다니오. 우리는 농사짓는 사람이라. 배불리 먹고 저 논밭을 갈아야 하니 남에게까지 줄 밥이 어디 있겠소."

"우리는 안 먹어도 좋습니다. 주인이 매우 시장하시니 그럼 한 그릇만 동정해주십시오."

농부들이 한바탕 웃고 나서 저희들끼리 뭐라고 쑥덕거린다. 그러더니 한 농부가 그릇에다 흙을 가득 퍼서 내주며 말한다.

"이 흙을 구워서 그릇을 만드시오."

위주는 더 참을 수가 없었다. 그는 고리 같은 눈을 부릅뜨고 소리 질렀다.

"촌 농부놈들이 어찌 이다지도 우리를 모욕하느냐!"

위주는 그 그릇을 뺏어 집어던졌다. 그릇은 조각조각 깨졌다.

중이도 크게 노하여,

"저놈들을 엎어놓고 볼기를 쳐야겠다!"

하고 매를 뽑아들려고 했다. 호언이 급히 말린다.

"밥을 얻기는 쉬워도 흙을 얻기는 어렵습니다. 토지는 바로 국가의 근본입니다. 하늘이 농부의 손을 빌려 공자께 흙을 주시니 이는 장차 나라를 얻을 징조입니다. 그런데 무엇을 이다지도 노하십니까. 공자는 수레에서 내리사 저 농부에게 절하시고 다시 흙

한 그릇을 청하십시오."

중이는 호언이 시키는 대로 수레에서 내려 농부 앞에 가서 절하고 흙 한 그릇을 청해 받았다.

농부들은 그 까닭을 모르고 모여서서 중이를 향해 비웃었다.

후세 사람이 시로써 이 일을 읊은 것이 있다.

토지는 바로 국가의 근본이니
하늘이 농부의 손을 빌려 중이의 고생을 위로했도다.
지각 있는 사람은 이내 그 징조를 알았으나
어리석은 농부들은 도리어 그를 비웃었도다.
土地應爲國本基
皇天假手慰艱危
高明子犯窺先兆
田野愚民反笑癡

중이 일행이 다시 10리쯤 갔을 때였다. 그들은 배가 고파서 더 걸을 수가 없어 나무 밑에서 쉬기로 했다.

지칠 대로 지친 중이가 호모의 무릎을 베고 누워서 말한다.

"조쇠가 호찬壺餐(수반水飯)을 가지고 있을 거요. 지금 그가 뒤따라오는 중이니 기다리기로 하오."

위주가 퉁명스레 말한다.

"호찬이 있다지만 그건 조쇠가 혼자서 먹기에도 부족할 것입니다. 두고 보십시오만 조쇠가 벌써 먹어치웠을 것입니다."

신하들은 다투다시피 고사리를 캐서 쪄먹었다. 중이는 암만 먹으려 해도 고사리만으론 목구멍에 잘 넘어가질 않았다.

이때 개자추介子推가 어디서 생겼는지 고깃국 한 그릇을 중이에게 바쳤다. 참으로 맛이 좋았다.

중이가 단숨에 그 고깃국을 맛있게 먹고 묻는다.

"어디서 고기가 생겼소?"

개자추가 웃으며 대답한다.

"그것은 신의 허벅다리 살입니다. 신이 듣건대 효자는 제 몸을 죽여서까지 부모를 섬기고 충신은 제 몸을 죽여서까지 임금을 섬긴다고 하옵니다. 이제 공자가 너무나 시장하신 터이기에 신이 허벅다리의 살점을 도려내어 국을 끓였습니다."

중이의 눈에서 하염없이 눈물이 흘렀다.

"도망 다니는 사람이 그대에게 너무나 폐를 끼치는구나. 장차 무엇으로써 그대에게 이 은혜를 갚을까!"

개자추는 그저 웃으면서,

"신은 공자께서 귀국하실 날이 하루 속히 오기를 비는 마음뿐입니다. 그리하여 우리는 공자의 고굉지신股肱之臣이 될 날을 기다리고 있습니다. 이외에 무엇을 바라겠습니까."

하고 대답했다.

염옹이 시로써 이 일을 읊은 것이 있다.

효자는 죽을 때까지 몸을 손상하지 않나니
몸을 다치면 부모가 괴로워하시기 때문이라.
슬프고 슬프구나, 개자추는
허벅다리 살을 베어 굶은 임금의 배를 채워줬도다.
그의 소원은 다만 임금의 팔다리가 되겠다는 것
결심은 행복과 불행을 함께하겠다는 것뿐이다.

어찌 부모에게서 받은 몸을 생각하지 않았으리오만
자고로 충성과 효도는 겸전하기 어렵도다.
세상에 자기 몸만 위하는 자들이여
나라의 녹을 먹기에 부끄럽지 않느냐.

孝子重全歸

虧體謂親辱

嗟嗟介子推

割股充君腹

委質稱股肱

腹心同禍福

豈不念親遺

忠孝難兼局

彼哉私身家

何以食君祿

그들이 한참 쉬고 있는데 그제야 조쇠가 뒤따라왔다. 모두가 묻
는다.

"어찌 이처럼 더디게 오시오?"

조쇠가 대답한다.

"가시에 찔리고 돌부리에 채어서 발이 아파 빨리 걸을 수 있어
야지요."

조쇠는 어깨에 메고 온 대바구니 속에서 호찬을 내어 중이에게
바쳤다.

중이가 처량한 목소리로 묻는다.

"조쇠는 배고프지 않소? 왜 먹지 않았소?"

조쇠가 대답한다.

"왜 신인들 배가 고프지 않겠습니까. 그러나 주인을 저버리고 어찌 혼자 먹을 수 있습니까."

호모가 위주를 돌아보고 놀린다.

"저 호찬을 그대가 가지고 왔다면 지금쯤은 그대 뱃속에 다 들어 있을 것이오."

위주는 얼굴을 붉히면서 아무 대답도 못했다. 중이는 호찬을 조쇠에게 먹으라고 내주었다. 조쇠는 물을 떠가지고 와서 호찬을 여러 그릇에 말아 여러 사람에게 똑같이 나눠주었다. 중이는 조쇠의 거동을 보고 크게 감탄했다.

그 뒤 중이 일행은 굶으며 걸식을 하며 쉬지 않고 걸어서 제나라에 당도했다.

제환공은 중이의 어진 명성을 전부터 익히 듣고 있었다. 제환공은 중이 일행이 자기 나라 관關에 왔다는 보고를 받자, 즉시 사람을 교외까지 내보내어 그들을 영접하게 했다. 제나라 신하는 중이 일행을 공관으로 안내했다.

제환공이 크게 잔치를 베풀어 그들을 환영하는 자리에서 중이에게 묻는다.

"공자는 가족을 데리고 오셨소?"

중이가 대답한다.

"도망 다니는 사람이 자기 몸 하나를 보호하기에도 바쁜 처지에 어찌 가족을 거느리고 다니겠습니까."

제환공이 웃으며 말한다.

"과인은 혼자서 자면 그 밤이 마치 1년만큼이나 지루합디다. 더구나 공자는 객지의 몸인데 가까이 시중드는 여자가 없어서야 되겠소. 과인이 한번 생각해보리다."

그 뒤, 제환공은 종중宗中에서 가장 아름다운 여자 하나를 골라 중이의 시중을 들게 하고, 또 수레와 말 20승을 동관으로 보내주었다. 이로부터 중이와 그 신하들은 다 수레와 말을 갖게 됐다. 제환공은 또 창고 맡은 관리와 포인庖人에게 날마다 곡식과 고기를 중이 일행에게 공급하도록 분부했다.

중이 일행은 아무런 부족도 느끼지 않고 제나라에서 살게 되었다. 중이가 크게 기뻐하며 감탄한다.

"전날 듣건대 제후齊侯는 어진 사람을 좋아하고 선비를 예禮로써 대접한다 하더니 이제 와서 본즉 거짓말이 아니구나. 또 이러한 그가 천하 제후諸侯를 지휘하고 패업을 성취했다는 것도 무리는 아니다."

이때가 주양왕 8년이요, 바로 제환공 42년이었다.

〔4권에서 계속〕

주요 제후국

진晉 당숙唐叔 희우姬虞의 후예들이 대대로 통치한 유력 동성同姓 제후국.
B.C.745~678년 동안 유력 세경가世卿家(대대로 제후국 내의 유력 경卿의 지위를
계승한 가문)인 곡옥曲沃의 영주와 국도國都인 강絳(후에 익翼으로 개명)에 위치
한 공실公室이 대립하는 2분된 국면이 전개되었다가 진무공晉武公
(B.C.678~677 재위)에 의해 양 세력이 통합되면서 일시 안정을 되찾았음. 그
러나 바로 뒤인 진헌공晉獻公(B.C.676~651 재위)과 진혜공晉惠公(B.C.650
~638 재위) 시기에 군위 계승을 둘러싼 정쟁政爭이 끊이지 않아 약 3~40여
년 동안 국내가 지극히 혼란스러웠음.

제齊 태공망太公望 여상呂尙의 후예들이 통치하는 강성姜姓 제후국. 15대 군주
인 환공桓公 시대(B.C.685~643)에 춘추 최초의 패권 국가로 부상하여 존왕양
이와 계절존망의 원리를 솔선하여 실천했음. 명재상 관중과 제환공이 사망한
후 왕위 계승을 둘러싼 정쟁政爭으로 국내가 혼란해진 와중에 패권 국가의 지
위를 상실했으나 그래도 춘추 시대는 물론 전국 시대 말까지 경제 부국이자
일류 국가의 위치를 잃지 않았음.

진秦 전설상의 영웅 백예伯翳(하夏나라 시대에 우왕禹王을 도와 치수治水에 공을 세워
영성嬴姓을 하사받았다고 함)의 먼 후예인 비자非子가 주효왕周孝王(B.C.909~
895 재위)에게서 진秦(현 감숙성甘肅省 동부) 땅을 분봉分封받고 원조遠祖 백예
의 영씨嬴氏를 이어받아 세운 이성異姓 제후국. 애초에는 서견구西犬丘(혹 서
수西垂)에 도읍했다가 8대 군주 진영공秦寧公(B.C.715~704 재위) 시기에 평양
平陽으로 천도했고 11대 군주 진덕공秦德公(B.C.677~676 재위) 시기에 다시
옹雍으로 옮겨 와 진흥의 발판을 마련했음. 춘추 시대 전기까지는 서방의 궁
벽한 지역에 위치하여 그 세력이 미미했으나 14대 군주인 진목공秦穆公
(B.C.659~621 재위) 시기에 서융西戎의 다수 부족 국가들을 통일하면서 국력
이 급성장했음.

채蔡　주무왕周武王의 이복동생 채숙蔡叔 희도姬度가 채蔡(현 하남성河南省 남부) 땅을 분봉받아 세운 동성同姓 제후국. 초도初都는 상채上蔡. 주 성왕成王 초기에 채숙이 주공周公 섭정에 불만을 품고 관숙管叔 선鮮, 상商나라 왕자 무경武庚 등과 작당해 반란을 일으켰다가 추방됨으로써 채나라도 멸국되었으나 후에 채숙의 아들 채중蔡仲 희호姬胡가 부친의 잘못을 반성하고 유배지에서 효순하게 백성을 잘 다스림으로써 성왕이 상으로 채나라를 복국시켰음. 중원 제후국들 중에서도 남쪽 끝에 위치해 남방의 초나라 세력권과 맞닿은 관계로 중원의 강국 제齊, 진晉 등과 초 사이에 끼여서 외교적ㆍ군사적으로 시종 고전했음. 그러나 지리적 위치로 인해 중원보다는 초나라 세력권에 보다 강하게 예속되어 일찍부터 초의 부용附庸이 되었음.

주周 왕실과 주요 제후국 계보도

* ─ 부자 관계, └ 형제 관계.
* 네모 안 숫자(①, ②…)는 주나라 건국 이후와 각 제후국 분봉 이후의 왕위, 군위 대代 수.

▶ 동주東周 왕실 계보 : 희성姬姓 ◀

··· ── ⒄혜왕惠王 랑閬(B.C.676~653) ── ⒅양왕襄王 정鄭(B.C.652~619) ─┐
└─ ⒆경왕頃王 임신壬臣(B.C.618~613) ── ···

▶ 노魯나라 계보 : 희성姬姓 ◀

                          ┌─ 태자 반般
··· ─┬─ ⒃장공莊公 동同(B.C.693~662) ─┼─ ⒄민공閔公 계방啓方(일명 開 : B.C.661~660)
      │   └─ ⒅희공僖公 신申(B.C.659~627) ── ···
      ├─ 경보慶父 ── 공손 오敖 : 성成읍을 하사받고 맹손씨孟孫氏의 개조가 됨 ─┐
      ├─ 숙아叔牙 ── 공손 자玆 : 후郈읍을 하사받고 숙손씨叔孫氏의 개조가 됨 ─┤ 삼환씨
      └─ 계우季友 ── 비費읍과 문양汶陽 땅을 하사받고 계손씨季孫氏의 개조가 됨 ─┘ 三桓氏[1]

1 삼환씨三桓氏 : ⒂노환공 궤軌의 후손인 세 가문을 지칭하는 말로 삼가三家라고도 함. 삼환의 큰 집 격인 맹손
  씨가 국토의 거의 4분의 1을, 중간 집 격인 숙손씨가 다른 4분의 1을, 작은 집 격인 계손씨가 2분의 1을 나누
  어 가지면서 노나라 정권을 장악함으로써 삼가 정립鼎立 국면이 개시됨. 삼환씨의 강성과 전횡으로 이후 노나
  라 공실은 점차 쇠락함.

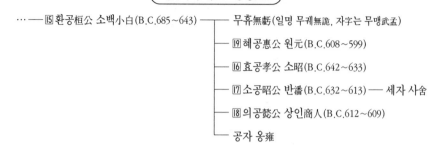

제齊나라 계보 : 강성姜姓

··· ──⑮환공桓公 소백小白(B.C.685~643) ──┬── 무휴無虧(일명 무궤無詭, 자字는 무맹武孟)
                      ├── ⑲혜공惠公 원元(B.C.608~599)
                      ├── ⑯효공孝公 소昭(B.C.642~633)
                      ├── ⑰소공昭公 반潘(B.C.632~613) ── 세자 사舍
                      ├── ⑱의공懿公 상인商人(B.C.612~609)
                      └── 공자 옹雍

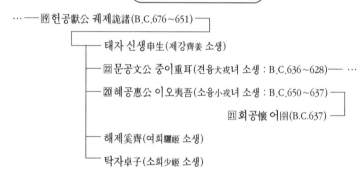

진晉나라 계보 : 희성姬姓

··· ──⑲헌공獻公 궤제詭諸(B.C.676~651) ──┬── 태자 신생申生(제강齊姜 소생)
                       ├── ㉒문공文公 중이重耳(견융犬戎녀 소생 : B.C.636~628)── ···
                       ├── ㉒⁰혜공惠公 이오夷吾(소융小戎녀 소생 : B.C.650~637) ──┐
                                      ㉑회공懷 어圉(B.C.637) ──┘
                       ├── 해제奚齊(여희驪姬 소생)
                       └── 탁자卓子(소희少姬 소생)

초楚나라 계보 : 웅성熊姓

··· ──┬──⑲도오堵敖 웅난熊囏(B.C.674~672)
     └──㉒⁰성왕成王 웅군熊頵(일명 운惲 : B.C.671~626) ── ㉑목왕穆王 상신商臣(B.C.625~614)···

진秦나라 계보 : 영성嬴姓

── ⑦문공文公(B.C.765~716) ── 정공婧公 ── ⑧영공甯公(B.C.715~704) ──┐

┌── ⑩무공武公(B.C.697~678) ── 백白

├── ⑪덕공德公(B.C.677~676) ── ⑫선공宣公(B.C.675~664) ──┐

└── ⑨출자出子(B.C.703~698)

┌── ⑬성공成公(B.C.663~660) ── ⑭목공穆公 임호任好(B.C.659~621) ──┐

└── ⑮강공康公 앵罃(B.C.620~609) ── …

정鄭나라 계보 : 희성姬姓

… ── ④여공厲公 돌突(B.C.700~673) ──┬── ⑤문공文公 첩捷(B.C.672~628) ── …

└── ⑥목공穆公 란蘭(B.C.627~606) ── …

송宋나라 계보 : 자성子姓

… ── ⑱환공桓公 어열御說(B.C.681~651) ── ⑲양공襄公 자보玆父(B.C.650~637) ──┐

└── ⑳성공成公 왕신王臣(B.C.636~620) ── …

진陳나라 계보 : 규성嬀姓

… ── ⑯선공宣公 저구杵臼(B.C.692~648) ── ⑰목공穆公 관款(B.C.647~632) ──┐

└── ⑱공공共公 삭朔(B.C.631~614) ── …

311

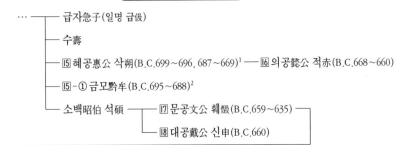

위衛나라 계보 : 희성姬姓

··· ─── 급자急子(일명 급伋)

─ 수壽

─ ⑮ 혜공惠公 삭朔(B.C.699~696, 687~669)[1] ── ⑯ 의공懿公 적赤(B.C.668~660)

─ ⑮-① 금모黔牟(B.C.695~688)[2]

─ 소백昭伯 석碩 ─── ⑰ 문공文公 훼燬(B.C.659~635) ───┐

└ ⑱ 대공戴公 신申(B.C.660)

└─ ⑲ 성공成公 정鄭(B.C.634~600) ─── ···

1 · 2 시기에 위나라는 1국 2군주 체제였음.

채蔡나라 계보 : 희성姬姓

── ⑬ 목후穆侯 힐肹(B.C.674~646) ── ⑭ 장공莊公 갑오甲午[1](B.C.645~612) ── ···

1 장후 이후 군주들에는 후侯와 공公이 병용되는데(예컨대 장후莊侯, 장공莊公) 이유나 근거는 불분명하다.

관직

*춘추 시대 제후국들의 관제官制는 나라마다 독자적인 부분도 있고 서주 관제를 계승한 공통된 부분도 있다. 부록에서는 본문에 충실하게 각국 관직들을 정리했으나 특정 국가의 관직으로 기술되었어도 실제로는 각국 공통 관직인 경우가 많다. 이하 관직들 중˚표시를 한 것은 그 나라에만 있는 독특한 관직을 지시하고, 표시가 없는 것은 공통 관직을 의미한다.

우경右卿 제나라에서 국정 업무를 총괄하는 정경正卿의 부관副官을 관용적으로 칭하는 용어. 특정 업무를 전담하기보다는 정경을 도와 전체 업무를 조율, 지휘하는 역할을 했음.

좌경左卿 제나라에서 우경右卿과 함께 정경을 보좌하던 고위 관직.

좌행대부左行大夫 진晉나라에서 행인行人(사신使臣의 옛말), 출사出使 업무를 총괄하던 대부.

우서장右庶長˚ 진秦나라가 독자적으로 제정한 20등급의 작록제爵祿制 중 경卿의 지위에 상당하는 이들이 받게 되는 11등급의 작위.

좌서장左庶長˚ 진秦나라의 20등급 작록제 중 경의 지위에 해당하는 10등급의 작위.

진秦나라의 20등 작제爵制

• 사士 급

　1 공사公士　　2 상조上造　　3 잠뇨簪褭　　4 불갱不更

• 대부大夫 급

　5 대부大夫　　6 관대부官大夫　　7 공대부公大夫　　8 공승公乘　　9 오대부五大夫

• 경卿 급

　10 좌서장左庶長　　11 우서장右庶長　　12 좌갱左更　　13 중갱中更　　14 우갱右更

　15 소상조少上造　　16 대상조大上造　　17 사거서장駟車庶長　　18 대서장大庶長

• 후侯 급

　19 관내후關內侯　　20 철후徹侯

기물器物

극戟 미륵창. 대나무나 나무로 만든 긴 대에 단창인 과戈를 두세 개 정도 꽂아 고
정시킨 것. 좌우로 격렬하게 휘둘러 적이 근접하지 못하도록 하는 위협용, 호신
용 무기였음(호북성湖北省 수주시隨州市 출토).

벽璧 둥근 고리 모양의 옥. 가운데 구멍을 호好, 둘레의 고리를 육肉이라 함(호북
성 강릉현江陵縣 출토).

로輅　　①천자가 타는 수레. ②작은 수레. 본문에서는 ②의 의미(『삼재도회三才圖會』
수록).

모旄 전투시 동원되는 기旗의 일종. 검정소의 꼬리로 장식한 전투 지휘용 깃발
(『삼재도회三才圖會』수록).

고대 무희舞姬**들의 모습** 하남성河南省 낙양洛陽 출토 옥무녀상玉舞女像.

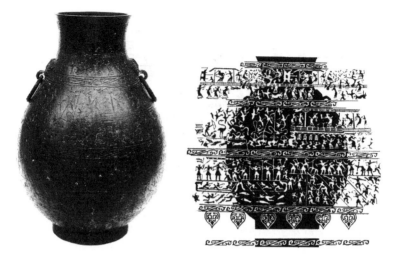

호壺　　술병. 음주飲酒용 예기禮器. 북경北京 고궁박물원古宮博物院 소장의 이 동호銅壺(청동제 술병)는 특히 유명한데, 기물의 표면에 궁중 연회, 잠업蠶業, 수렵, 전투 장면 등 춘추 전국 시대의 사회상을 반영하는 각종 다양한 그림들이 새겨져 있어 역사 자료로서의 가치가 아주 높다. 왼쪽은 해당 기물, 오른쪽은 문양을 복원한 그림.

고대 후비侯妃**들의 채상**採桑**(뽕따는) 장면**　북경 고궁박물원 소장 동호銅壺 위에 그려진 채상도採桑圖.

주요 역사

계절존망繼絶存亡　존왕양이尊王攘夷와 함께 춘추 시대를 지배한 양대 국제 질서 원리 겸 대의 명분을 지칭하는 말. 국통國統이 끊어진 나라의 종묘宗廟와 국통을 다시 이어주고 멸망한 소국들을 구원하여 복국復國시켜줌으로써 천하天下의 안녕과 봉건 제도하에서의 강상綱常, 예악禮樂 질서를 수호하겠다는 의미임. 제환공齊桓公이 북방 이민족인 적인狄人의 침입을 받아 전국토가 유린되고 백성의 대다수가 도륙된 소국 위衛나라와 형邢나라를 구원하기 위해 각각 초구楚邱와 이의夷儀에 성을 쌓아 양국의 유민들을 이주시키고 각종 물자와 식량을 지원함으로써 양국을 복국시킨 사례(B.C.659~658)들이 대표적인 계절존망의 업적으로 꼽힌다. 그러나 전국戰國 시대 이후 유력 제후국들 간의 약육강식과 하극상下剋上의 전쟁, 정쟁政爭 등이 보편화되면서부터는 강대국이 약소국을 봉건제의 대의명분과 강상 윤리에 입각해 혜시惠施하고 보호해주는 계절존망의 원리는 퇴색되었음.

규구葵丘**의 회맹**會盟(B.C.651)　제환공이 주도한 아홉 차례의 회맹 중 최후이자 가장 규모가 큰 회맹으로 제환공 패업의 완성이자 절정에 해당. 제환공이 중원中原 제후국들의 패자覇者인 사실을 만방에 선포하는 동시에 천하 모든 제후국들이 힘을 합쳐 존왕양이와 계절존망의 질서를 엄숙하게 준수할 것을 거듭 천명함으로써 패자覇者의 존재 조건과 의무, 등극 절차 등을 공식화했음. 춘추 시대의 번다한 회맹들 중 그 역사적 의의와 중요성 면에서 한 세대 뒤에 진문공晉文公이 주도한 천토踐土의 회맹(B.C.632)과 비견될 수 있음.

존왕양이　천자인 주왕을 존경하고 보필하면서 동이東夷·서융西戎·남만南蠻·북적北狄 등 사방 이민족들을 물리쳐 중원中原의 평화와 질서를 수호하겠다는 의미임. 제환공·진문공 등 춘추오패春秋五覇들이 강력한 국력을 바탕으로 미약해진 주왕을 대신하여 제후국들 간의 분쟁을 조정하고 회맹, 반맹反盟 등 복잡 무상한 국제 질서를 주도하면서 자신들의 지도력을 봉건제 질서 안에서 정당화시키기 위해 내세운 대의명분이었음. 오패의 첫 주자인 제환공이 명재상 관중管仲의 향도하에 처음으로 만천하에 공표한 이후 춘추 시대의 핵심적인 치세 원리로 굳어져 나머지 4대 패자들도 이를 계승하고 더욱 공고히 했음. 진秦·한漢 등의 통일 제국이 수립된 이후로는 그 의미가 더욱 확대되어 모든 국론과 국력을 한데 모아 황제皇帝를 존봉尊奉하면서 외세의 침입을 물리침으로써 중화 제국의 문화와 역사를 수호하자는 애국적 이념으로 굳어졌음. 평화로운 때보다는 역대 왕조가 위기를 겪을 때 더욱 힘을 발휘했으며 특히 1839년의 아편 전쟁 발발 이래 제2차 세계 대전 종결까지 서양 제국주의 열강의 침입과 그로 인한 국난이 계속되는 속에서 절정에 달함.

패자覇者 서주西周 왕실의 동천東遷 이후 점차 퇴색해가는 주 천자의 존엄과 권위를 대신하여 일반 제후들보다 상좌에 군림하면서 춘추 시대의 수다한 제후국들 간의 분쟁과 대립을 조정하고 회맹, 반맹에 의한 국제 질서를 주도한 이들을 패자覇者라고 했음. 패자로 추대되기 위해서는 군사력이나 영토, 전공戰功만으로는 부족하며 왕실을 공경하고 도덕과 예악 질서를 솔선해서 수호하는 밝은 덕업德業과 공명功名을 만방에 드날림으로써 천하 모든 제후들로 하여금 그를 인정하고 마음으로부터의 외복畏服하도록 해야 함. 춘추오패란 실제 국력 면에서나 대의명분 면에서나 이 조건들을 모두 충족시켜 당시의 국제 회의(회맹)를 통해 (주왕을 대신한) 한 시대의 지배자임을 공표 받은 춘추 시대의 다섯 강자를 지칭하는 말로, 일반적으로 제齊나라의 환공桓公(B.C.685~643 재위), 진晉나라의 문공文公(B.C. 636~628 재위), 초楚나라의 장왕莊王(B.C.613~591 재위), 오吳나라의 부차夫差(B.C.495~477 재위), 월越나라의 구천勾踐(B.C.496~465 재위) 등 5국 군주를 꼽는다. 이 밖에 동천 직후 왕실을 보필한 공을 내세워 한 세대를 잠깐 풍미했던 정鄭나라의 장공莊公(B.C.743~701 재위), 서융西戎 지역의 소부락들을 대거 점령해 서방의 소패업小覇業을 달성한 진秦나라의 목공穆公(B.C.659~621 재위) 등을 소패주小覇主로 꼽기도 한다. 혹자는 제환공 사후 적극적으로 패업을 추구하다가 좌절당한 송宋나라의 양공襄公(B.C.650~637 재위)을 들기도 하나 송양공은 여러 면에서 패자의 범주에 넣기에는 부적당한 인물일 것이다.

춘추 시대의 국제 질서　회맹 질서에 의해 지배된 춘추 시대까지는 패자로 군림한 제齊·진晉·초楚 등 상대국들이 약소국을 정벌해 그 영토를 접수하더라도 구국舊國의 군주와 옛 공족公族들은 그대로 구토舊土 안에 머물러 얼마간의 식읍食邑을 보전하면서 조상 제사를 받드는 종묘주宗廟主로서의 최소한의 지위를 유지할 수 있도록 허용해주었다. 또한 정복한 소국 영토에 대해서도 자국 관료를 파견해 직접 통치를 하기보다는 토착 지배층(곧 옛 공족公族과 귀족들)의 자치를 상당 정도로 용인해주는 간접 통치 방법을 많이 활용했다. 이는 춘추 시대까지는 서주 시대의 봉건 질서에 입각한 각지방의 분권적·분산적 지배의 유제遺制가 잔존해 있었고 피지배층들도 그러한 질서에 익숙해 있었기 때문에 곧바로 직접 통치로 이행하는 작업이 용이하지 않았기 때문이다. 대신 소국은 대국의 부용附庸 내지 속읍屬邑이 되어 전쟁이나 내분 등 대사가 있을 때마다 대국에 충성하거나 소용되는 물자·비용 등을 제공해야 했으며, 이런 의무들을 감독하고 관리한 이들은 여전히 옛 군주와 공족·귀족들이었다. 곧 소국의 피지배층들은 점령국인 대국 군주의 영향을 거의 받지 못한 채 여전히 옛 지배층의 지배를 받고 있었으므로, 대국과 소국의 지배-피지배 관계는 말하자면 집단 대 집단의 관계일 뿐 대국 군주가 소국 피지배층들을 온전히 자신의 신민臣民으로 삼은 것이라고는 볼 수 없었다. 이로 인해 주권은 빼앗겼으되 국통國統과 종묘宗廟는 보존되며 영토의 주인은 바뀌었으되 영민領民들은 그대로인 춘추 시대 특유의 과도적 통치 구조가 정착되게 되었다. 그러나 춘추 후기부터는 강대국들이 정복지에 군현郡縣을 설치하고 군수·현령을 파견해 직접 지배를 시도하는 한편 구공족과 구민舊民들을 외지로 강제 추방하여 구국舊國의 자취를 말살해버리는 전략을 택하게 된다. 그리하여 전국 시대에는 회맹과 계절존망으로 상징되는 간접 지배를 극복하고 직접 지배의 전형인 군현제郡縣制를 얼마나 효율적으로 정착시키느냐는 것이 각국 부국강병의 성패를 좌우하게 되는 것이다.

등장 인물

계우季友

노나라 공자. 노환공魯桓公의 말자末子로 형 노장공魯莊公이 서거한 후 제후위를 노리는 서형庶兄 경보慶父의 난을 수습하고 그를 추방시켜 더 큰 혼란을 막음. 난리가 가라앉고 노장공의 아들 노희공魯僖公이 즉위하자 내정을 안정시킨 공로로 비費읍과 문양汶陽 땅을 하사받고 계손씨季孫氏의 개조가 됨. 그의 자손들은 후대에 공손 오敖의 자손들인 맹손씨孟孫氏와 공손 자玆의 자손들인 숙손씨叔孫氏와 함께 '삼환씨三桓氏'로 통칭되면서 노나라 내정을 전단專斷하게 됨.

건숙蹇叔

제나라 출신의 현인. 세상이 몰라주는 백리해百里奚의 비범함을 첫눈에 간파하고 그를 오랫동안 거두어줌. 백리해가 주인을 찾아 나설 때마다 신중할 것을 거듭 충고했고 드디어 진목공秦穆公에게 발탁되자 그의 추천으로 역시 진목공을 섬기게 됨. 뛰어난 지략과 경륜으로 백리해와 함께 진목공이 서융西戎의 패주覇主가 되도록 하는 데 결정적 역할을 했음.

공손지公孫枝

진목공의 책사 겸 충신. 진晉나라 땅에서 한낱 필부로 농사짓고 살다가 공자 칩縶에게 발탁되어 진나라의 대부가 되었음. 백리해·건숙蹇叔 등과 함께 진목공을 훌륭히 보필하여 서방의 웅군雄君으로 군림하도록 이끌었음.

백리해百里奚

진秦나라의 현인賢人 정치가. 제나라의 관중에 비견될 만한 탁월한 책략과 경천위지經天緯地의 재능을 지녔으나 빈한한 가문에서 태어난 데다 불운하여 오랫동안 능력을 인정받지 못한 채 걸식하면서 천하를 유람했음. 한때 제나라에서 건숙의 도움을 받았고 우虞나라의 우주虞主를 섬기기도 했으나 늘그막에 진목공에게 발탁되면서 본격적으로 천하를 경영하게 됨. 입신立身 후 건숙을 추천하고 서융西戎의 책사로 있던 요여繇余를 포섭하는 등 여러 현사賢士, 충신들을 끌어모은 후 그들과 함께 진목공을 보필해 진나라를 서융의 패주覇主로 부흥시킴으로써 후세에 중원을 경략할 토대를 튼튼히 함.

순식荀息

진晉나라의 노신老臣. 진헌공晉獻公에게서 여희驪姬 소생인 해제亥齊를 보필하라는 유명遺命을 받고 초지일관하게 임무를 완수하려 했으나 여희 일당의 전횡에 불만을 품고 난을 일으킨 이극里克·비정보조鄭父 일파에 의해 피살되었음. 그의 충성은 지나치게 맹목적이고 무비판적이라는 비판이 많기 때문에 보통 진정한 충신의 반열에는 들지 못한다.

여희驪姬

진헌공晉獻公이 여융驪戎을 정벌하면서 얻은 여융 수장의 딸. 동생 소희少姬와 함께 진나라로 시집와 헌공의 총애를 독차지했음. 총애를 기화로 아들 해제를 군위에 올리기 위해 양오梁五·동관오東關五·여이생呂飴甥·극예郤芮 등 간신들의 도움을 얻어 죄 없는 태자 신생申生을 자결케 하고 공자 중이重耳·이오夷吾 등을 추방한 후 일시적으로는 뜻을 이루었으나 이극里克 등이 일으킨 반정反正의 와중에 아들도 죽고 자신은 연못에 몸을 던져 자살했음. 여희가 일으킨 분쟁으로 진나라는 중이(진문공晉文公)가 귀국해 즉위할 때까지 20여 년 간 내란의 소용돌이에 휘말렸으며, 그로 인해 춘추 시대의 대표적인 여화女禍로 꼽힘.

이극里克

진헌공晉獻公 시기의 책사이자 권신. 뮤공과 전략에 뛰어나 진헌공 시기에 우虞·괵虢을 정벌하는 데 절대적인 공을 세웠음. 그러나 재능에 비해서는 성품이 강직하지 못해 진헌공의 폐세자를 방관한 결과 진나라가 한 세대 동안 피비린내 나는 내란에 휩싸이도록 하는 결과를 초래했으며 자신도 진혜공晉惠公 이오에 의

323

해 사사賜死되었음.

제환공齊桓公(B.C.685~643 재위)

제나라의 15대 군주이자 춘추 시대의 1대 패자霸者. 관중管仲과 포숙아鮑叔牙, 습붕隰朋 등의 보필하에 춘추오패의 수위首位가 되어 존왕양이와 계절존망의 덕업德業과 공명功名을 만방에 떨쳤음. 그러나 후기로 갈수록 자신이 성취한 공업에 만족한 나머지 점차 안일해져 정사를 등한히 하고 역아易牙와 내시內侍 초貂 등 간신배들의 아첨에 홀리게 되었음. 결국 관중 사후 조정은 급속히 부패해지고 제환공 사후 치열한 군위 계승 분쟁이 벌어져 제나라의 패업도 퇴색하게 됨.

진목공秦穆公(B.C.659~621 재위)

진秦나라의 14대 군주로 본명은 임호任好. 진나라의 진흥의 터전을 마련한 영명한 군주로 공자 칩·백리해·건숙·서걸술西乞術·건병褰丙(건숙의 아들)·공손지·요여 등 내로라 하는 현신, 책사들의 보필을 받아 서융西戎(서방 이족異族에 대한 통칭) 지역의 많은 부락들을 정벌해 진나라의 영토와 영민領民을 대폭 증가시킴으로써 진을 무시 못할 서방 강국으로 융성시켰음. 이 때문에 진목공을 춘추오패에 포함시키는 이도 있는데, 오패五霸로까지 간주하지는 못하더라도 서융의 패자霸者였던 점은 확실함. 진晉 공자 이오夷吾를 진혜공晉惠公(B.C.650~638 재위)으로 세우는 데 적잖은 원조를 했으나 진혜공이 즉위 후 이전의 약조들을 번번이 어기고 신의 없는 정치를 일삼자 대노하여 진나라를 공격해 진혜공을 포획했음. 부인 목희穆姬의 탄원과 다수 신하들의 충간으로 진혜공을 석방해주었으나 진혜공이 석방된 후 곧 사망하자 진혜공의 이복형인 중이重耳를 사위로 삼아 그가 귀국해 진문공晉文公으로 즉위할 수 있도록 온갖 지원을 아끼지 않았음.

진혜공晉惠公(B.C.650~638 재위)

진晉나라의 20대 군주. 진헌공(B.C.676~651 재위)과 견융犬戎 차녀의 아들로 본명은 이오夷吾. 여희의 간계로 태자 신생이 자결하고 내란이 발생하자 양梁나라로 피신했다가 이극里克·여이생呂飴甥 등의 활약으로 여희 일파가 숙청되자 돌

324

아와 제후위를 차지. 욕심 많고 신의가 없어 재위 기간 동안 신생申生의 폐세자와 여희 일파 소탕에 연루된 대신들을 비롯, 많은 이들을 처형하여 인심을 잃고 내정을 더욱 어지럽게 했으며 서방의 강린强隣 진秦나라에게도 번번히 신의를 어겼음. 이로 인해 B.C.645년에 진秦나라와의 전쟁에서 패배해 포로가 되는 국가 비상 사태를 초래했으나 누이이자 진목공의 부인인 목희穆姬의 탄원과 목공과 진秦나라 대신들의 아량으로 요행히 석방되었음.

초성왕楚成王(B.C.671~626 재위)

초나라의 20대 군주. 초문왕과 식규息嬀 사이에서 태어난 차남으로 본명은 웅운熊惲. 형 도오堵敖를 시해하고 군위에 오른 후 한동 제국漢東諸國과 회수淮水 유역 국가들을 대거 점령해 양자강 유역 사방 천리千里의 영토를 획득하면서 남방의 맹주로 발돋움했음. 본 소설에서는 제환공齊桓公·진문공晉文公 등 중원中原 제후국의 패업 성취 과정에 중점을 둔 때문에 성왕을 다소 간교하고 신의 없는 인물로 그렸지만 실제로는 초나라의 2~3세대 뒤의 패업覇業의 기초를 마련한 웅주雄主라고 할 만하다.

고사

순망치한脣亡齒寒　입술이 없어지면 이가 시리다는 의미로, 서로 지극히 친밀하고 상보相補하는 양자 중 어느 한쪽이 망하거나 불행해지면 다른 한쪽도 곧 그렇게 된다는 뜻. 춘추 시대의 절친한 이웃 나라였던 우虞와 괵虢이 진晉나라의 상경上卿인 순식荀息의 이간 계책에 넘어가 서로 돌보지 않게 된 결과, B.C.658년과 655년의 두 차례에 걸쳐 진晉의 대대적인 공격을 받아 둘 다 멸망당한 사례에서 유래된 말. 순망치한脣亡齒寒에 해당하는 사례들은 동서고금을 통해 수다한 사례를 찾아볼 수 있으나 특히 춘추 시대의 우·괵 양국의 고사가 가장 전형적인 사례로 꼽힘.

범주지역汎舟之役　많은 배들을 강에 넘칠 정도로 띄운 대역사大役事를 의미. 기원전 647년(진혜공晉惠公 4년)에 진晉나라에 큰 기근이 들자 진목공秦穆公(B.C.659~621 재위)은 진혜공(B.C.650~637 재위)의 간청을 수락하여 막대한 양의 곡식을 원조했는데, 그들을 모두 운반하기 위해서는 양국 사이를 흐르는 위수渭水·분수汾水에 넘칠 만큼의 많은 배들을 띄워 보내야 했기 때문에 이런 명칭이 붙었음.

연보

『열국지』 3권에서 다루는 시기는 2권의 뒤를 이어 제환공齊桓公(B.C.685~643년 재위)의 패업이 더욱 공고해지고 고조되는 약 20년 간의 시기다. 제환공 패업의 후반부에 해당하는 이 시기에는 패권국가인 제나라의 국력과 국제적 영향력이 최고 절정에 달해 제환공은 여섯 차례에 걸친 중원 제후들의 대회맹(B.C.657년 양곡陽穀 회맹, 656년 소릉召陵 회맹, 655년 수지首止 회맹, 653년 영모寧母 회맹, 652년 조 회맹, 651년 규구葵丘 회맹)을 주도하면서 계속해서 존왕양이와 계절존망의 혁혁한 공업功業을 쌓게 된다. 중원과 지리적으로 먼 서방의 진秦나라와 남방의 초楚나라만이 제환공의 패업에 직접 속하지 않았으며 진晉나라는 중원 서부에 위치하면서도 진헌공晉獻公, 진혜공晉惠公 2대에 걸친 국내의 대혼란으로 인해 중원 국가들의 회맹에 참가할 여력이 없었다. 대신 이웃한 진秦과 진晉, 남방 초나라와 인근 한동 제국漢東諸國들 간에 상당히 밀접한 교류 내지 예속 관계가 지속되면서 제나라의 패권에 의해 좌우되는 중원 제국中原諸國과는 별도의 작은 세계를 형성하게 된다.

[기원전 661] (주혜왕周惠王 16년, 노민공魯閔公 1년) 노민공이 제환공을 만나 고립무원인 자신의 처지를 호소. 진晉나라가 이군二軍을 양성하고 경耿나라와 곽霍나라를 정벌.

[기원전 660] 노나라 공자 경보慶父가 노민공 시해 후 거莒나라로 달아났다가 문수汶水 가에서 자살. 제환공은 경보가 공자 반般과 노민공을 살해할 당시 깊이 연루되었던 조카 애강哀姜을 소환해 자액自縊하게 함. 북적北狄의 군장 수만瞍瞞이 위나라를 침입해 전국토를 유린하고 18대 군주 위의공衛懿公(B.C.668~661 재위)을 사살. 멸망 직전의 위나라를 대부 석기자石祁子와 영속寧速이 가까스로 복국시킴. 곧 위나라 수도의 생존자 730여 명과 속읍屬邑인 공共, 등滕의 5,000인을 합쳐 조曹로 이동.

[기원전 659] (노희공魯僖公 1년) 노의 공자 신申이 숙부 계우季友의 도움과 제환공의 원조하에 노나라의 내분을 수습하고 18대 군주 **노희공**(B.C.659~627 재

위)으로 **즉위**. 즉위 후 노희공은 내란 평정의 일등 공신인 계우에게 비費읍과 문양汶陽 땅을 하사. 또 경보 아들 오敖에게 성成읍을, 숙아叔牙 아들 자玆에게 후郈읍을 각각 하사해 위로. 후에 계우는 **계손씨季孫氏**, 오는 **맹손씨孟孫氏**, 자는 **숙손씨叔孫氏**의 개조가 되어 **삼환씨三桓氏 정립鼎立 형세가 개시됨**. 위나라 공자 훼燬가 제나라에 망명해 있다가 제환공의 원조 아래 본국으로 돌아가 20대 군주 위문공衛文公(B.C.659~635 재위)으로 즉위. 적인狄人이 형邢나라를 유린하자 제환공은 **이의夷儀에 축성**한 후 형나라 사람들을 이주시켜 **혜시惠施하고 형邢을 복국시켰음**. 초나라가 오랜 우호 관계를 배반하고 제나라에 의부하려 한 정나라를 정벌.

[기원전 658] 제환공이 제후들을 이끌고 **초구楚邱에 성을 쌓아** 위나라 사람들을 안돈시킨 후 **혜시惠施를 베풀어 위나라를 복국시킴**. 노·위·형邢을 구원한 것은 **계절존망**의 대표 사례임. **진晉의 순식荀息이 변경을 위협하는 우虞, 괵 양국을 멸하기 위한 계책을 수립**. 곧 진나라의 둘도 없는 국보國寶인 굴屈의 명마와 수극垂棘의 벽옥璧玉을 우虞나라 군주에게 뇌물로 주고 우나라의 원조를 받아 괵의 수도 하양下陽을 점령.

[기원전 657] 제·노·송·강江·황黃나라가 **양곡陽穀에서 회맹(제환공의 4차 회맹)**. 정문공(B.C.672~628 재위)이 초나라와 다시 강화하려 하자 공숙公叔이 제나라의 은덕을 저버려서는 안 된다고 반대. 제환공 부인 채희蔡姬(채목후蔡穆侯의 누이)가 제환공을 노엽게 해 친정으로 쫓겨가자 분노한 채목후는 그녀를 곧바로 초성왕에게 재가시킴. 제환공은 이를 원망함.

[기원전 656] 제환공·노희공·송환공·진선공·위문공·정문공·허목공許穆公·조소공曹昭公이 이끄는 **8국 연합군이** 초의 우방 채나라를 정벌하고 이어 **초나라를 총공격**. 초의 굴완屈完이 외교 수완을 발휘해 유혈전 없이 화평하게 위기를 넘김. **중원中原 8국과 초는 소릉召陵에서 맹약해 상호 불가침 조약을 체결(제환공의 5차 회맹)**. 이후 당분간 초는 중원을 도모하지 못함. 정나라 대부 신후申侯가 진陳의 대부 원도도轅濤塗의

말(8국 연합군의 귀환로인 정鄭, 진陳 양 나라의 부담을 덜기 위해 군사들을 동해東海 지역으로 우회시키자고 제안했음)을 제환공에게 고자질해 호뢰 虎牢 땅을 얻음. 제환공은 불충을 응징하려고 진陳을 공격. 진헌공晉 獻公(B.C.676~651 재위)의 총첩 여희가 계교를 써서 태자 신생申生을 자결하게 하고 공자 중이, 이오도 추방한 후 아들 해제를 세자로 옹립.

[기원전 655] 제환공 · 송환공 · 노희공 · 진선공 · 위문공 · 정문공 · 조소공 · 허희 공許僖公 등 **8국 제후들이 수지首止에서** 주 태자 정鄭(후의 주양왕周襄 王)을 섬길 것을 **맹세(제환공 6차 회맹)**. 정문공은 주혜왕의 사주를 받아 회맹에 불참하고 중도 귀국. 진환공晉桓公이 재차 우虞나라와 협력 해 **괵나라를 전멸시킨 후** 든든한 우방이 없어진 **우나라도 손쉽게 멸함 (순망치한脣亡齒寒)**. 진헌공이 시인寺人 발제勃鞮를 포蒲 땅으로 보내 중 이를 없애려 하자 중이는 책翟나라로 도망. 이후 중이의 기나긴 19년 의 주유천하周遊天下 시작. 호언狐偃 · 호모狐毛 · 조쇠趙衰 · 위주魏 犨 · 호사고狐射姑 · 전힐顚頡 · 개자추介子推 · 선진先軫 · 호숙壺叔 등이 중이를 따름.

[기원전 654] 7국 군주들이 회맹에 불참한 정나라를 공격. 정나라는 두려워서 제 를 버리고 초나라를 섬기려던 계책을 포기. 진秦의 14대 군주 진목공 秦穆公(B.C.651~621 재위)이 현신 중의 현신 백리해를 얻음. 이후 진 목공은 백리해 · 건숙 · 서걸술 · 건병(건숙의 아들) · 요여 등의 보필 아래 인근 서융西戎 부락들을 차례로 정벌해 서융 패주覇主가 되는 한편 착실히 중원 패업의 기초를 닦게 됨.

[기원전 653] 제환공 주도로 **8국이 영모寧母에 모여 재차 회맹(7차 회맹)**. 정문공의 세 자 화華가 부친 대신 회맹에 참석하여 제환공 앞에서 평소 미워하던 정나라의 '삼량三良' 숙첨叔詹 · 공숙公叔 · 사숙師叔을 모함했다가 귀국 후 정문공의 노여움을 사 감금됨. **주혜왕 붕어.**

[기원전 652] 주 태자 정은 주혜왕의 붕어를 숨긴 채 제환공에게 비밀리에 원조를 요청. 이에 **8국 군주들이 재차 조 땅에서 태자를 섬길 것을 맹서(8차 회 맹)**. 진晉나라 이극里克 · 양유미 · 괵석虢射 등이 적인狄人을 채상采

楚에서 격파. 송의 공자 어魚가 군위를 이복 동생이자 적자嫡子인 자보兹父에게 양보. 자보가 19대 주양공周襄公(B.C.650~637 재위)으로 즉위.

[기원전 651] (**주양왕周襄王 1년**) 주 태자 정이 8국 제후의 보필 아래 18대 천자인 주양왕(B.C.651~619 재위)으로 즉위해 종묘 제사를 지낸 후 제사 고기를 제환공에게 하사해 왕위 옹립의 공로를 표창. **제환공은 규구葵丘 회맹을 소집(9차 회맹).** 진晉, 이극里克과 비정보조鄭父가 공모해 순식荀息 · 양오梁五 · 동관오東關五 · 해제奚齊 · 탁자卓子 등 여희 일파들을 모두 살해. 여희는 연못에 몸을 던져 자살.

[기원전 650] 진晉나라 극예郤芮의 추대를 받은 이오夷吾가 진秦나라 원조하에 귀국해 20대 군주 **진혜공晉惠公(B.C.650~638 재위)으로 즉위.** 즉위 후 진혜공은 자신의 옹립을 반대한 이극에게 자결을 명했고 진秦에 약조한 하서河西 지역의 5성城도 주지 않음. 충신 호돌狐突이 공태자恭太子 신생申生의 혼령을 만났음. 신생은 이오를 벌할 것을 약속. 진혜공은 여이생呂飴甥 · 극예 · 도안이屠岸夷 등의 간악한 흉계를 믿고 비정보 · 기거祁擧 · 공화共華 · 가화賈華 · 숙견叔堅 · 추천騅歂 · 누호纍虎 · 특궁特宮 · 전기田祁 등 **대신 9인을 참살.**

[기원전 649] 주양왕의 이복 동생인 숙대叔帶가 이伊 · 낙雒 · 양揚 · 거拒 · 천泉 · 고皐 땅의 이민족을 부추겨 왕성을 침범하게 함. **진혜공晉惠公, 진목공秦穆公 · 제환공이 왕성을 구원했음.**

[기원전 648] 융적의 침입이 숙대의 소행임을 알게 되자 주양왕은 숙대를 추방, 숙대는 제나라로 도망.

[기원전 647] 회이淮夷가 기杞나라를 침범하자 **제환공은 송 · 노 · 진 · 위 · 정 · 허許 · 조曹의 8국과 함鹹에서 회합한 후 회이를 격파**하여 기를 구원(존왕양이). 진秦 목공이 수만 석의 곡식을 보내 진晉나라의 기근을 구함(**범주지역汎舟之役**).

[기원전 646] 진秦나라에 흉년이 들어 진晉에 구원을 청했으나 응하지 않음. 진목공 대노함.

[기원전 645] 진목공秦穆公이 진晉을 징벌하고 진혜공을 포획함. 백리해 등의 충간과 부인 목희穆姬(진목공의 정부인인 진晉 공녀)의 탄원으로 진혜공을 석방하는 대신 하서河西 5성城을 바칠 것과 세자 어御를 인질로 보낼 것을 요구. **제, 관중 사망**, 포숙아가 국정 담당.

[기원전 644] 제환공이 주유천하周遊天下 중인 진晉 공자 중이重耳를 맞이해 극진히 예대禮待하고 자신의 딸 제강齊姜을 시집보내 제나라에 정착하게 함.

동주 열국지 3

새장정판 1쇄 발행 2015년 7월 25일
새장정판 3쇄 발행 2023년 8월 28일

지은이 풍몽룡
옮긴이 김구용
펴낸이 임양묵
펴낸곳 솔출판사

주소 서울시 마포구 와우산로29가길 80(서교동)
전화 02-332-1526
팩스 02-332-1529
이메일 solbook@solbook.co.kr
블로그 blog.naver.com/sol_book
출판 등록 1990년 9월 15일 제10-420호

한국어판 ⓒ 김구용, 2001
부록 ⓒ 솔출판사, 2001

ISBN   979-11-86634-10-3   04820
ISBN   979-11-86634-09-7   (세트)